디퍼
앤
디퍼

디퍼 앤 디퍼

1판 1쇄 **찍음** 2016년 7월 18일
1판 1쇄 **펴냄** 2016년 7월 25일

지은이 | 이해진
펴낸이 | 고운숙
펴낸곳 | 봄 미디어

기획·편집 | 정수경 김민지

출판등록 | 2014년 08월 25일 (제387-2014-000040호)
주소 | 경기도 부천시 원미구 소향로17, 304(두성프라자)
영업부 | 070-5015-0818 **편집부** | 070-5015-0817 **팩스** | 032-712-2815
E-mail | bommedia@naver.com
소식창 | http://blog.naver.com/bommedia

값 9,000원

ISBN 979-11-5810-235-7 03810

이해진
장편 소설

디퍼 앤 디퍼

Deeper
And
Deeper

contents

※「」는 영어, 『』는 스페인어, ""는 한국어입니다.

prologue

전 세계 어디서든 사람이 들끓는 곳이라면 쉽게 목격할 수 있는 W 호텔이었지만 마드리드에 위치해 있는 건물은 유달리 크고 화려했다. 그리고 그만큼 번잡스러워 보였다.

내려앉아 가는 주변 어둠에 맞추어 건물을 감싸고 있는 전등에 불이 들어오자 호텔은 웅장하기보다는 마치 라스베이거스의 싸구려 술집 광고판 같은 느낌을 주었다.

차에서 내리던 로메오는 인상을 쓰며 작게 혀를 찼다.

호텔을 대면하자마자 약속이라도 한 것처럼 두통이 밀려왔다.

상속 서류에 자신의 이름을 사인하고 나면 가장 먼저 저

번쩍거리는 조명등부터 뗄 것이라 다시 한 번 다짐하며 그는 따라 내려선 운전사를 향해 들어가라는 손짓을 해 보였다.

혼날 일이 있는 어린아이가 집 대문을 마주하고 방황하는 것처럼 한동안 앞을 서성거리다 천천히 시벨레스 광장을 향해 걸음을 옮겼다.

어둠이 내려서기 시작하는 평일의 마드리드는 조용했다.

특히 시벨레스 광장에서 W 호텔까지 이어지는 커다란 도로와 그 양쪽에 놓여 있는 도보용 길은 지나다니는 인적이 매우 드물었다.

인위적으로 꾸며진 길을 정처 없이 걷던 그가 문득 드르륵, 하는 불규칙적인 소음을 따라 시선을 움직였다.

진녹색의 커다란 캐리어를 힘들게 끌고 있는 작은 체구의 동양 여자가 눈에 들어왔다.

잘 닦아 놨다고 해도 마드리드의 길은 캐리어를 수월하게 끌 수 있을 만큼 좋은 여건은 아니었다.

여자의 미간이 갈수록 좁아지는 것같이 느껴졌다.

보통 때 같으면 그냥 지나쳤을 것이다.

이곳은 스페인의 수도 마드리드였고, 공항버스가 지나가는 시벨레스 광장과 가까웠고, 무엇보다 호텔이 위치해 있었다.

발에 챌 정도로 보이는 게 캐리어를 끌거나 배낭을 짊어진 관광객이었다.

그러나 그는 조금씩 가까워지는 여자에게서 시선을 떼지 못했다.

누군가와 함께가 아닌 혼자라서?

그녀의 머리칼과 눈동자가 검은색이라서?

지금 이 두통을, 아니, 인생 전체를 쥐고 흔드는 누군가를 떠올리게 해서?

한 손으로는 역부족이었는지 여자는 아랫입술을 작게 깨물며 두 손으로 캐리어를 끌고 로메오의 옆을 지나쳤다.

그녀를 따라 눈동자를 움직이던 그는 문득 느껴지는 인기척에 고개를 돌렸다.

낡은 청바지 주머니에 양손을 꽂아 넣고 검은 후드티의 모자를 뒤집어쓴 남자 두 명이 터덜거리며 걸어오고 있었다.

그들의 목적이 무엇인지, 누구를 따라 가고 있는지 눈빛만 봐도 알 수 있었다.

평소였다면 절대 끼어들지 않았을 일에 로메오가 한발을 내딛었다.

두통을 멈추고 싶어서였는지, 아니면 다른 어떤 이유가 작용했는지는 본인 스스로도 알 수 없었다.

폴리씨아(Policia).

노려보며 입 모양만으로 웅얼거리자 시선을 마주하고 있

던 녀석이 미간을 좁히더니 황급히 발의 방향을 바꾸었다.

굳이 다음 행동을 취하지 않아도 알아서 꼬리를 내리고 사라지는 소매치기들을 바라보던 로메오가 쯧, 혀를 찼다.

다시 고개를 반대편으로 돌렸을 때 동양 여자는 이미 사라지고 없었다.

그럼에도 불구하고 로메오는 한동안 그곳에 멈춰 서서 온기가 느껴지지 않는 길의 어디쯤을 응시했다.

가라앉았다고 생각했던 두통이 조금 전보다 더욱 극심하게 그를 괴롭히기 시작했다.

chapter
1

『병원에 들렀다 온 거야?』

『아니.』

호텔 로비로 들어서는 로메오의 옆에 바짝 붙으며 헤수스가 물었다.

『나올 필요 없으니까 병원에 가 보라고 했을 텐데.』

『가 봤자 내가 딱히 할 게 있나? 욕이나 먹겠지.』

『로메오.』

『그 이야기는 두통약 먹은 다음에 시작하자고.』

헤수스의 말을 냉정하게 끊어 내고 엘리베이터 쪽으로 움직이던 로메오의 발걸음이 조금씩 느려지는가 싶더니 어느 순간 멈췄다.

잔소리를 덧붙이려던 헤수스 역시 그를 따라 시선을 움직였다.

굳이 묻지 않아도 그가 누구에게 시선을 뺏겼는지, 그 이유가 무엇인지 알고 있었기에 헤수스는 조용히 안경만 치켜올렸다.

로비의 높은 천장 한가운데 달려 있는 샹들리에와 거기서 쏟아져 내리는 빛을 받으며 소파에 앉아 있는 동양인 여자.

잠깐의 침묵이 흐른 뒤 로메오가 다시 발걸음을 놓렸다.

호텔의 맨 꼭대기 층은 엘리베이터 문이 열리자마자 사무실이 펼쳐지는 구조였다.

걸어들어 가며 로메오는 넥타이를 느슨하게 풀었다.

책상 서랍을 거칠게 뒤적여 알약이 담긴 병을 꺼낸 뒤 유리잔에 물 대신 보드카를 따르는 그를 보고 헤수스가 급하게 테이블 위에 올려져 있던 작은 페트병을 던졌다.

『죽고 싶은 거 아니면 물 마셔.』

그러나 로메오는 낚아챈 페트병을 그대로 책상 위에 올려두고 약병만을 손에 쥔 채 소파에 쓰러지듯 주저앉았다.

『유언 공정 증서가 어떻게 됐다고?』

그가 입에 한 움큼 털어 넣은 알약을 얼음처럼 우둑우둑 씹어 먹기 시작하자 헤수스가 묘하게 인상을 찌푸리며 입을 열었다.

『8월 26일에 작성했던 유언장을 이틀 전인 10월 3일에 수정하셨어. 변호사, 증인 세 명이 함께했으니 확실해.』

『또 뭣 때문에 심사가 뒤틀린 건데. 하라는 대로 하고 있잖아. 빌어먹을 호텔 경영도, 동생인지 원수인지 모를 그 녀석 뒤치다꺼리도.』

『그러니까 무슨 일인지 병원에 들러서 확인하라고 한 거야.』

『변호사랑 얘기해 봤어?』

『그쪽 태도야 늘 그렇듯 뻣뻣하지. 씨알도 안 먹혀.』

알약을 씹어 삼킨 로메오가 소파에 몸을 더욱 깊게 파묻으며 관자놀이에 손을 짚었다.

이번엔 무엇을 트집 잡으며 유언장을 수정했을지, 떠올리는 것만으로도 머리가 욱신거렸다.

『유언장으로 협박하는 게 하루 이틀 일도 아니고, 더 이상은 못 참아. 우리 쪽 변호사 불러.』

『상속 분쟁은 유언장 내용이 공개되어야 해. 내용이 공개가 되려면…….』

말끝을 흐리는 헤수스의 얼굴을 본 로메오가 신경질적으로 목소리를 냈다.

『어차피 조만간이잖아. 미리 준비해서 나쁠 거 없다고.』

헤수스는 한숨을 내쉬면서도 변호사를 호출했다.

급하게 달려와 테이블 위에 서류를 펼쳐 보이는 남자 앞에 로메오가 보드카가 따라진 잔을 내밀었다.

돈 앞에서는 부모도 자식도 없다고 하지만, 그리고 그런 모습을 한두 해 보아 온 것도 아니건만 로메오의 앞에서 남자는 잔뜩 위축되었다.

세계적으로 손꼽히는 호텔의 상속 분쟁이라는 거대한 스케일도 이유였으나 무엇보다 그를 긴장시키는 것은 자신을 뚫어져라 바라보는 진한 갈색 눈동자였다.

그 눈앞에서 남자는 연신 손수건으로 이마 주변을 훔쳐야 했다.

미팅은 해가 완전히 떨어지고 나서야 끝이 났다.

남자는 테이블 위에 어지럽게 흩어져 있던 종이를 가방에 챙겨 넣고 노트북을 손에 들었다.

배웅하는 것은 헤수스뿐이었다.

로메오는 어둠이 사무실을 뚫고 들어올 무렵부터 책상 한 편에 등을 보이고 앉아 밖을 멍하게 바라보고 있었다.

이제는 완전히 까맣게 잠식된 도시를 내려다보던 그가 자신의 어깨에 얹어지는 손길에 고개를 돌렸다.

『초안 완성되면 팩스로 보내 달라고 했으니 돌아가서 수

면제 먹고 좀 자.』

대답 대신 몸을 일으킨 로메오는 책상 의자에 걸쳐 있던 재킷을 들었다.

꺼낸 담배를 입에 문 그가 헤수스를 향해 손을 뻗었다.

『나 금연 중인데.』

『알아. 라이터 말고.』

로메오가 뻗은 손을 흔들며 헤수스를 채근했다.

그제야 그가 원하는 것이 무엇인지 알았다는 듯 아, 하는 소리를 낸 헤수스가 팔짱을 끼며 미간을 좁혔다.

『일단 준비하긴 했는데 정말 갈 거냐? 그것도 이런 때에?』

『안 갔다가 무슨 말을 들으려고.』

『나만 참석해도 상관없어. 컨디션 별로라고 얘기해 줄게.』

『넌 아직도 그 여자를 몰라?』

헤수스는 대답하지 않았다.

로메오가 말한 '그 여자'가 누구를 일컫는 것인지 확신이 서지 않았기에.

가방에서 고급스러운 상자를 꺼내 내밀자 불이 붙지 않은 담배를 입에 문 로메오가 그것을 받아 들었다.

딸깍 소리와 함께 열린 상자 안에는 눈이 부실 정도로 다이아가 촘촘하게 박힌 목걸이가 자태를 뽐내며 당당하게 자리해 있었다.

더 보지도 않고 상자를 닫은 뒤 걸음을 옮겼다.

『적어도 자기 엄마한테 생일 축하 안 해 줬다고 이르진 않겠군.』

헤수스는 그저 쓰게 미소 지을 뿐이었다.

차가 준비되었다는 소리를 듣고 로비로 내려온 로메오는 도어맨에게 살짝 눈인사를 해 보이다 자리에 멈춰 섰다. 그리고 손목시계를 확인했다. 9시 42분.

길거리에서부터 시선을 잡아끌었던 동양인 여자는 세 시간이 넘도록 로비 소파에 못 박힌 듯 앉아 있던 모양이었다.

문을 연 채 대기하고 있던 도어맨이 낯선 상황에 곤란한 얼굴을 해 보였다.

『저 여자, 아까부터 계속 있었나?』

『아, 네.』

캐리어를 한쪽에 고이 둔 채 누군가를 기다리는 것처럼 앉아 있는 여자는 굳이 손가락으로 콕 찍어 내지 않아도 눈에 띄었다.

도어맨이 황급히 대답하자 로메오가 고개를 갸웃했다.

차가 대기하고 있는데도 나가지 않고 자리에 멈춰 서 있는 로메오를 발견한 직원이 급하게 옆으로 다가왔다.

『무슨 일이십니까?』

『저 여자는 뭐지? 여권에 문제가 있나?』

『아…… 아닙니다.』

『신용카드 불량? 훔친 카드라도 되나?』

『그게 아니라…….』

『그게 아니면?』

『숙박객 정보를 알려 달라고 해서요. 알려 주기 전에는 아무 데도 못 간다고……. 가족은 아니라고 하더라고요. 위험해 보이지 않아서 우선 매니저에게 연락만 해 둔 상태입니다.』

로메오의 표정이 미묘하게 변했다. 한쪽 눈썹을 살짝 치켜 올리며 여자를 뚫어져라 바라보았다.

그 시선을 느낀 것일까, 앙다문 입술로 휴대폰을 만지작거리고 있던 여자가 고개를 들었다.

두 사람의 눈이 허공에서 마주했다.

『어떻게 할까요? 보안 직원이나 경찰에 요청을…….』

『우리 쪽 투숙객인 건 맞고?』

『두 달 전에 체크인한 한국인 남자가 있긴 합니다. 하지만…….』

검은 눈동자를 바라보던 로메오는 옆에서 남자의 정보에 대해 떠들어 대는 직원을 무시한 채 마치 여자가 부르기라도 한 것처럼 발을 놀렸다.

여행이라는 것은 사람에게 극도의 설렘을 준다. 그리고 그 설렘은 구체적인 장소에 닿았을 때 배가 된다.

비행기를 타기 전 공항, 자신을 기다렸다는 듯 반겨 주는 호텔, 낯선 사람들과의 눈인사.

특별한 일이 생길지도 모른다는, 즐거운 경험을 할 수 있을지도 모른다는 기대는 행복이라는 감정을 만들어 낸다.

그러나 열 시간이 넘도록 한숨도 자지 못하고 창밖의 빈 하늘을 응시했던 자하에게 이번 여행은 행복과 거리가 멀었다.

숙박객 정보는 알려 줄 수 없다는 한마디를 듣기 위해 비행기 좌석에 그 오랜 시간 동안 구겨져 있던 것은 아니었다.

콧대 높은 유로피안 아니랄까 봐 거절 표시를 정확하게 한 직원은 그 후 자하에게 시선 한 자락 주지 않았다.

알려 달라고 매달릴 수도, 그냥 돌아갈 수도 없는 상황에서 할 수 있는 일이라고는 그저 로비에 황망히 앉아 있는 것뿐이었다.

잠을 제대로 못 잔 탓인지 머릿속이 새하얘 그다음 행동에 대해 계획이 서질 않았다.

묵고 있는 호텔에 도착하면 어떻게든 될 줄 알았는데. 너무 안일했나.

아랫입술을 질끈 깨물며 휴대폰을 손가락으로 쓸던 자하가 문득 느껴지는 시선에 고개를 들었다.

로비 입구 쪽에 서서 자신을 바라보고 있는 남자와 눈이 마주친 순간, 저도 모르게 마른침을 삼켰다.

굳어 있는 얼굴과 위압적인 체격이 강하게 눈에 박혔다.

몸에 딱 맞는 슈트는 어지럽게 눈동자를 굴리지 않아도 얼마나 비싼 가격인지 금방 알 수 있었다.

"……."

갈색 머리와 그보다 더 옅은 갈색 눈동자, 적당히 그을린 피부. 이목구비는 자로 잰 듯 단정했지만 어딘지 모르게 흐트러진 분위기가 흘렀다.

셔츠 단추를 목 끝까지 완벽하게 채운 남자에게서 왜 그런 느낌을 받은 건지는 자하도 알 수 없었다.

가만히 있어도 섹시하다는 게 저런 건가?

눈길을 피하지도 못한 채 앉아 있는데 남자가 가까이 다가왔다.

바지 주머니에 한쪽 손을 꽂아 넣은 남자는 낯선 언어를 입술 밖으로 내뱉었다.

자하는 대답 대신 인상을 살짝 찌푸리며 그의 얼굴을 올려다봤다.

표정에 떠오른 당황스러움을 읽었는지 남자가 투박한 발

음의 영어를 중얼거렸다.

「스페인어 못합니까?」

「…….」

「'상혁리'이라는 사람, 찾아온 것 맞습니까?」

그의 입에서 '상혁'이라는 이름이 나온 순간 자하는 감전된 사람처럼 자리에서 벌떡 튀어 올랐다.

긴장감, 불안함, 들뜸.

그녀의 감정을 눈치챈 로메오가 입술을 삐뚜름하게 올렸다.

「그 남자는 떠났습니다.」

「……그게 무슨 말이에요?」

「말 그대로. 체크아웃했다고.」

자하의 얼굴이 표현할 수 없을 정도로 구겨졌다.

떠났다고? 어디로? 왜?

생각하는 것이 그대로 드러나는 순수한 반응을 흥미롭게 지켜보던 로메오가 말을 이었다.

「바르셀로나로 갔다는데. 어때요, 이제 좀 움직일 수 있을 것 같습니까?」

로메오가 팔을 들어 멀찍이 떨어진 곳에 서 있던 직원을 불렀다.

그의 지시를 이해한 직원이 가까이 다가와 캐리어를 향해 팔을 뻗었다.

자하가 거칠게 그 손을 쳐내며 로메오를 노려봤다.

「바르셀로나라고요?」

「일주일 전 바르셀로나 지점에서 체크인했다고 하네요. 이만하면 많이 알려 준 것 같은데.」

얘기를 듣고 있는 여자의 속눈썹이 바르르 떨렸다.

꾹 다문 입술에 머무른 곤란함을 모른 체하며 로메오가 말을 이었다.

「클레임을 거는 것 같은 행위는 자칫 다른 손님들에게 불편함을 줄 수 있습니다. 바르셀로나 W 호텔 장소는 저기 'I'라고 쓰인 곳에 가면 얻을 수 있을 겁니다.」

손목시계를 다시 한 번 확인한 로메오가 웃으며 몸을 돌렸다.

두 발자국을 걸어 나가던 그가 미처 못다 한 말이 있었다는 듯 멈춰 섰다.

그리고 뻣뻣하게 굳어 자신을 응시하고 있는 검은색 눈동자를 향해 비아냥 섞인 목소리를 흘렸다.

「이건 내 개인적인 의견이니까 그냥 넘겨도 상관없지만, 여기 묵었던 그 동양 남자는 그럴싸한 미녀와 체크아웃을 한 뒤 나갔다는데. 그런 남자를 시간 아깝게 굳이 쫓을 필요 있나?」

로메오의 휘어지는 입술 끝을 발견한 자하가 캐리어의 손잡이를 거칠게 붙잡았다.

이 남자는 대체 누구이기에 갑자기 나타나서 사람 속을 이렇게 긁는 거지?

남자의 옆을 신경질적으로 지나쳤다.

테이블과 소파가 구비되어 있는 곳은 카펫이 깔려 있었지만 그곳을 벗어나자 로비의 대리석과 캐리어의 바퀴가 마찰되며 경박한 소리를 냈다.

택시를 잡아 주는 벨보이가 목적지를 물었다.

그러나 입술만 달싹였을 뿐 대답을 하지는 못했다.

혼란스러움이 정리가 되질 않았다.

벨보이의 얼굴에 의문이 떠오르려는 찰나, 뒤에서 낮은 목소리가 울려 퍼졌다.

「공항으로.」

고개를 돌리자 조금 전 남자가 그녀를 내려다보고 있었다.

「바르셀로나 항공편은 많으니 오늘 중으로는 넘어갈 수 있을 거야.」

「…….」

여자의 표정이 구겨지는 걸 로메오는 제법 기쁜 마음으로 감상했다.

왜 이렇게 속이 뒤틀리는 건지 자신도 모를 일이었다.

평소 같았으면 로비에 앉아 있는 사람 따위 눈길도 주지 않았을 것이다.

한 시간을 앉아 있든 열 시간을 앉아 있든 눈치채지도 못했을 것이다.

무엇이 이렇게 거슬리는지 스스로도 결론 내릴 수 없었다.

「마침 택시가 들어오는군.」

호텔 입구에서 벨보이의 신호에 맞추어 천천히 안으로 진입하는 택시를 발견한 로메오가 위태롭게 놓여 있는 캐리어의 손잡이를 잡았다.

커다란 몸이 덮치듯 다가오자 자하는 그를 세게 밀어냈다. 본능적인 반응이었다.

캐리어가 옆으로 쓰러지고, 휴대폰이 추락했으며, 남자의 재킷 주머니에 꽂혀 있던 만년필이 바닥을 굴렀다.

자하는 급히 휴대폰을 주워 들고 로메오를 노려봤다.

「함부로 손대지 마요.」

마치 불결한 어떤 것이 닿은 것처럼 파르르 떠는 그녀를 내려다보던 로메오가 쓰러진 캐리어를 바로 세웠다.

「남자한테 차인 분노를 남한테 풀면 안 되지.」

「뭐라고요?」

「혹시 그 말 알아? '세상에 연락 없이 찾아오는 여자만큼 곤란한 건 없다'.」

로메오에게서 캐리어를 뺏어 들은 자하는 빠르게 몸을 돌렸다.

　자신을 언제 봤다고 저렇게 예의 없는 말투에 건방진 태도란 말인가.

　확실히 이상한 사람이 많은 나라였다.

　아니면 극악한 인종차별주의자거나.

　돌아섰던 그녀가 문득 걸음을 멈추었다. 그리고 조금 전 로메오가 했던 것과 마찬가지로 고개를 뒤로 움직였다.

　「이 말이나 기억해요. '그냥 넘겨도 상관없는, 개인적인 의견은 안 내뱉는 게 낫다'.」

　드르륵, 캐리어가 또다시 처량한 소리를 내며 바닥을 굴렀다.

　『로메오! 얼마나 기다렸는지 알아?』

　문을 열고 들어가자 여자가 자리에서 벌떡 일어나며 목소리를 높였다.

　복도까지 소리가 새어 나올 정도로 시끄럽던 룸이 로메오의 등장에 찬물을 끼얹은 듯 조용해졌다.

　잔을 든 채 멈춘 사람도, 입으로 새우를 가져가다 굳어진 사람도 있었다.

마치 난장판이던 교실이 선생의 등장으로 인해 조용해지듯.

자신이 환영받지 않는 사람이라는 걸 온몸으로 느끼며 로메오는 자리에 앉는 대신 긴 테이블 끄트머리에 상자를 올려놓았다.

환영해 주길 바라지 않는 건 피차 마찬가지였다.

『내가 아니라 이걸 기다렸겠지.』

멀리서 그의 모습을 바라보고 있던 여자의 파란빛 눈동자가 윤기를 머금었다.

『겸사겸사.』

로메오가 한껏 뒤틀린 미소를 지어 보였지만 카밀리아는 아무렇지 않은 듯했다.

구릿빛 피부에 어울리는 붉은색 드레스, 검은색 매니큐어가 칠해진 긴 손톱을 보자 왠지 목이 답답해져 로메오는 넥타이 쪽으로 손을 가져갔다.

사람들을 밀치고 긴 테이블을 빠져나와 냉큼 상자를 낚아챈 카밀리아는 커진 눈동자와 어울리는 감탄사를 내뱉었다.

『어머, 예쁘다.』

이 여자를 표현하기에 적합한 단어는 무엇일까.

배다른 형제, 발목을 잡는 이복동생, 눈앞에서 영원히 사라져 줬으면 하는 존재……

『뭐해? 그렇게 서 있지 말고 앉아.』

아니면 그 모든 것을 합친 어떤 무언가.

『기다리던 물건 건네줬으니 이만 간다.』

『로메오!』

돌아서는 로메오의 팔뚝을 잡으며 카밀리아가 인상을 찌푸렸다.

『생일 축하한다는 소리 정도는 해 줄 수 있는 거 아니야?』

여자의 눈동자는 투명할 정도로 푸르렀다.

자신이 가지지 못한 색.

이 감정은 거기서부터 시작된 것일지도 몰랐다.

로메오는 자신의 팔에 갈고리처럼 걸려 있는 손을 기분 나쁘다는 듯 떼어 냈다.

『왜 태어났냐고 묻지 않는 걸 감사해야지.』

『뭐?』

머릿속에 떠오른 말을 뱉어 내자 그제야 속이 좀 풀리는 듯했다.

자신을 힐끔거리는 사람들을 한 번 쭉 둘러본 뒤 그대로 룸을 벗어났다.

문이 닫히자마자 등 뒤로 웅성거리는 소리가 삐져나와 헛웃음이 터졌다.

그냥 훑기만 해도 후계자 자리에서 밀려난 별 볼 일 없는 녀석들, 아니면 스폰서가 필요한 신인 모델이나 연기자들이라는 것을 알 수 있었다.

동굴 같은 복도를 지나 담배를 입에 무는 것과 동시에 뒤에서 요란한 하이힐 소리가 났다.

쫓아오는 것을 눈치챘지만 굳이 뒤돌아보진 않았다.

그것이 더 신경을 건드렸는지 여자는 굽이 부러져라 큰 소리를 내고 있었다.

한입 머금었던 연기를 뿜어내고 검은색 차를 향해 발길을 옮기는데 재킷을 거칠게 붙잡는 손길이 느껴졌다.

지잉, 관자놀이가 어지럽게 울렸다.

『뭐하는 짓이야?』

『내 생일에 내린 저주 값은 나중에 톡톡히 갚아 줄 테니까 걱정하지 말고. 전화받아. 헤수스야.』

뺨이라도 한 대 올려붙이려는 건가 싶었지만 카밀리아는 휴대폰을 내밀 뿐이었다.

눈썹을 찌푸린 채 그녀와 그녀의 손에 들린 휴대폰을 번갈아 보다 천천히 손을 뻗었다.

제멋대로에 성질부리는 것이 특기인 제 여동생은 꼭 결정적인 순간에 이성을 찾고 평온을 유지했다.

어쩌면 자신보다 더 어른스러울지도 모른다는 생각이 들

만큼.

새빨간 손톱과 손끝이 스치듯 닿는 순간 몸에 소름이 끼쳤다.

애써 태연한 척 휴대폰을 귀에 갖다 대자마자 다급한 목소리가 울려 퍼졌다.

—로메오! 너 전화는 어디다 팔아먹은 거야?

『무슨 일이야.』

—아만다가 의식 불명이라고!

『……뭐?』

—오늘 오후에 요양 차 이비사(Ibiza)로 넘어갔는데 두 시간 전부터 의식이 없대. 너랑 연락 안 돼서 미치는 줄 알았다.

『의식이 없다니, 갑자기 왜…….』

—모르겠어. 오늘 컨디션이 유난히 좋아서 비행기를 탄 거라는데. 우리도 지금 당장 움직여야 할 것 같아. 하비에르는 변호사와 함께 넘어간다고 했어. 쓰러지기 전에 또 유언장을 수정했대! 네 대답 여부에 따라 유언장 내용이 달라진다는데 그전에 대화했을 때 들은 이야기 없어?

『……그게 도대체 무슨 소리야?』

농담하는 거냐고 되물으려던 로메오의 손에서 카밀리아가 거칠게 휴대폰을 낚아 채 갔다.

『어머니가 의식 불명이야? 어쩌다가?』

걱정이란 조금도 느껴지지 않는 그녀의 호기심 어린 말투에 로메오가 인상을 구기며 재킷을 뒤적거렸다.

그러나 손에 잡혀야 할 그것은 아무리 뒤져도 나오지 않았다.

어째서?

머리가 혼란스러워지기 시작했다.

바지 주머니까지 뒤져 대던 그의 움직임이 어느 순간 멈췄다.

「함부로 손대지 마요.」

젠장, 그 여자.

로메오는 머리를 부여잡으며 욕을 내뱉었다.

바닥을 굴렀던 휴대폰은 아무래도 자신의 것이었던 모양이다.

헤수스와 통화를 하던 카밀리아가 커다란 눈동자를 움직여 로메오를 바라보았다.

매력적인 얼굴이 보기 싫을 만큼 구겨져 있었다.

『여자가 죽으면 너도 죽은 듯이 살아야 할 거야.』

어미의 목숨을 가지고 매번 협박 아닌 협박을 하던 그였으나 막상 그날이 다가왔다는 얘기를 듣자 충격이 큰 듯했다.

카밀리아는 전화기 저편에서 횡설수설하는 헤수스의 말을 끊어 내고 통화를 끝냈다.

절로 올라가려는 입꼬리를 애써 내리 눌러야 했다.

지나가던 사람들이 고개를 돌리고 쳐다볼 만큼 신경질적으로 소리를 지른 로메오가 차에 올라탔다.

『공항으로. 지금 당장.』

『이비사로 가는 거야?』

허리를 숙이고 열린 창문을 손으로 틀어쥐며 카밀리아가 물었다.

로메오가 그녀와 눈을 맞췄다.

『헤수스한테 전해. 바르셀로나에 들렀다 갈지도 모른다고.』

『바르셀로나?』

카밀리아가 고개를 갸웃했지만 할 말은 끝났는지 차의 창문이 올라가기 시작했다.

손가락이 끼이기 직전 황급히 손을 빼낸 카밀리아가 붉은 입술을 짓씹으며 멀어지는 차를 노려보았다.

오늘 그 여자가 죽으면 좋겠다.

그러면 자신의 생일 때마다 저 남자를 놀려 줄 수 있을 테니까.

❖   ❖   ❖

아무리 가을의 중반까지 뜨거운 햇살이 쏟아지는 곳이라 해도 10월의 밤공기는 차가웠다.

한적한 공항을 빠져나와 버스에 오른 자하는 쓰러지듯 주저앉아 작은 몸을 더욱 웅크렸다.

새벽이 넘어가는 시각, 공항버스는 자하와 마찬가지로 지친 표정의 관광객들이 드문드문 자리를 채우고 있을 뿐이었다.

멍하니 캄캄한 창밖을 바라보고 있자 머릿속이 스위치가 켜진 듯 소란스러워지기 시작했다.

"이번 출장은 조금 길어질 거야."

상혁은 바쁜 남자였다.

어릴 때 부유하게 자라지 못했던 것이 한이 되었는지 처절해 보일 정도로 일에 매달리고 돈에 집착했다.

20대 청춘을 다 바쳤던 대기업을 그만두고 자신의 사업을 시작하고 나서부터는 더욱 심해졌다.

누가 봐도 젊은 나이에 성공한 CEO였지만 스스로는 만족할 수 없는 모양이었다.

알고 있었다.

그가 아무리 성공하고, 아무리 돈을 벌어도 결국 만족하지 못할 거라고.

하지만 그 모자란 부분을 자신이 채워 주면 언젠가는 깨달을 거라고 생각했다.

자신이 더 많이 사랑을 표현하고 애정을 갈구하는 상황이 섭섭하다고 느껴지지는 않았다.

살갑지도 따뜻하지도 않았지만 그래도 같이 있으면 좋았다.

외로워하기보다, 부족하다고 느끼는 만큼 그에게 더 주려고 했다.

그렇게 사랑을 하는 자신이 좋았다.

깊은 한숨이 터져 나왔다.

창가가 뿌옇게 흐려졌다 다시 투명함을 찾았다.

"개인적인 연락이야 나도 잘 안 하지. 시차도 있고 바쁜 거 빤히 아는데. 그냥 기다려 봐. 그 녀석 출장 길어지는 게 하루 이틀도 아니고. 솔직히 이번 건이 좀 크긴 크잖아."

스페인으로 출장을 떠나고 한 달쯤 되었을 때 갑자기 연락이 끊겼다.

전화를 하고, 문자를 보내고, 메일로도 안부를 물었지만 돌아오는 답은 없었다.

너무 걱정이 되어 회사를 찾아갔지만 그의 사업 파트너이자 10년 지기 친구인 정우에게서 돌아오는 대답은 너무나도 태연했다.

"업무 보고는 꼬박꼬박 해 주는데. 좀 피곤한 게 아닐까?"

시차도 안 맞고, 놀러 간 것도 아니니까.

그렇게 말하는 남자에게 자하는 아무런 대꾸도 하지 못했다.

다음엔 더 좋은 걸로 사 줄게. 그게 상혁의 입버릇이었다.

원하는 건 물질적인 충족이 아니었지만 그래도 선물을 받았을 때는 순수하게 기뻐했다.

이것이 그가 사랑을 표현하는 방식이라면, 다정한 말 한마디보다 이것이 더 그를 뿌듯하게 하는 일이라면 그거대로 나쁘지 않다고 여겼다.

선물을 건넬 때 짓는 그의 쑥스러운 표정이 좋았으니까.

자하는 주머니에 손을 찔러 넣은 채 고개를 뒤로 살짝 젖

히고 눈을 감았다.

어지럽던 머리가 다시 백지장처럼 하얘지고 낯선 목소리가 천천히 수면 위로 떠올랐다.

「여기 묵었던 동양 남자는 그럴싸한 미녀와 체크아웃을 한 뒤 나갔다는데. 그런 남자를 시간 아깝게 굳이 쫓을 필요 있나?」

감겨 있는 눈꺼풀 위로 눈썹이 살짝 꿈틀거렸다.

모국어의 영향을 그대로 받은 투박한 억양. 낮으면서 싸늘한 목소리. 자신을 경멸하듯 내려다보던 갈색 눈동자.

그럴싸한 미녀란 언젠가 자신과도 식사를 한 적이 있는 그의 비즈니스 파트너일 것이다.

아무것도 모르는 주제에 자신을 스토커 취급하던 남자의 얼굴이 검은 눈앞을 어지럽게 했다.

행색이나 하는 행동으로 보아 못해도 호텔의 고위 관계자가 아닐까.

아니, 관리자면 그래도 되나?

고객한테 그런 식으로 감정적인 발언을 해도 되는 거냐고.

숙박객 정보를 알려 달라고 행패를 부리길 했어, 난동을 피우길 했어.

그냥 가만히 앉아 있었는데 그 태도라니.

「혹시 그 말 알아? '세상에 연락 없이 찾아오는 여자만큼 곤란한 건 없다'.」

⋯⋯나쁜 놈.

자하는 속으로 조용히 욕을 뇌까리며 한숨을 내쉬었다.

그러나 이러니저러니 해도 상혁이 어디에 있는지 알려 준 것은 그 남자였다.

한껏 비꼬는 발언에 화가 나면서도, 그 남자가 알려 주는 대로 바르셀로나행 비행기에 몸을 실었다.

신기하게도 거짓말일 거라는 생각은 들지 않았다.

만약 쫓아내는 것만이 목적이었다면 바로 경호원을 불렀을 것이다.

신원이 불분명한 사람에게 숙박객의 정보를 알려 주는 위험을 감수할 필요는 없었을 테니까.

사람 성질을 긁긴 했지만 도움을 받지 않았다고는 할 수 없어 뭔가 찜찜한 기분이었다.

특히 자신의 마지막 말을 들었을 때의 표정.

그 표정은 도대체 뭐였을까.

상처 받은 얼굴? 아니, 억울하다는 표현이 더 어울릴까? 심한 말을 한 건 그쪽이면서 왜 그런 표정을 지었을까.

생각에 잠겨 있던 그녀는 어느 순간 눈을 뜨고 자세를 똑바로 했다.

조금 전과 다르게 지쳐 있는 얼굴에 떠오른 감정은 곤란함이었다.

오른쪽 손에 들린 휴대폰을 바라보다 왼손을 주머니에서 뺐다.

그곳에는 오른손과 같은 기종의 휴대폰이 들려 있었다.

양쪽 손을 가만히 내려다보던 자하가 인상을 구기며 신음 소리를 냈다.

반대편 창가 쪽에 앉아 있던 노인이 힐끔 쳐다보는 것이 느껴졌다.

"……."

손가락을 움직이자 록이 걸려 있지 않은 휴대폰은 쉽게 액정에 불을 밝혔다.

무음으로 되어 있어 그동안 눈치채지 못했을 뿐 부재중 전화와 새로운 메시지가 엄청나게 와 있었다.

제일 위에 있는 받지 못한 번호를 향해 손가락을 움직이다 그만두고 메시지함으로 들어갔다.

어지럽게 나열되어 있는 메시지 역시 스페인어였다.

살피는 것을 멈추고 휴대폰을 다시 재킷 주머니에 집어넣었다.

자신은 최초의 동양인 관광객 출신 소매치기일 것이다.

높아 보이는 사람이었으니 바르셀로나 호텔에 가서 상황을 설명하면 되지 않을까.

그 뒤는 그쪽에서 알아서 하겠지. 연락을 하든 택배로 보내 주든.

관광비자로 들어온 여행객이 그 뒤까지 책임지는 건 어찌 보면 어불성설이었다.

일부러 훔치려고 한 것도 아닌데, 뭐.

그러나 스스로를 다독이면 다독일수록 왠지 모르게 마음이 더 무거워졌다.

자신을 불결한 존재인 듯 노려보던 남자의 눈동자가 자꾸만 떠올랐다.

자하는 입술을 깨물다 버스 전광판에 떠오른 그림 같은 문자들을 보고 의자에서 엉덩이를 뗐다.

광장에 내려서자 숨이 턱 막힐 정도로 거대한 분수가 시선을 빼앗았다.

큰 호텔이라 내리자마자 금방 찾을 수 있을 거라 생각했는데 주변에 보이는 것은 거대하고 썰렁한 건물들뿐이었다.

깜깜한 거리를 지나다니는 사람도 없었다.

자하는 배터리가 얼마 남지 않은 휴대폰을 꺼내 들어 더듬

더듬 길을 찾기 시작했다.

지도를 따라 골목을 꺾어 들자 더욱 어두운 거리가 그녀를 반겼다.

스페인을 방문한 것은 이번이 두 번째였다.

서른이 되기 직전 회사를 그만두고 여러 나라를 혼자서 여행했다.

가까운 곳으로는 일본, 동남아시아, 멀게는 프랑스와 영국.

미국에서 2주 동안 혼자 생활했던 적도 있었다.

영어로 하는 의사소통에는 문제가 없었기에 지금껏 큰 두려움이 없었던 건지도 모른다.

출장으로 스페인에 머물고 있었던 상혁과 만난 것도 그때였다.

그래서 자하는 여행이 좋았다.

벌써 2년이 훌쩍 지나 아련한 기억이 되었지만.

"아무래도 이 길이 아닌 것 같은데."

자하가 걸음을 멈추고 뒤로 돌았다.

지도가 표시하는 곳과 달리 길은 한산하기 그지없었다.

관광객을 환영해야 하는 호텔이 골목 한구석에 자리하고 있을 리가 없었다.

다시 광장 쪽으로 걸어가려다 확실히 길을 찾은 다음 움직이는 편이 좋겠다는 생각이 들어 한쪽에 놓여져 있는 벤치에 앉아 잠시 숨을 골랐다.

"돌아가고 싶다……."

둘이서.

내가 당신을 만나기 위해 이곳까지 왔다는 사실을 알면 당신은 어떤 표정을 지을까.

좋아할까. 반가워할까. 기뻐할까. 감동할까.

아니면…….

『헤이, 아시안. 혼자야?』

경박한 목소리에 자하가 흠칫하며 고개를 들었다.

어두웠지만 자신을 향해 다가오는 몇 명의 남자를 확인할 수 있었다.

몸이 굳은 듯 움직일 수가 없었다. 일어나 도망치면 쫓아올 것 같았다. 캐리어를 쥐고 있는 손아귀에 힘이 바짝 들어갔다.

『같이 놀까?』

『샹그리아 좋아해?』

아무런 대답도 하지 않자 남자가 가까이 다가와 그녀의 어깨에 손을 올렸다.

목소리가 제대로 나오지 않아 자하는 황급히 몸을 뒤로 뺐다.

"혼자 상혁 씨를 찾아가겠다고? 미쳤어?"

확실한 계획 없이 무작정 스페인으로 떠나겠다고 했을 때 정색하던 친구 선민의 목소리가 머릿속을 스쳤다.

그동안 혼자 여행을 떠났던 적이 많았기에 저도 모르게 자만했던 걸지 모른다.

두 번째 방문이었던 데다 도착하기만 하면 상혁을 금방 만나게 될 것이라 여겼다. 이렇게 늦은 시각에 혼자 길거리를 방황하게 될 거라고는 상상도 하지 못했다.

'낯선' 나라에 '혼자' 있다는 사실이 그제야 온몸으로 느껴졌다.

서로 시선을 교환하며 웃던 남자들 중 한 명이 그녀의 손목을 움켜쥐었다. 등 뒤로 소름이 쭉 내달렸다.

『길을 잃은 것 같은데. 찾아줄까?』

"⋯⋯놔!"

『걱정 마. 제대로 안내해 줄 테니까. 그전에 술부터 한잔하자고.』

무슨 말을 하는지는 알 수 없었지만 키득거리는 웃음소리로 자하는 자신의 상황을 확신했다.

가까이 다가와 얼굴을 드러낸 남자들은 기껏해야 20대 초

반의 나이로 보였다. 아니, 더 어릴지도 모르겠다.

자하는 자신의 팔과 캐리어를 동시에 잡고 끌어당기는 남자를 향해 다른 한 손을 들어 올렸다.

순간 남자가 그대로 바닥을 나뒹굴었다.

넘어지면서 잡고 있던 손을 당겼던 터라 자하의 몸이 따라서 휘청했다.

똑같이 쓰러지려는데 억센 힘이 허리를 잡아챘다.

등에서 느껴지는 온기에 놀라 고개를 돌리자 짜증이 가득 담긴 표정으로 자신을 내려다보는 남자가 눈에 들어왔다.

어둠 속에서도 확실하게 느껴지는 위압감에 자하가 붉은 입술을 달싹였다.

"……어."

어떻게 이 남자가 여기 있지?

『제정신이야? 이 시간에 혼자 돌아다녀? 돈이고 몸이고 다 가져가라고 광고하는 거야?』

「……난 스페인어는 모르…….」

『저리 안 꺼져?』

자하의 말을 자른 로메오가 앞에 서 있는 녀석들을 위협하며 소리 질렀다.

자신보다 머리 하나는 더 큰 남자가 목소리를 높이자 소년들은 머릿수에서 유리함에도 불구하고 동료를 버리고 내달렸다.

바닥에 쓰러진 채 신음 소리를 내며 몸을 들썩이던 녀석도 이내 급하게 일어나 어딘가로 달려 나갔다.

자하는 사라져 가는 소년들을 보고서야 허리를 감싸고 있는 남자가 자신을 구해 주었다는 사실을 깨달았다.

기울어져 있던 몸을 똑바로 하자 미처 느끼지 못했던 머스크향이 코끝을 스쳤다.

얼굴을 똑바로 마주하기도 전에 그가 손목을 세게 낚아챘다.

「이리 와.」

방금 그 소년과 똑같은 곳을, 그것보다 더 우악스러운 힘으로 잡아채는데도 왜인지 모르게 조금도 무섭지 않았다.

자하는 커다란 등을 바라보며 멍하게 발을 움직일 뿐이었다.

머릿속은 도대체 왜 이 남자가 여기 있는 건지 그 의문으로 가득해 다른 것은 생각할 수가 없었다.

제대로 힘주어 끌지 못하는 캐리어가 몇 번이나 덜컹거리는 소리를 냈다.

필사적으로 힘을 주었지만 다리가 생각처럼 제대로 움직여지지 않았다.

스스로도 눈치채지 못했지만 꽤나 놀란 모양이었다.

남자의 커다란 보폭을 애써 맞추려 하던 자하가 결국 견디지 못하고 자리에 멈춰 섰다.

「잠깐, 잠시만…….」

차오르는 숨을 가라앉히며 겨우 한마디를 내뱉었다.

앞만 보고 걸어가던 남자가 그대로 얼굴을 돌렸다.

갈색 눈동자는 고요했지만 처음 만났을 때 단정하게 세팅되어 있던 머리가 조금 흐트러져 있었다.

칼조차 들어가지 않을 제복처럼 보였던 슈트 역시 구겨진 상태였다.

「왜 그래?」

「……다리가 안 움직여요.」

남자는 자하를 가만히 바라보다 결국 쯧, 하고 혀를 찼다.

「정말 손이 많이 가는 여자군.」

중얼거린 그가 몸을 돌려 가까이 다가왔다.

불규칙적인 숨이 터져 나오는 입술을 손등으로 훔치던 자하가 미처 무어라 말할 겨를도 없이 그가 허리를 숙였다.

「무슨……!」

자하가 작은 비명을 흘렸지만 그는 신경도 쓰지 않았다.

그녀를 그대로 어깨에 들쳐 멘 채 나머지 손에 캐리어를 들고 성큼성큼 다시 걸음을 옮겼다.

「뭐하는 거예요! 내려놔요!」

190cm는 넘을 것 같은 장신의 남자에게 짐짝처럼 들려진 자하는 당황스러움과 부끄러움이 뒤섞여 허리를 들며 소리를 질렀다.

등을 몇 번 때렸지만 꿈쩍도 하지 않아 더욱 얼굴에 열이 오르는데, 문득 맞은편 골목에서 움직이는 실루엣이 보였다.

아까보다 머릿수가 늘어나 있었다.

도망친 것이 아니라 동료들을 부르러 갔던 모양이었다.

빨리 벗어나지 않으면 진짜 무슨 일이 날지도 모른다는 생각에 자하는 행동을 멈추고 남자의 슈트 재킷을 꽉 움켜쥐었다.

휘청거리는 몸을 분수대 앞에 기대고 숨을 골랐다.

여전히 한적하긴 했지만 그래도 골목을 벗어나 광장 쪽으로 나오자 지나다니는 사람이 있긴 했다.

한쪽에 위치한 조그마한 가게 테라스에 앉아 와인을 마시는 사람들도 보였다.

찬찬히 주변을 살피던 자하가 눈동자를 돌려 자신의 앞에 팔짱을 낀 채 서 있는 남자를 눈에 담았다.

이 남자가 어떻게 바르셀로나에 있는 건지, 어떻게 자신이 그곳에 있는 걸 알았는지, 도대체 정체가 무엇인지 많은 질문이 뒤섞여 혼란스러웠지만 가장 먼저 해야 할 일이 무엇인지는 잘 알았다.

고맙다는 말을 꺼내려는 순간 남자가 한 발 가까이 다가왔다.

날카롭게 날이 선 목소리가 귀를 파고들었다.

「휴대폰 내놔. 소매치기.」

뭐라 대꾸할 틈도 주지 않은 로메오가 그녀의 가방을 향해 손을 뻗었다.

가방을 낚아채려는 찰나 자하가 반사적으로 그의 팔을 밀어냈다.

「아…….」

그래. 내가 이 사람 휴대폰을 가지고 있었지.

그제야 어지럽던 마음 한구석에 실마리가 잡히는 기분이었다.

분주하게 뛰던 심장이 조심스레 제 속도를 찾아갔다.

「당장 내놔. 당신이 가져간 거 다 알고 있으니까.」

「일부러 그런 건 아니었어요.」

「의도 따위는 관심 없어. 훔쳐갔다는 사실에는 변함이 없으니까.」

「……당신도 몰랐잖아요. 바르셀로나 호텔에 맡기려고 했었어요.」

남자의 표정은 펴질 생각을 하지 않고 있었다.

자하는 그 이상 말하는 것을 그만두고 재킷 주머니에 손을 넣었다.

이런 상황에서 더 말을 해 봤자 변명일 뿐이었다.

그의 말대로 자신이 휴대폰을 가지고 간 것은 사실이었으니까.

문득 드는 생각은, 얼마나 중요하기에 이렇게 자신을 바로 뒤쫓아 온 것일까 하는 의문. 같은 비행기를 탄 것도 아닐 텐데. 저렇게 흐트러진 모습으로.

「어……?」

한숨을 낮게 내쉬던 그녀가 당황스러운 소리를 흘리며 썰렁한 주머니에서 손을 빼냈다.

분명히 여기 넣어뒀었는데.

반대쪽 주머니도 확인했지만 마찬가지로 휴대폰은 없었다.

자하의 표정이 바뀌는 것을 발견한 그가 못 참겠다는 듯 미간을 좁혔다.

「시간 끌지 말고 이리 내.」

「……어, 없어졌어요.」

「뭐?」

「분명히 주머니 안에 넣어뒀었는데.」

「웃기지 마!」

아랫입술을 짓씹은 남자가 우악스럽게 그녀의 재킷을 벗겼다.

「무슨, 잠깐…….」

거칠게 벗겨낸 재킷의 주머니를 뒤적거리던 그는 알 수 없는 말을 중얼거리더니 재킷을 내팽개치고 그녀의 손가방을 낚아챘다.

「그딴 농담 듣고 있을 시간 없다고.」

기다리라는 말을 꺼낼 수도 없었다.

남자는 자하의 조그마한 손가방을 거꾸로 들어 그대로 바닥에 쏟아냈다.

지갑, 여권, 립글로스, 손거울 등이 차가운 바닥을 굴렀다.

「이봐요!」

「젠장! 캐리어를 끌고 돌아다니는 관광객 주제에 휴대폰을 재킷 주머니 안에 넣어뒀단 말이야? 차라리 길바닥에 버려두는 게 더 안전하겠어!」

그가 세워져 있던 캐리어를 신경질적으로 눕히고 지퍼를 열었다.

「거기엔 없어요!」

자하가 팔을 붙잡았지만 남자의 손길은 거침이 없었다.

고이 개여 있던 옷가지들을 마구 헤집은 뒤 그가 짜증스럽게 머리를 쓸어 올렸다.

「빌어먹을.」

자하는 그에게서 캐리어를 빼앗듯 끌어당겨 옷들을 다시 정리하기 시작했다.

주머니에 넣어 둔 건 그의 휴대폰만이 아니었다. 자신의 휴대폰도 사라져 있었다. 아까 전 정신이 팔렸을 때 그 녀석들이 가지고 간 것이 틀림없었다.

문득 울컥, 울음이 터질 것 같아 아랫입술을 꽉 물었다. 멈추었던 몸의 떨림이 다시 시작됐다.

「……여기 내려서, 호텔을 찾을 때까지는 분명히 있었어요.」

남자가 자리에서 일어나더니 걸음을 옮겼다.

자하는 엉망이 된 캐리어와 멀어지는 남자를 번갈아 가며 바라보다 얼른 캐리어의 지퍼를 채웠다.

「어디, 어디 가는 거예요?」

「아까 거기. 떨어져 있을지도 몰라.

「기다려요.」

「따라오지 마. 당신한테는 더 이상 볼일 없어.」」

「……제 휴대폰도 없어졌단 말이에요.」

자하가 떨리는 목소리를 애써 내며 캐리어를 들었다.

다리는 아까보다 더욱 말을 듣지 않았지만 지금 여기서 남자를 놓치면 안 된다는 생각이 들었다.

드륵, 캐리어를 끌며 멈춰 서 있는 남자를 향해 다가갔다.

「……」

새하얗게 질린 여자의 얼굴을 내려다보던 남자는 주변을 향해 시선을 돌렸다. 그리고 그녀의 캐리어를 잡아챘다.

「……아.」

뭐라 얘기도 하지 않고 앞장서서 걷는 남자를 자하는 열심히 뒤쫓았다.

그러나 남자가 향한 곳은 조금 전 으슥한 골목이 아닌, 은은한 불빛이 자리하고 있는 작은 술집이었다.

테라스의 의자를 빼낸 남자가 자하를 그곳에 앉혔다.

「여기서 기다려. 움직이지 마. 절대로.」

「……」

무슨 일인가 싶어 다시 자리에서 일어나려는데 그가 한쪽 어깨에 손을 올리더니 힘을 주었다.

그때, 베스트까지 완벽하게 갖추어 입은 슈트의 남자가 가게에서 걸어 나왔다. 우아하게 넘긴 머리는 검은색이었지만 눈동자는 녹색이었다.

반갑다는 듯이 악수를 청한 남자가 유창하게 스페인어로 이야기를 하기 시작했다. 그러면서 가끔씩 자리에 앉아 있는 자하를 향해 시선을 주기도 했다.

아는 사람인가?

무슨 말인지 알아들을 수 없었기에 자하는 초조한 눈으로 그들을 살필 뿐이었다.

대화를 끝냈는지, 남자는 붙잡을 새도 없이 빠르게 몸을 돌려 그곳을 벗어났다.

「……!」

「안녕하세요.」

사라지는 남자를 보고 놀라 벌떡 일어나는 자하를 향해 또 다른 남자가 부드럽게 미소를 지어 보였다.

이곳에 와서 처음으로 보는 사람의 웃는 얼굴이었다.

「영어로 말씀하셔도 괜찮습니다. 휴대폰을 도둑맞았다니 큰일이네요.」

「…….」

「전 이 가게 마스터입니다. 루카라고 불러 주세요.」

「아, 저는…… 아니, 저 남자는…….」

「다시 돌아올 겁니다. 걱정하지 마세요.」

자하는 입술을 달싹거리다 이내 다물었다.

그 심정을 다 안다는 듯 루카가 미소를 조금 더 진하게 만들었다.

「여자가 짐까지 끌고 새벽 거리를 돌아다니기는 힘드니까요. 불안하겠지만 조금 참으면 데리러 올 겁니다.」

「…….」

「제가 당신을 뭐라고 부르면 될까요?」

따뜻한 미소와 매너 있는 표현.

자하는 무언가에 홀린 듯 천천히 입술을 뗐다.

「……자하요.」

「자하.」

루카는 자하의 이름을 확인하듯 부르더니 고개를 한 번 끄덕였다.

「무슨 일이 있었는지는 나중에 풀죠. 그보다.」

자하는 루카의 시선이 머무는 곳을 향해 눈동자를 내렸다.

마치 흙무덤에서 구른 것처럼 손이 엉망이었다. 언제 무엇을 만져서 이렇게 됐는지도 기억나지 않았다.

절박한 심정과 마찬가지로 까맣게 변해 버린 손바닥을 내려다보던 자하가 고개를 들자, 루카가 입꼬리를 올렸다.

「화장실은 안쪽에 있습니다. 씻고 오시면 따뜻한 우유와 담요를 준비해 드릴게요. 쌀쌀하죠?」

「…….」

「제발 휴대폰을 찾았으면 좋겠네요.」

「…….」

「아름다운 당신의 마음에 스페인이라는 나라가 좋은 추억으로 남을 수 있도록.」

자하는 낮으면서도 다정한 목소리를 들으며 분수대 저편

의 검은 골목을 하염없이 응시했다.

끝도 없이 흔들리던 마음이 어둠 속으로 가라앉는 느낌이었다.

chapter
2

「뭐하는 거야?」

룸의 문을 열고 들어가려던 로메오는 자하가 복도에 멈춰 선 채 꼼짝도 하지 않고 있자 몸을 돌려 한쪽 손으로 문틀을 잡았다.

「……왜 제가 여기 들어가야 하죠?」

남자의 시선에 자하가 숙이고 있던 고개를 들어 올렸다.

발갛게 달아올라 있는 그녀의 눈 밑에 로메오가 눈썹을 찌푸렸다.

「이야기할 게 있다고 했잖아.」

「……로비, 에서 해도 괜찮지 않나요?」

「일단 들어와.」

「로비에서 하시죠.」

「하아.」

로메오가 한숨을 내쉬며 얼굴을 살짝 숙였다.

모델이라고 해도 손색이 없을 정도로 큰 키였지만 덩치가 제법 있어 모델이라기보다는 운동선수 같은 느낌이었다.

조금만 움직여도 마치 커다란 육식동물이 움직이는 것처럼 위협적이라 자하는 저도 모르게 한 발자국을 뒤로 물러섰다.

「내 휴대폰에 대해 얘기할 거야. 아주 중요한 사항이라 밖에서는 못 해. 당신 같은 여자 잡아먹을 생각 없으니까 시끄럽게 굴지 말고 들어와.」

「…….」

「당신도 지배인이 하는 이야기 들었잖아? 바로 옆방이 그 동양 남자가 머물고 있는 곳이라고.」

「…….」

「남자가 돌아오는 대로 연락이 올 거야. 어차피 당신, 지금 갈 곳도 없잖아? 또 로비에 쭈그려 앉아 있을 건가? 아니면 복도?」

「……내가 알아서 해요.」

「묻는 말에 대답만 해 주면, 금방 보내 주지.」

눈이 마주치자 남자는 턱짓을 까딱했다.

마치 '어서 이리 와'라고 말하는 듯한 그 눈빛에 자하는 망설이다 입술을 꾹 누르며 걸음을 옮겼다.

등 뒤로 룸의 문이 닫히자 목 근처의 감각이 쭈뼛 서는 느낌이 들었다.

바르셀로나 W 호텔.

한참의 시간이 지나도 돌아오지 않던 남자는 자하가 의자에 앉아 꾸벅꾸벅 졸기 시작할 때쯤 다시 모습을 드러냈다.

더욱 화가 나고 지친 모습으로.

그는 이미 노곤해진 자하의 팔을 우악스럽게 붙잡고 술집을 빠져나와 익숙하게 움직였다.

손에 이끌려 가다 보니 어딘지 도저히 짐작조차 할 수 없었던 거대한 호텔이 금세 위용을 드러내었다.

로비로 들어서자마자 당황스러운 얼굴로 남자를 맞이하는 호텔 직원의 모습을 보고, 자하는 자신의 짐작보다 그가 훨씬 더 높은 직급이라는 생각을 했다.

두 사람은 스페인어로 대화를 나누고 있었지만 중간에 나온 '상혁'이라는 이름을 놓치지는 않았다.

움찔하는 자신을 힐끔 내려다본 남자가 냉정하게 한마디를 툭 내뱉었다.

「체크아웃은 하지 않았다는데.」

「여기 있는 거예요, 그럼?」

「2302호실에 묵고 있어. 어젯밤에 나가서 아직 들어오지 않았다는군.」

「…….」

너무나도 정신이 없는 상황에 자신조차 까맣게 잊고 있었던 상혁에 대해 물어봐 준 남자가 신기해, 자하는 직원에게 영어로 설명을 부탁하는 그의 얼굴을 빤히 바라보았다.

처음 보는 상대를 비아냥거리고 소매치기 취급하며 길 한복판에서 캐리어까지 다 뒤졌던 남자다.

그러나 다르게 생각하면 상혁이 어디에 있는지 알려 주었고, 위험에 빠진 자신을 구해 줬으며, 이렇게 호텔까지 데리고 와 주었다.

나쁜 놈인 건지, 아니면 다정한 사람인 건지.

결론을 내릴 수가 없다.

그래서 이렇게 이름조차 모르는 외국인과 룸에 함께 있는 자신이 올바른 건지, 아니면 미친 짓을 하고 있는 건지 판단을 할 수가 없었다.

「내 휴대폰, 봤나?」

「……네?」

남자가 넥타이를 풀며 중얼거렸다.

어느새 입에는 불이 붙지 않은 늘씬한 담배가 끼워져 있었다.

「안을 살펴봤냐고. 록 같은 거 안 걸려 있었잖아.」

「아, 네…… 확인한다고 잠깐요.」

「새로 도착한 메시지라거나…….」

남자가 어울리지 않게 말끝을 흐렸다.

창틀에 비스듬하게 기대 앉아 자신을 가만히 바라보는 남자의 얼굴에는 초조함이 묻어 있었다.

자하는 한동안 그림 같은 얼굴을 감상하듯 가만히 바라보고 있다 자신의 상황을 깨닫고 천천히 입을 뗐다.

「네. 보긴 했는데…….」

순식간이었다.

그가 몸을 일으켜 빠르게 다가오더니 그녀의 양 어깨를 부여잡았다.

「봤어? 메시지?」

「네? 네.」

「뭐라고 쓰여 있었지?」

「제가 스페인어를 몰라서…….」

「기억해 내.

「네?」

「떠올려. 알파벳은 알 거 아니야. 뜻은 몰라도 모양은 기억하고 있겠지.」

「그런…….」

남자는 마치 학생을 다그치는 선생처럼 명령을 하고 있었다.

네가 감히 거절할 수는 없다는 표정으로.

자하는 자신의 어깨를 쥐고 있는 커다란 손에 점점 힘이 들어가는 것을 느끼고 미간을 찌푸렸다.

그것이 시작이었다.

지긋지긋한 악연의.

❖   ❖   ❖

「생각 안 난다고 몇 번을 말해요?」

「그쪽이야말로 떠올리라고 몇 번을 말해야 알아듣지?」

「하. 내가 무슨 천재도 아니고, 그냥 스치듯 본 외국어를 떠올리라고 해서 떠올릴 수 있을 리 없잖아요. 억지 좀 그만 부려요.」

「사람이란 한계에 부딪히면 초인적인 힘을 발휘하게 되는 법이야. 당신은 아직 떠올릴 생각이 없는 거지.」

「저기요!」

말이 통하지 않자 자하가 테이블을 주먹으로 내리치며 자리에서 일어났다.

어느새 커튼 사이로 어스름하게 빛이 들어오고 있었다.

도대체 몇 시간째 그와 결론이 나지 않은 말다툼을 하고 있는 건지 알 수가 없었다.

갑작스레 일어났기 때문인지, 아니면 하루 종일 시달린 탓인지 눈앞이 어지러워 자하는 다시 자리에 주저앉았다.

이마를 감싸 쥐며 자신을 노려보고 있는 남자를 향해 시선을 주었다.

긴 다리를 주체하지 못해 꼰 채 느슨하게 테이블 밖으로 꺼내 놓은 남자는 여전히 담배를 입에 문 채 팔짱을 끼고 고압적으로 그녀를 내려다보고 있었다.

팔꿈치까지 걷어 올린 셔츠는 구겨지고 머리는 헝클어져 있었으며, 다갈색의 눈동자는 퀭했다.

물론 그중 무엇 하나도 남자를 망가뜨릴 수는 없었지만.

「……굉장히 짧은 내용이었어요.」

「그럼 더 떠올리기 쉽겠네.」

자하는 하, 하고 헛웃음을 흘렸다.

「생각 안 나요. 그만하죠, 이제. 이런 무의미한 대화.」

「내가 무의미한 대화를 즐길 만큼 그렇게 한가한 사람으로 보여?」

자하가 피곤으로 뻑뻑해진 눈을 내리감았다.

도대체 자신이 여기서 무얼 하고 있는 건지, 이제는 그것조차 생각할 힘이 없었다.

「기억해 내기 전엔 여기서 한 발자국도 못 나가.」

「……」

자하가 입술을 질끈 깨물었다.

떨리는 목소리를 애써 숨기며 말을 내뱉었다.

「잠깐 이야기만 하면 보내 준다면서요.」

「당신이 메시지를 봤을 줄은 몰랐어.」

「거짓말이었어요. 본 적 없어요.」

피식, 남자가 한쪽 입꼬리만 올려 웃었다.

이제 와서 그런 말이 통할 것 같냐는 듯한 비웃음이었다.

새벽에 휴대폰을 찾기 위해 돌아다닐 때만 해도 여유라고는 눈곱만큼도 없는 모습이었는데, 어느새 첫 만남 때의 그 얄미운 남자로 돌아가 있었다.

「……착각해서 당신 휴대폰을 가지고 온 건 내 실수예요. 그건 내 잘못 맞다구요. 미안해요. 그렇다고 이렇게 생떼를 쓰는 게 어디 있어요? 복수라도 하는 거예요?」

「조금 전에 말하지 않았던가? 한가한 사람 아니라고.」

「그럼 도대체 왜……!」

「아주 중요한 메시지니까.」

남자가 재떨이에 담배를 비벼 끄며 한숨을 내쉬었다.

짜증스럽다는 듯 인상을 구기는 남자의 얼굴을 보고 자하 역시 미간을 좁혔다.

「그렇게 중요하면 상대방에게 다시 보내 달라고 해요! 상관도 없는 사람 붙잡고 늘어지지 말고!」

「그게 가능하면……!」

진작 그렇게 했지.

당신 같은 말 안 통하는 여자를 억지로 데리고 오는 게 아니라.

로메오는 뒷말을 삼키며 입술을 잘근잘근 물었다.

헤수스의 연락에 의하면 여자는 아직도 혼수 상태였다. 메시지는커녕 두 번 다시 얼굴을 마주하고 인사조차 하지 못할 것이다.

답답함에 머리를 감싸 쥔 로메오가 얼굴을 내리며 욕설을 중얼거렸다.

「……불가능한 일이니까 이렇게 부탁하고 있잖아.」

「부탁이요?」

자하가 어이없다는 듯 말을 이었다.

「사람을 호텔방에 감금해 놓고 아침이 다 되도록 재우지 않는 게 이 나라 부탁 방법인가 보네요.」

「동양 남자, 아직 안 돌아왔어. 따뜻한 방에 음식까지 제

공해 줬지. 아주 맛있게 잘 먹었으니 내게 그 정도 부탁할 권리는 있을 것 같은데.」

「……」

이 남자가.

자하가 주먹을 쥐고 있는 손에 힘을 주었다.

금방 끝날 줄 알았던 이야기는 남자의 억지로 인해 꼬리에 꼬리를 물며 끝도 없이 이어졌다.

새벽 4시가 넘어가던 시각, 결국 화가 나 자신은 아무것도 모른다며 방을 벗어나려던 자하의 배에서 꼬르륵 소리가 난 것이 화근이었다.

그녀를 비웃듯 로메오는 그 즉시 전화기를 들어 메뉴를 주문했다.

눈앞에 놓여진 먹음직스러운 샐러드와 싱싱한 과일, 바삭하게 구워진 치킨 텐더는 하루 종일 쫄쫄 굶은 자하에게 그냥 넘어가기 힘든 유혹이었다.

배를 든든하게 채우고 나서야 자신이 원래 이곳을 벗어나려 했었다는 사실을 깨달았다.

「여기 있는 게 싫다면 당신이 휴대폰을 찾아서 내 앞에 가지고 오든지. 그전엔 못 나가.」

「경찰에 신고할 거예요.」

그녀의 말에 그동안 계속 굳어져 있던 로메오의 한쪽 입꼬리가 올라갔다.

한마디도 지지 않고, 도전적이고, 자신을 경멸 어리게 바라보는 검은 눈동자.

제 하고 싶은 대로 끝까지 다 해야만 직성이 풀리는 여자.

여자를 처음 봤을 때 느꼈던 분노가 다시 한 번 치밀었다.

빌어먹을.

「그쪽이야말로 절도죄로 잡혀 가고 싶지 않으면 내 말 듣는 게 좋을 거야.」

「뭐라고요?」

「내 휴대폰 훔쳐서 달아나다 잡힌 거잖아.」

「그걸 지금 말이라고…….」

「무슨 목적으로 이 나라에 왔는지도 불분명한 당신과 세금을 꼬박꼬박 내고 있는 나 중 누구 말을 경찰이 더 믿을까.」

「이봐요!」

「신고할 정신이 있으면 메시지 내용이나 떠올려.」

로메오는 그 말을 끝으로 일어났다.

자하가 자리에서 일어났을 때도 별로 위화감이 없던 눈높이가 순식간에 뒤바뀌었다.

남자의 싸늘한 시선을 피해 자하가 고개를 돌렸다.

본능적으로 두려움이 느껴졌다.

「동양인은 기억력이 좋잖아. 기대해 보지.」

남자는 그 말을 끝으로 호텔방을 벗어났다.

한동안 굳게 닫힌 문을 노려보고 서 있던 자하가 한순간 하아, 숨을 터트리며 자리에 쓰러지듯 앉았다.

도대체 이게 무슨 일이야.

그저 서프라이즈처럼 상혁의 앞에 나타나고, 행복한 재회를 하고, 그리고 함께 한국으로 돌아갈 예정이었다.

그뿐이었다.

자신에게 닥친 일이었지만 도저히 현실처럼 느껴지질 않았다.

"자하야, 이번 출장에서 돌아오면⋯⋯."

"⋯⋯나도 기억해 내고 싶다고."

자하는 얼굴을 감싸 쥐고 테이블 위에 엎드렸다.

머리가 빙글빙글 돌았다.

❖   ❖   ❖

―어때? 뭐 좀 알아낸 거 있어?

『없어. 그쪽은.』

―네 휴대폰은 이미 바다를 건넌 것 같다.

『…….』

―왜 아무 말도 안 했는데 욕이 들리는 것 같지? 너 이제 그런 능력까지 생긴 거냐?

『……의식은 계속 없고?』

―그래. 여전해. 주치의가 제 목숨이 날아가는 것처럼 안절부절못하고 있어. 언제 넘어올 거야?

『당분간 자리 좀 지켜 줘.』

―뭐? 거기서 휴대폰 찾아봤자 이제 소용없다니까.

『휴대폰은 잃어버렸지만 대신 다른 게 손에 들어와서. 시간이 좀 걸릴 것 같아.』

―다른 거라니, 무슨?

『나중에 설명할게. 일 있으면 호텔 쪽으로 연락해. 그리고 유언장 내용 바뀐다는 게 어떤 건지 정확히 좀 알아봐. 그와 관련해서 들은 얘기 아무것도 없으니까.』

―안 그래도 지금 그것 때문에 머리 터질 것 같다. 네가 모른다면 나도 자신은 없는데…… 아무튼 알았다.

전화를 끊은 로메오가 문을 열고 가게 안으로 들어섰다.

새벽과 마찬가지로 정갈한 모습을 하고 있는 루카가 팔짱을 낀 채 그를 노려보고 서 있었다.

『내 휴대폰으로 전화해도 헤수스에게서 아무 말 없어?』

『약삭빠른 놈이잖아. 자신에게 도움이 되는지 아닌지 구별이 가지 않을 때는 아무것도 건드리지 않아.』

그에게 휴대폰을 넘겨준 로메오가 굳어진 얼굴로 창가 쪽 테이블에 자리를 잡았다.

『그 아름다운 아가씨는?』

『동양 여자를 말하는 거라면 호텔.』

『이런, 벌써 해치운 거야?』

『……몇 살일지 짐작도 안 가는 어린애 같은 여자한테 손대는 취미는 없어.』

『동양인은 겉만 그렇지 실제로는 꽤 나이가 많다고. 알잖아.』

『난 겉이 중요해.』

『하여튼.』

혀를 찬 루카가 끼고 있던 팔짱을 풀고 그의 앞에 마주 앉았다.

『티는 안 냈지만 새벽에 내가 얼마나 놀랐는지 알아? 네가 왜 여기에 있어?』

『저번 만찬 때 만났으면서 새삼스럽게.』

루카의 추궁에 로메오가 예민하게 굴지 말라는 듯 눈짓을 보냈다.

『가게로 찾아온 거 말이야.』

『아아. 여기는 5년 만인가. 변한 게 하나도 없어서 꼭 어제 들렀던 것 같네.』

『......무슨 일이야?』

대충 얼버무리려 했지만 루카에게 그런 것이 통할 리는 없었다. 로메오는 피곤한 표정으로 한숨을 흘렸다.

하루 동안 너무 많은 일이 벌어져 혼란스러운 것은 그 역시 마찬가지였다.

여자가 쓰러졌고, 유언장이 수정되었고, 그 유언장은 자신의 대답 여부에 따라 달라진다고 한다.

대답 여부에 따라 달라진다니. 도대체 무슨 꿍꿍이속인 거야? 그딴 짓을 하니 세상의 비웃음을 사지.

『손님 대접 안 해?』

메뉴판도 안 주고.

로메오가 담배를 꺼내 들며 중얼거렸다. 루카가 긴 다리를 꼬며 아니꼬운 표정을 지어 보였다.

『진작 영업 종료했어. 가게 안에 들어오게 해 주고 휴대폰 빌려 준 것만으로도 고맙다고 해.』

『와인. 화이트로.』

『......야.』

『아만다가 의식 불명이야.』

『.......』

로메오가 하얀 연기를 내뿜었다. 그를 가만히 바라보던 루카가 천천히 일어섰다.

『맨정신으로 얘기해. 오렌지 주스 마시면서.』

하, 웃음을 터뜨린 로메오가 담배를 든 손을 움직여 이마를 긁적였다.

고개를 숙인 채 생각에 빠져 있는 그의 앞에 유리잔이 놓였다.

얼굴을 들어 올린 로메오가 다시 맞은편에 자리를 잡고 앉는 루카를 노려봤다. 진짜 주스를 줄 줄은 몰랐다는 눈빛으로.

『더 알 수가 없다. 아만다가 그렇게 됐으면 마드리드 병원에 박혀 있어야 할 녀석이 바르셀로나까지는 무슨 일인 거야. 그 동양인 여자는 뭐고.』

『뭐긴 뭐야. 아만다가 또 쓸데없는 짓을 벌여서 이 모양이 된 거지.』

『아만다가?』

『유언장을 수정했는데 그와 관련된 메시지를 내 휴대폰으로 보냈다더군. 무슨 내용인지 확인하기도 전에 휴대폰을 소매치기당했어. 거기에 결정적인 역할을 한 게 새벽의 그 동양인 여자고.』

『……잠깐. 정리할 시간 좀 줘. 무슨 말인지 잘 모르겠으니까.』

『나도 마찬가지니까 더 이상 묻지 마.』

그의 까슬한 대답에 루카가 잔을 조금 더 앞으로 밀었다. 뭔가 복잡해 보였지만 나름 이해해 보려 애쓰는 얼굴이었다.

『일단 마드리드로 가서 아만다 휴대폰을 살펴보는 게 빠르지 않겠어? 휴대폰으로 보냈다면 기록이 남아 있을 텐데.』

『벌써 헤수스한테 부탁해서 조사해 봤어. 그쪽 변호사가 거절했대. 거기다 그 여자, 지금 이비사에 있어.』

『……뭔가 굉장히 아만다가 할 법한 일이긴 한데.』

『망할 여자. 마지막까지 나한테 엿을 먹이려는 거야.』

욕을 내뱉는 로메오를 보고 루카가 손에 턱을 괴었다.

어린 시절에 만나 청년기를 함께 거쳤다.

처음 만남은 어른들의 사교 모임에서, 어찌 보면 억지스럽게 시작되었지만 서로의 성향이 비슷하다는 사실을 알게 된 후로는 줄곧 붙어 다녔다.

공통점이 많았다.

가업을 잇는다거나 회사를 경영하는 일에는 관심이 없는 것도 같았다.

자유롭게 사는 삶을 항상 갈망해 왔다.

주변의 비슷한 녀석들이 그만 부모 일을 도와야 되지 않냐고 면박을 줄 때도 그저 태평했다.

그 사람이 죽기 전까지는 그랬다.

『유감이다.』

『뭐가.』

『아만다 일.』

『아무렇지도 않아. 갑자기 닥친 일도 아니고 오늘 내일 하던 사람이라는 거 너도 알잖아.』

네 얼굴은 전혀 그렇지 않은데.

루카는 그 말을 하는 대신 로메오는 손댈 생각이 전혀 없는 잔을 들었다. 신선한 주스가 목을 부드럽게 넘어갔다.

『다만 이쪽에서 대비를 완벽하게 해 놓지 못해서 짜증이 나는 거야. 마지막까지 장난질을 할 줄은 몰랐다고.』

나이를 먹고 덩치가 커졌어도, 세계에서 손꼽히는 호텔을 상속받을 남자라고 해도 자신의 눈에는 언제나 그날의 그 소년처럼 보였다.

불행을 혼자 그대로 떠안은, 조금도 성장하지 못한 소년.

문득 어젯밤 급하게 자신의 가게를 찾아왔던 그의 모습이 떠올랐다.

『로메오.』

유리잔을 내려놓은 루카가 그의 이름을 불렀다. 그리고 자신을 똑바로 마주해 오는 갈색 눈동자를 보며 빙긋 웃었다.

『그 동양인 여자, 데려와서 같이 식사나 할까.』

『뭐?』

『네가 내 가게에 여자를 데리고 온 건 처음이잖아.』

로메오의 얼굴이 조금 전과는 비교도 할 수 없을 정도로 구겨졌다.

❖　　　❖　　　❖

「아직 안 돌아오셨네요.」

「안 돌아왔다고요?」

「네.」

호텔 직원은 친절한 음성으로 대답한 뒤 자하를 향해 미소를 머금었다.

저도 모르게 테이블에 엎드린 채 잠이 들었었다.

중간중간 몇 번 깨기도 하고 물을 마시기 위해 일어나기도 했지만 제정신이 아니었던지라 기억이 희미했다.

거의 이틀 동안 제대로 수면을 취하지 못했던 데다 온 신경을 쏟고 있었던 터라 몸이 감당을 하지 못한 모양이었다.

해질녘이 되어서야 자신이 침대에 뻗어 잠을 자고 있다는 사실을 깨닫고 몸을 일으켰다.

남자는 아침에 호텔을 나간 뒤 다시 돌아온 적이 없는 듯했다.

욕실로 걸어가 가볍게 씻고 나오자 무겁던 머리가 그제야 조금 돌아가는 기분이었다.

젖은 머리를 말릴 생각도 하지 않은 채 창틀에 기대 앉아 있던 자하는 문득 드는 생각에 자리에서 일어났다. 그리고 무겁게만 느껴지는 룸의 문을 가만히 응시했다.

살벌한 협박과 달리 호텔방에는 아무런 잠금 장치도 되어 있지 않았다.

언제든 마음을 먹으면 문을 열고 도망갈 수 있도록.

문손잡이에 손을 올렸을 때, 쉽사리 움직이는 게 믿기지 않아 몇 번이나 문고리를 흔들었었다.

잠겨 있지 않다는 사실을 깨달은 순간 그대로 옆의 룸을 향해 움직였다.

2302호.

그러나 아무리 벨을 누르고 문을 두드려도 돌아오는 대답은 없었다.

다급히 로비로 내려와 직원에게 투숙객의 정보를 물었다.

새벽에 자신들을 맞이했던 사람은 아니었지만 2302호 객실에 대해 물어보자 그녀는 친절하게 대답을 해 주었다.

그것뿐이 아니었다. 불편한 점은 없냐는 둥, 시간에 맞춰 음식을 가져다 드릴 텐데 괜찮겠냐는 둥 오히려 자하를 향해 묻기까지 했다.

자신이 그 남자와 일행이라는 사실을 알고 있는 듯했다.

「기다리고 계신 분이죠? 안 그래도 돌아오시면 콜해 달라고 부탁하셨었네요. 바로 전달해 드리도록 하겠습니다.」

「아…… 감사합니다.」

뜻밖의 친절에 자하는 더 이상 따져 묻지 못하고 그대로 걸음을 물릴 수밖에 없었다.

어제 나가서 아직까지 돌아오지 않았다면 무슨 일이 생긴 게 아닐까 싶었지만, 그 표정까지 읽은 것인지 여직원은 이곳에 묵는 동안 종종 있었던 일이라고 친절하게 설명을 덧붙여 주었다.

"……."

로비 한쪽 구석에 마련되어 있는 소파를 향해 걸어가며 그녀가 마른세수를 했다.

상혁이 아직 돌아오지 않았다는 것을 확인하자마자 맥이 탁 풀리는 기분이었다. 그리고 어젯밤 내내 자신을 괴롭혔던 남자가 떠올랐다.

「기억해 내기 전엔 여기서 한 발자국도 못 나가.」

한 발자국도 못 나가긴 뭘 못 나가.

처음부터 당신은 날 가둬 둘 생각이 없었던 거야. 그냥 하룻밤 놀렸을 뿐이지.

감금당할 뻔하다 도망쳐 나온 거라면 안심해야 하는 게 정상인데 왜 이렇게 불쾌한 기분이 드는 건지 알 수 없었다.

놀림을 받았기 때문에?

그 남자와 더 이상 엮이지 않으려면 이렇게 자리를 비웠을 때를 이용해 이대로 짐을 싸서 다른 호텔로 옮겨야 했다.

돌아온 남자가 또다시 메시지 내용을 기억해 내라고 따지면 그때야말로 대답해 줄 말이 없었다.

하지만······.

「아주 중요한 메시지니까.」

그게 정말로 장난이었을까?

그냥 자신을 괴롭히기 위한 농담이었을까?

그 표정이?

자하는 다시 한 번 한숨을 내쉬었다. 그리고 몸을 돌려 여전히 자신을 향해 미소 짓고 있는 직원을 향해 물었다.

「저기······.」

「네?」

「저와 함께 체크인한 남자, 신원을 좀 알 수 있을까요?」

누구에게나 공평하게 머금고 있을 듯한 미소가 한순간 흔들렸다.

자신이 뭔가 이상한 걸 물은 걸까, 고민하는 찰나 여자가 의아한 소리를 내뱉었다.

「그분은 저희 호텔 오너신데요.」

모르셨나요?

뒷말은 없었지만 마치 그렇게 묻고 있는 듯했다.

자하는 한동안 그 자리에 가만히 굳은 채 서 있을 수밖에 없었다.

그가 돌아온 것은 저녁이 훌쩍 지난 시각이었다.

남자는 룸 안으로 들어오다 팔짱을 낀 채 서 있는 자하를 보고 자리에 멈추었다.

딱딱하게 굳어져 있는 그의 얼굴을 보며 자하가 중얼거렸다.

「귀신이라도 본 것 같은 얼굴이네요.」

「왜 아직 여기 있는 거지?」

역시나. 알아서 나가라는 소리였군. 자하가 미간을 좁혔다.

기분이 나빴던 이유는 아마 이것 때문이었을 터다.

너에게 더 바라는 것은 없으니, 그냥 조용히 사라졌으면 하는 남자의 바람이 느껴져서.

「메시지 내용을 말해 주기 전까지는 못 나간다면서요?」

「멍청한 거야, 순진한 거야? 정말 바보 같군.」

「기억해 낸 메시지 내용, 안 궁금한가 봐요.」

「……!」

순간적으로 남자의 얼굴에 떠오른 동요를 자하는 놓치지 않았다.

「잘 생각해 보니 T와 U라는 알파벳은 생각나더라고요. 스페인어로는 T?죠? '너' 라는 의미의 단어.」

「……그래서? 그다음은?」

「그게 전부예요. 지금까지는.」

「하.」

자하를 빤히 바라보던 남자가 뜻을 알 수 없는 웃음을 내뱉었다.

『난 분명히 도망갈 기회를 줬어.』

그리고 알아들을 수 없는 말을 내뱉었다.

그가 쾅, 소리가 나도록 문을 세게 닫고 욕실로 들어가자 자하는 굳었던 몸에서 힘을 풀며 한숨을 내쉬었다.

치사하게 스페인어로 중얼거리고 도망가다니. 누군 모국어를 못해서 안 하는 줄 아나.

다시 돌아와 이곳에 있는 게 잘하는 일인지는 몰랐다.

그러나 왠지 그냥 그렇게 떠날 수가 없었다.

상혁과 상관없이, 남자의 절박한 얼굴이 발목을 잡았다.

「……오너요?」

「네. 호텔에 묵으신 건 처음이라 호텔에 비상이 걸렸다고 해도 무방할 정도예요.」

자신이 경영하는 호텔에서는 절대 묵지 않는 남자가 여기에서 하룻밤을 보낸 것이, 꼭 자신 때문인 것 같다는 생각이 들었다.

욕실에서 물소리가 들려오기 시작했다.

하루 종일 어딜 갔다 온 걸까.

자신은 잠이라도 잤지만 날이 밝자마자 룸을 나섰던 남자는 모습으로 보아 제대로 숙면을 취하지도 않은 듯했다.

"하아."

다른 호텔로 옮겨서 얌전히 상혁을 기다리는 게 정답인 걸 알고 있는데 왜 저 남자를 그냥 내버려 둘 수가 없는 건지. 이 기묘한 죄책감의 원인이 도대체 무엇인지 종잡을 수가 없었다.

어느 정도 시간이 흐른 뒤 딸깍, 소리와 함께 욕실 문이 열렸다.

기분 좋은 냄새와 후끈한 수증기가 뺨에 닿았다.

남자는 옷을 입지도 않은 채 가운을 걸친 모습 그대로 걸어 나왔다.

제대로 여미지 않아 드러난 가슴팍 위로 물방울이 굴러 내렸다. 처음 봤을 때부터 느꼈지만 정말 모델 같은 남자였다.

자하는 물을 들이켜는 남자의 옆얼굴을 바라보며 순수하게 감탄하다 순간 자신이 남자를 위아래로 훑고 있다는 사실을 깨닫고 황급히 고개를 돌렸다.

남자는 아무렇지도 않은지 천천히 걸어와 침대 테이블 위에 놓여 있는 담배를 집어 들었다.

눈을 둘 곳을 못 찾고 당황한 것은 자하 혼자였다.

그녀는 결국 흠, 헛기침을 하며 말을 꺼냈다.

「……뭐 좀 입지 그래요?」

「새 속옷과 옷이 도착하면.」

「…….」

자하가 어색하게 고개를 돌린 채로 아무런 반응도 보이지 않자 담배를 물던 로메오의 입꼬리가 살짝 올라갔다.

「열여섯 살 어린애도 아니고 남자 벗은 몸에 그렇게 쉽게 흥분하나?」

「……뭐라고요?」

발끈한 자하였지만 남자와 눈이 마주치자 다시금 고개를 돌리고 말았다.

「진짜 열여섯이면 곤란한데.」

그가 자하에게로 천천히 다가왔다.

「당신, 어느 나라 사람?」

「……한국.」

「한국인가.」

남자는 연기를 내뿜으며 고개를 끄덕였지만 얼굴은 어디 구석에 붙어 있는 나라인지 전혀 모르겠다는 표정이었다.

관심조차 없어 보였다.

「미성년자는 아니겠지.」

「……서른을 훨씬 넘었거든요?」

「동양인의 나이는 정말 알 수가 없어.」

자하는 그가 젖은 머리를 쓸어 올리며 침대에 앉자 힐끔거리다 입술을 뗐다.

「……도둑맞은 휴대폰, 결국 못 찾은 거예요?」

그가 눈동자만 돌려 그녀를 바라보았다.

갈색 눈동자가 차가웠다.

「글쎄. 지금쯤 바다를 건너 새로운 대륙에 도착해 있을지도.」

「……그것참 안됐군요.」

「뭐, 생각해 보면 당신을 바르셀로나에서 찾은 게 기적에 가까운 일이긴 하지.」

자조적으로 중얼거린 로메오가 자신을 가만히 바라보는 자하를 향해 웃음 섞인 말을 내뱉었다.

「당신이 지금 상황의 유일한 해결책이라는 뜻이고.」

「…….」

입꼬리는 올라가 있었지만 얼굴에 녹아 있는 초조함까지 전부 숨기지는 못했다.

정말 중요한 메시지임에 틀림이 없었다.

자하는 왠지 가슴 한쪽이 무거워지는 기분에 주먹을 제법 힘 있게 쥐었다.

남자가 담배를 끄고는 가까이 다가왔다. 바디워시향이 더욱 강해졌다.

「왜 갑자기 메시지를 생각해 낼 마음을 먹은 거지?」

「……그건.」

당신이 너무 절박해 보였으니까.

자하는 끝맺지 못한 말을 삼켰다.

「하긴. 동양 남자가 언제 돌아오는지 바로 알 수 있으니 여기 있는 게 편하겠군.」

「…….」

그런 게 아닌데.

자하가 눈동자를 움직였다.

남자의 매끈한 가슴팍이 다시금 눈에 들어왔다. 투박하면서도 낮은 목소리가 귓가를 파고들었다.

「하지만 후회하게 될걸. 난 스스로 기회를 떠나보낸 사람에게 관대하지 않거든.」

「……어차피 가둬 둘 생각 따위 없잖아요. 그만 놀려요.」

이렇게 너무 가까이 다가오지 말라고요. 자하가 황급히 시선을 돌렸다. 정말 그의 말대로 열여섯 살 먹은 소녀도 아니고 이게 무슨 짓인지.

혹시 그가 이런 자신의 심정을 눈치채고 놀리고 있는 것이 아닌가 하는 생각까지 들었다.

그렇다면 더욱더 두근거리는 심장을 티 내고 싶지 않았다.

「……당신, 얼굴 빨간데. 감기라도 걸린 거 아니야?」

「아니거든요.」

자하는 결국 달아오른 얼굴을 숨기지 못한 채 침대 옆에 놓여져 있는 조그마한 테이블로 자리를 옮겼다.

열이 오른 얼굴에 손부채질을 하고 있는 그녀를 가만히 응시하던 로메오가 걸음을 옮겼다.

창문을 가리고 있던 커튼을 한쪽만 걷어내자 어제는 시선을 줄 생각도 하지 못했던 야경이 한눈에 들어왔다.

「일단 뭐라도 좀 먹지. 음식이 들어가야 뇌가 깨어날 테니까. 당신 기억력을 위해 먹고 싶은 걸 말해 봐.」

새벽에는 그런 것 따위 묻지도 않았으면서.

이제 와서 새삼 음식 메뉴를 물어보는 남자의 행동에 면박을 주려던 자하가 휙 고개를 돌렸다.

「딱히 가리는 건 없어요.」

「드디어 마음에 드는 게 하나 나왔군.」

로메오가 자연스러운 손짓으로 음식을 한쪽에 놓여 있는 메뉴판을 펼치더니 주문을 하기 시작했다.

유창한 스페인어에 귀를 기울이던 자하는 테이블 위에 담배와 함께 올려져 있는 휴대폰을 발견했다. 아무래도 다시 휴대폰을 구입한 모양이었다.

그제야 자신이 어젯밤 휴대폰을 잃어버렸었다는 사실을 다시 한 번 기억해 냈다. 그의 새로운 휴대폰을 보기 전까지는 그에 대한 생각조차 하지 못하고 있었다.

지금은 아무런 필요성도 느끼지 못했다.

연락을 할 사람도, 연락이 올 사람도 없었다.

「와인은 레드로 할 건데.」

「……마음대로 해요.」

지금껏 연락이 닿지 않는 상혁을 원망해 본 적은 없었다.

무언가 이유가 있을 거라고 생각했다. 그래서 자신이 직접 이곳으로 찾아온 것이었다.

하지만 이곳에 발을 디딘 순간부터, 무언가 알 수 없는 씁쓸함이 마음 한구석에 자리를 잡았다.

그리고 상혁이 호텔에 돌아오지 않았다는 사실을 알게 된 후로 그 씁쓸함은 크기를 조금씩 키우고 있었다.

알 수 없는 무기력함이 온몸을 지배했다.

성자하, 너 도대체 무얼 하고 있니.

벌써 몇십 번이나 스스로에게 했던 질문을 다시금 반복했다.

「받아.」

전화를 끝낸 남자가 가까이 다가오더니 조그마한 종이를 내밀었다.

무의식적으로 받아 들고 나서야 자하는 그것이 명함이라는 사실을 깨달았다.

「늦었지만 자기소개는 해야 할 것 같아서.」

ROMEO.

자하는 한동안 명함에 쓰여 있는 글자를 뚫어져라 바라보았다.

남자와 어울리지 않는 이름인 듯했지만 어떻게 생각하면

또 굉장히 잘 어울리는 느낌도 들었다.

「……호텔 소유자이신 줄은 몰랐어요.」

「그래. 알았다면 날 그렇게 미친 사람 쳐다보듯 보진 않았겠지.」

「맞아요.」

자하가 수긍하자 로메오가 고개를 돌려 그녀를 바라보았다.

「배경을 알고 나니까 그제야 이해가 좀 돼요. 그 안하무인 태도가. 난 당신이 인종 차별 주의자일 거라고 생각했거든요.」

「……칭찬인가?」

「부잣집에 태어나 제멋대로 자란 양아치랑, 인종 차별 주의자 중 어떤 게 칭찬인데요?」

남자는 대답하지 않았다. 얼굴이 보이지는 않았지만 웃음소리가 들린 듯했다.

한동안 방에는 침묵이 흘렀다.

자하는 멍하니 창문 너머로 보이는 화려한 야경에 시선을 고정하고 있다 벨 소리에 고개를 들었다.

태연하게 걸어 나가 문을 연 남자는 음식과 함께 옷을 가지고 온 직원에게서 그것들을 받아 들었다.

식사가 세팅되는 동안 구석에 자리한 조그만 방으로 들어

갔던 로메오가 멀끔해진 모습으로 걸어 나왔다.

흰색 니트를 걸친 그는 슈트 차림이었을 때와는 또 다른 느낌이었다. 자하는 그가 자신의 앞에 앉을 때까지 시선을 떼지 못했다.

음식을 나르는 일을 하기에는 꽤나 고위 직책처럼 보이는 남자는 음식의 세팅이 모두 끝났음에도 로메오가 냅킨을 펼칠 때까지 옆에서 자리를 지키고 있었다.

스푼을 들던 로메오가 자하의 시선을 눈치채고는 남자를 향해 중얼거렸다.

「그 동양 남자는 아직인가?」

자하의 시선이 음식을 가지고 온 남자에게로 움직였다.

자신은 그런 뜻을 담아 쳐다본 것이 아닌데 그렇게 느낀 모양이었다.

옆에 서 있던 남자가 허리를 살짝 숙이더니 대답했다.

「아직입니다.」

「그렇다는데.」

자하가 두 눈을 깜빡이다 이내 고개를 숙였다.

이미 들어서 알고 있는 사실이었다.

이 룸에 놓여 있는 전화가 울리지 않는 이상, 상혁은 돌아온 것이 아니었다.

자신이 여기에 온 이유를, 남자가 자꾸만 상기시켜 주는 것 같아 기분이 묘했다.

자하는 먹음직스럽게 놓여 있는 스테이크를 향해 나이프를 움직였다.

「물어봐 달라고 부탁한 적 없는데요.」

고개를 숙였던 터라 보이지 않았지만 아까와 마찬가지로 남자에게서 왠지 웃음소리가 들려오는 것만 같았다.

뺨에 열이 오르는 느낌에 얼른 고기를 입으로 가져갔다.

「필요한 게 있으면 부르지.」

「그럼 편히 쉬십시오.」

자하가 와인을 한 모금 들이켜는 로메오에게로 다시 시선을 주었다.

새벽에는 너무 정신이 없어서 알지 못했었는데, 이렇게 다시 보니 식사를 하는 모습에서 그가 정말 호텔 오너라는 사실을 느낄 수 있었다.

소리 하나 나지 않는 포크질과 닫힌 채 부드럽게 움직이는 입술에 저절로 시선을 빼앗겼다.

로메오가 내리깔고 있던 눈동자를 들어 올렸다.

「내 소개는 아까 한 것 같은데.」

한쪽 눈을 살짝 찌푸리는 것이, 자하에게서 되돌아오는 답이 없는 게 마음에 안 드는 모양이었다.

「……자하라고 해요.」

「자하.」

그가 꽤나 정확한 발음으로 이름을 부르자 뭔가 간지러운 기분이 들었다.

분명 자신의 이름이었지만 스페인 억양이 섞여 든 그 발음은 뭔가 자신의 이름 같지 않은 느낌을 주었다.

「발음이 예쁘군.」

「…….」

뜻밖의 말에 자하가 고기를 썰던 손을 우뚝 멈추었다.

나한테 소매치기라며 성질내던 남자 맞아? 메시지 생각해 내라고 양 어깨를 부여잡고 흔들던 그 남자 맞냐고?

저녁 식사 자리라서 그런지, 아니면 자하와 로메오 둘 다 한숨을 돌려서 그런지 날선 토론 현장 같았던 새벽과는 백팔십도 다른 느낌이었다.

마치 격식 있는 선 자리 같은 느낌일까.

처음에는 그저 건방지고 고압적인 남자라고만 생각했다. 하지만 하루 동안 그 인상은 조금씩 바뀌어 가고 있는 중이었다.

말투나 표정만 봐서는 이거 해라, 저거 해라 막무가내로 시키고 명령한 뒤 자신은 손가락 하나 까딱하지 않을 것 같은데 의외로 여러 가지를 신경 쓰는 모습이 눈에 들어왔다.

문득 스페인 남자는 세상의 모든 여자를 아름답게 여기고 사랑한다는 말이 떠올랐다.

　이 단단해 보이는 남자 역시 그런 전형적인 스페인 남자일까.

　빈 잔에 와인을 따르는 그의 긴 손가락이 눈에 들어왔다.

　「그래서, 자하. 당신은 왜 한국에서 스페인까지 와서 술래잡기를 하고 있지?」

　자하는 부드러운 음성에 손가락을 응시하고 있던 시선을 떼고는 와인을 한 모금 들이켰다.

　오랜만에 마시는 알코올에 금방 귀 끝이 뜨거워지는 느낌이 들었다.

　「왜겠어요? 어떤 알 수 없는 외국인 남자와 엮여서 지금 이 상황이 된 거잖아요.」

　「계속 호텔 로비에 앉아 기다리고 있었잖아. 남자가 바르셀로나로 떠난 것도 모른 채.」

　「…….」

　「그 남자는 여전히 호텔로 돌아오지 않고 있고 말이지.」

　남자가 손에 턱을 괸 채 그녀를 가만히 응시했다. 그 시선을 받던 자하가 창 쪽을 향해 고개를 돌렸다.

　「연락이 안 돼서, 찾으러 온 거예요.」

　「애인을? 혼자서?」

　「……네.」

「흐음.」

「뭐예요, 그 표정은?」

「내가 한 충고를 귀담아 듣지 않은 것 같아서.」

「……안 그래도 그 말에 대해서 한 번 더 반박하고 싶었어요. 그냥 넘기기에는 너무 억울해서.」

와인잔을 내려놓은 남자가 슬며시 웃었다. 아직 덜 마른 머리를 양손으로 쓸어 올린 그가 의자에 등을 기댔다.

「그 여자는 비즈니스 파트너일 거예요. 저와도 몇 번 식사를 한 적이 있다고요.」

「아아, 나도 알아. 그런 상황.」

의외로 쉽게 받아들이는 로메오의 대답에 자하는 잠시 입을 다물었다.

로메오가 입꼬리를 조금 더 올렸다.

「애인과 바람피우는 상대가 같은 자리에 있으면 흥분되지.」

「뭐라고요?」

결국 자하는 새된 목소리를 내고 말았다.

다정하긴 무슨.

차라리 어젯밤 자신을 거칠게 붙잡던 모습이 오히려 나았다. 아무래도 살살 약을 올리는 게 이 남자의 본성인 모양이었다.

첫인상 어디 안 간다고, 자신의 사람 보는 눈은 틀리지 않았다.

「아무것도 모르면서 함부로 말하지 마요.」

「정말 궁금해서 묻는 건데 말이야.」

남자는 상대방의 반응 따위는 별로 신경 쓰지 않는 타입인 듯했다.

자신이 생각하고 있는 것을 내뱉어야 직성이 풀리는 성격. 자신과는 절대로 맞지 않는 안하무인 타입이었다.

자하가 한쪽 눈썹을 들어 올리자, 그것을 가만히 바라보고 있던 로메오가 입술을 뗐다.

「죽은 것도 아니고 멀쩡하게 살아서 잘 돌아다니는 남자가 연락을 하지 않고 있는 현실을, 당신은 어떤 식으로 해석해서 받아들이고 있는 거지?」

「…….」

「순수하게 궁금해. 어떤 식으로 그 남자의 행동을 정당화시켜 주고 있을지.」

「그건…….」

자하가 문득 말을 멈추었다.

"사랑해, 자하야."

그리고 버릇처럼 주먹을 꽉 움켜쥐었다.

「……뭔가 사정이 있겠죠.」

자하의 중얼거림에 표정이 조금 굳어진 로메오가 그대로
자리에서 일어났다. 의자가 밀리며 듣기 싫은 소리를 냈다.

「사랑하는 여자에게 연락을 하지 못할 사정 같은 건 없어.
굳이 말하지 않아도 알잖아. 언제까지 모르는 척할 거야?」

「……남의 연애사에는 신경 꺼 주시죠. 당신에게 그런 말
들어야 할 이유 없어요.」

자하의 낮은 목소리에 로메오가 피식 웃으며 고개를 끄덕
였다.

가까이 다가온 그는 자하를 향해 얼굴을 내렸다. 코끝이
닿을 정도로 가까운 거리에서 로메오가 중얼거렸다.

「그건 그렇군. 우리가 나눠야 할 이야기는 당신의 연애에
관한 게 아니지.」

「…….」

자하가 본능적으로 몸을 뒤로 뺐다. 남자는 그럴 줄 알았
다는 표정을 지어 보였다.

「또 떠오른 글자는?」

없어요.

단호하게 대답하려던 자하는 대신 다른 질문을 던졌다.

「……다시 받을 수 없는 메시지라는 게 무슨 뜻이에요?」

「말 그대로야. 다시 받을 수가 없어.」

「일에 관련된 메시지인가요?」

「글쎄.」

「애인에게서 온 마지막 메시지라도 되나요?」

「…….」

남자가 침묵했다.

그가 시선을 피하는 것은 처음이라 자하가 살짝 입술을 달싹이다 다물었다.

남의 사랑은 그렇게 무시하는 주제에. 자기도 똑같잖아.

싸운 걸까. 아니면 헤어진 사람일까. 애인에게서 받은 메시지를 확인하기 위해 이렇게 비행기를 타고 쫓아올 수 있는 걸까.

그렇게 열렬한 사랑이…… 세상에 존재할 수 있는 걸까.

자하가 조심스럽게 입술을 달싹였다.

「로미오.」

「……?」

「남의 연애는 그렇게 무시하더니, 이름값은 하나 보네요.」

「…….」

「메시지는 줄리엣에게서 온 건가 봐요.」

굳어진 표정을 보고 마지막 말은 농담조로 얼버무리자 한동안 생각에 빠져 있던 남자가 침대 쪽으로 걸음을 옮기며 대답했다.

「내 이름은 로미오가 아니라 로메오야.」

「……아.」

자하가 살짝 얼굴을 붉히며 고개를 끄덕였다. 당연히 영어일 거라고 생각했는데.

「뭐, 줄리엣에게서 온 메시지라는 표현이 아예 틀렸다고 할 순 없군.」

여자가 깊은 잠에 빠져 버렸으니까. 뒷말을 삼킨 로메오가 자조적으로 미소 지었다.

물론 자신은 그녀를 따라 죽지는 않을 테지만.

그 씁쓸한 미소를 응시하던 자하가 와인을 쭉 들이켰다.

아까부터 눈꺼풀이 조금씩 무거워지고 있다는 게 느껴졌지만 조금 더 취하고 싶었다.

마음 한구석에서 자라나고 있는 자신도 알 수 없는 씁쓸한 허망함이 술기운과 함께 걷혀졌으면 좋겠다고 생각했다.

「그럼 우리, 동지네요.」

「뭐?」

「사랑을 되찾기 위해서 노력하는 동지.」

「…….」

이 여자가 지금 무슨 소리를 하는 거야.

아까부터 얼굴이 붉다 했더니 자신의 주량도 모르고 술을 마신 듯했다.

정말 서른 살 넘은 여자가 맞는 걸까.

「들켰죠?」

자신을 향해 웃는 자하를 보고 로메오는 그녀가 무언가 착
각을 하고 있다는 걸 깨달았지만 굳이 오해를 풀어야겠다는
생각을 하지는 않았다.

대신 말없이 다가가 그녀의 손에 들려 있는 와인잔을 빼앗
을 뿐이었다.

「겨우 와인 몇 잔에 취할 거면 식사할 때 마시지를 마.」

「나 안 취했는데요.」

「취했어.」

「안 취했다니까요. 잔, 돌려줘요.」

「……」

자하가 투정을 부리듯 로메오가 들고 있는 와인잔을 향해
손을 내밀었다.

사랑스럽게 붉어진 뺨, 발갛게 변한 입술, 살짝 내려뜬 눈
꺼풀 사이로 보이는 검은색 눈동자.

눈이 마주친 순간 로메오는 손을 뻗어 그녀의 머리카락을
뒤로 쓸어 넘겨 주었다.

「취한 게 아니면 원래 웃음이 이렇게 헤픈 여자였나?」

「……그럼요. 전 원래 잘 웃는 사람이에요. 정신없이 괴롭

히는 당신 때문에 잠깐 웃음을 잃었던 것뿐이라고요.」

「그것참 미안하게 됐군.」

로메오가 들고 있던 와인잔을 다시 테이블 위로 내려놓았다.

연락이 닿지 않는 남자를 막무가내로 찾아온 것도 모자라 신변이 불분명한 남자와 마주 앉아 있는 동양인 여자가 도무지 이해되지 않았다.

자신이 조금만 움직여도 잔뜩 경계하며 몸을 움츠리는 주제에.

겁이 많은 건지 아니면 아무것도 모르는 건지.

「생각해 내고 싶다고 생각했어요.」

또 빼앗기기라도 할까, 와인잔을 꽉 움켜쥔 자하가 중얼거렸다.

「줄리엣에게서 온 메시지 말이에요.」

「…….」

「사랑이라는 건 사람에게 일어나는 일 중 가장 멋진 일이라고 생각해요. 뭐든지 가능하게 하잖아요.」

「그런가.」

「그럼요.」

로메오가 머리를 쓸어 올렸다.

『로메오, 네가 경영권 물려받는다는 거 진짜야?』

『그래.』

『갑자기 왜? 네 꿈은 그런 게 아니었잖아.』

『…….』

그 여자가 원하니까.

로메오는 익숙한 손짓으로 담배를 입에 물고 침대에 털썩 주저앉았다.

과거를 되새기는 일 따위는 지금껏 해 본 적이 없는데.

여자가 쓰러졌다는 이야기를 들어서 그런 것인지, 아니면 저 동양 여자의 영향인 건지 구별할 수 없었다.

「최대한 노력하고 있는 중이에요. 무슨 내용이었는지 기억해 낼게요.」

「……그래. 기대하고 있다고 했잖아.」

여자의 들뜬 목소리를 들으며 로메오는 눈을 감았다.

「되도록 빨리 생각해 내 줬으면 해. 난 생각보다 그렇게 여유가 없거든.」

「알았어요.」

「필요한 게 있으면 얘기해. 준비해 줄 테니까. 스페인어 기초 문법책, 아니면 사전 같은 게 도움이 될지도 모르지.」

「그런 건 딱히 필요 없어요. 어쨌든 할 수 있는 한 협조해 줄게요. 나 사실은 진짜 기억력 좋거든요.」

「……애인이 돌아올 때까지 나와 함께 이 방에서 지내겠다는 거지?」

감고 있던 눈을 뜨고 여자를 향해 시선을 움직였다.

그녀는 무슨 말인지 이해하려는 듯 눈을 두어 번 깜빡이다 고개를 푹 숙였다. 아까만 해도 옅게 달아올라 있던 뺨이 어느새 완연한 붉은색을 띠고 있었다.

「무슨 표현이 그래요? 그만 좀 놀려요.」

「생각해 보니.」

투덜거리듯 중얼대는 자하를 로메오가 가만히 응시했다.

부끄러워하는 여자를 보자 저도 모르게 입꼬리가 올라갔다.

「동이 틀 때까지 호텔에 함께 있으면서 아무것도 하지 않은 여자는 당신이 처음이야.」

「그런 농담을 하지 않으면 좀 더 시간이 단축될 수 있을 것 같아요.」

자하의 대답에 로메오는 그저 웃을 뿐이었다.

와인잔을 내려놓은 자하는 웃는 로메오의 얼굴을 바라봤다. 왜 저 웃음이 그렇게 씁쓸해 보이는지, 왜 자신이 이런 심정이 되는 건지 도무지 알 수 없었다.

동지라서?

자신과 마찬가지로 사랑을 잡기 위해 발버둥 치는 남자라서?

자하가 테이블에서 일어나 천천히 그에게로 다가갔다.

멍하게 풀린 눈으로 가까이 다가오는 자하를 보고 로메오가 입에 물고 있던 담배를 재떨이 위로 내려놓았다.

「뭐야. 나랑 하고 싶은 마음이라도 생겼나?」

「……」

「당신에겐 그 남자가…… 하, 뭐 상관없나.」

내 취향은 아니지만. 로메오가 그녀를 향해 팔을 뻗으려는 순간이었다. 자하가 먼저 두 팔을 벌려 그를 꽉 끌어안았다.

껴안는 것과 동시에 실려 오는 그녀의 체중에 로메오는 무어라 말을 하기도 전에 그대로 침대에 쓰러졌다.

그녀의 가슴에 얼굴을 묻은 채 침대에 누운 자세가 된 로메오는 당혹감을 숨기지 못한 채 몸을 틀었다.

떼어 내려 했지만 어찌나 세게 껴안았는지 여자는 꿈적도 하지 않았다.

이 작은 몸 어디서 그런 힘이 나오는 건지 납득이 되지 않을 정도였다.

「이봐.」

유혹을 하려면 조금 더 부드럽게 해.

그렇게 말하려던 로메오의 정수리에 조그마한 손이 내려

앉았다.

「괜찮아.」

「…….」

「괜찮을 거예요.」

「…….」

「당신이 얼마나 사랑하고 있는지 그녀도 분명히 알 거예요. 돌아와 줄 거예요.」

「…….」

「그러니까 그렇게 슬픈 표정 짓지 마요.」

마치 자장가처럼 여자는 몇 번이고 중얼거렸다.

괜찮다, 고.

그녀를 밀어내려던 로메오의 손에서 조금씩 힘이 빠져나갔다.

얼마나 시간이 흘렀을까. 한동안 머리를 쓰다듬던 손길을 멈춘 자하가 천천히 고개를 들고 그를 내려다봤다.

싱긋, 미소 지은 그녀는 만족했다는 듯 로메오의 이마에 촉, 입맞춤을 했다.

「그래요. 계속 이런 표정을 지어요. 예쁘다.」

chapter
3

Deeper
And
Deeper

「안녕하세요.」

「안녕, 아름다운 아가씨.」

생각보다 훨씬 반갑게 맞이해 주는 루카의 모습에 자하 역시 따라 웃을 수 있었다.

로메오와 함께 찾아와 아침을 먹은 적은 지금까지 두 번이었지만 혼자 찾아온 것은 처음이었다.

「로메오는?」

「몰라요. 사라졌어요.」

함께 저녁을 먹었던 밤, 평소보다 많이 마신 탓에 필름이 끊겨 버린 그날 밤 이후로 로메오는 아침 일찍 나가 밤늦게 들어왔다. 4일 내내 그랬고, 그중 이틀은 점심때 돌아와 자하를 데리고 루카의 가게에 들렀다.

작은방에서 잠을 자고 있다 문이 열리고 닫히는 소리에 눈을 뜨면 그가 돌아와 있었다.

돌아오자마자 바로 침대에 뻗는 탓에 제대로 된 대화도 하지 못했다.

분명 지금까지 겪었던 그의 성격이라면 새벽에 들어와 아직도 메시지 내용을 떠올리지 못했냐는 둥, 그럴 거면 여기서 그만 나가라는 둥 따졌을 것 같은데 이상하게도 아무런 언급이 없었다.

그냥 자신을 호텔에 내버려 둔 채 시간만 흘러가고 있다는 기분이었다.

그것은 왠지 모를 죄책감과도 연결됐다.

호텔비도 내지 않고 이렇게 무턱대고 계속 여기에 머물러도 되는 것일까.

메시지 내용을 떠올려 보겠다고 마음먹었지만 아무것도 기억해 내지 못하는 자신이 쓸모없는 것처럼 느껴지기도 했다.

소중한 메시지를, 돌려주고 싶은데.

혹시 '줄리엣'과 연락이 닿은 것일지도 모르겠다는 생각이 들었다.

그래서 그녀를 만나기 위해 아침 일찍 나가 밤늦게 들어오는 거라면 어느 정도 이해가 됐다. 아니, 그러면 자신은 더욱 필요 없어졌을 텐데. 왜 쫓아내지 않지.

바빠 보이는 로메오와 다르게 자신은 하루 종일 상혁을 기다리는 일 외에는 할 것이 없었다.

로메오가 돌아와 점심을 함께 먹었을 때는 우울했던 기분이 그래도 조금 나아졌던 것 같아 오늘 이렇게 큰마음을 먹고 가게로 찾아온 것이었다.

로메오와 함께 찾아왔던 첫날부터 항상 변함없이 친절하게 대해 줬던 루카는 혼자 방문했을 때 역시 따뜻하게 맞아 주었다.

저도 모르게 안심하며 자하는 테라스에 자리를 잡고 앉았다.

「그 녀석은 원래 말없이 사라졌다 말없이 돌아오는 성격이라 별로 놀라울 것도 없어요. 뭐 좀 먹을래요? 뭐든지 말해요. 서비스로 줄 테니까.」

「네? 그래도 되나요?」

「물론. 로메오의 친구는 나의 친구기도 하니까요.」

「친구요?」

자하가 되물으며 피식, 웃음을 흘렸다.

그 사람과 자신이 친구라니 아무리 생각해도 어울리는 단어가 아니었다.

자하의 그런 반응에도 루카는 그저 조용히 따라 웃을 뿐이었다. 그의 얼굴을 바라보던 자하가 머리를 어색하게 쓸어넘기며 말을 이었다.

「친구가 아니에요. 그저…….」

자신과 그는 무슨 사이일까.

아무리 머리를 굴려 봐도 떠오르는 적당한 단어가 없었다.

「그럼 우리, 동지네요.」

"어……."

내가 그런 말을 했던가?

뭔가 어렴풋이 떠오르는 기억에 자하가 살짝 인상을 찌푸리며 고개를 갸웃했다.

「자하? 왜 그래요?」

「아, 아무것도 아니에요. 하하. 친구라기보다는 그냥 악연이죠.」

얼른 얼굴을 들어 대답하자 루카가 눈을 마주하며 미소를 진하게 만들었다.

「호텔 안에만 계속 있으니 답답하죠? 스페인어를 아는 것도 아니니 TV도 재미가 없고.」

「네. 그렇더라고요.」

「바르셀로나는 굉장히 매력적인 도시인데, 주변은 좀 둘러 봤어요? 처음이 아니라고 그랬죠?」

「스페인은 두 번째지만 바르셀로나는 처음이에요. 관광 은…… 제가 그럴 정신이 없어서요. 마음 편하게 구경이나 하고 있을 처지는 아니잖아요. 빨리 잃어버린 휴대폰을 대신 해 로메오의 중요한 메시지를 기억해 내야 하니까.」

「하지만 하루 종일 방 안에 틀어박혀 있다고 해서 메시지 를 기억해 낼 수 있을 것 같지는 않아요.」

「괜찮아요. 신경 써 줘서 고마워요, 루카.」

그의 미소를 따라 애써 입꼬리를 올리던 자하가 고개를 살 짝 내리깔며 속삭이듯 중얼거렸다.

「거기다 저 역시…… 기다리는 사람이 있고요.」

들릴 듯 말 듯한 그녀의 말에 루카는 그저 조용히 메뉴판 을 내밀어 주었다.

「다 잘 이루어졌으면 좋겠군요.」

「감사합니다.」

루카가 메뉴판과 함께 내려놓은 오렌지 주스를 한 모금 들 이켠 자하가 기분 좋게 미소 지었다.

「여기서 만난 사람 중 루카가 가장 친절한 것 같아요.」

「여자에게 친절하지 않은 스페인 남자는 없어요, 자하.」

「무슨 그런 거짓말을 입에 침도 안 바르고 해요? 있잖아요. 멀리서 찾지 않아도 바로 근처에.」

「……첫 만남은 어땠을지 모르겠지만 로메오도 굉장히 친절한 남자인데 말이죠.」

「…….」

루카의 말에 자하는 반박하려던 입술을 꾹 다물 수밖에 없었다.

사실 로메오가 아니었으면 자신은 여기까지 와서 상혁을 기다리지도 못했을 것이다. 식사를 챙겨 주고, 휴대폰까지 챙겨 주었던 남자였다.

자하가 대답을 하는 대신 생각에 잠기자 루카가 그녀의 앞에 자리를 잡고 앉았다.

「날이 좋죠. 스페인은 10월에도 이렇게 덥답니다.」

「첫 방문이 겨울이어서, 이 계절에도 반팔이 필요할 줄은 몰랐어요. 한국은 이 계절에 춥거든요.」

「가장 좋은 날씨일 때 왔어요. 여름에는 너무 더워서 힘드니까.」

「그렇군요.」

마치 그림엽서 같은 주변 풍경을 편안하게 감상하던 자하가 문득 떠오른 질문을 루카에게 던졌다.

「로메오와는 많이 친한가요?」

그가 조금 의외라는 눈빛으로 자하를 한 번 힐끔거렸다.

뭔가 호기심인 것 같기도 하고, 신기한 것 같기도 한 표정이었다. 자하로서는 왜 그가 그런 표정을 짓는지 알 수 없었다.

「그에 대해서 궁금해요?」

「……네?」

루카의 질문은 마치 '이성'으로서 그에게 끌리고 있냐는 듯한 뉘앙스가 담겨 있는 것 같았다.

그러고 보니 갓 유치원에 입학한 자신의 아들에게 여자 친구가 생겼다는 말을 들은 어머니의 표정 같기도 했다.

기쁜 건지, 아니면 쑥스러운 건지 알 수 없는 아리송한 얼굴.

남자로서 그에게 매력을 느껴 물어본 질문이 아닌데.

맞다고 하면 왠지 그에게 반한 여자가 된 것 같고, 아니라고 하기에는 그에 대해 궁금한 것이 사실이었다.

무어라 대답해야 할지 알 수가 없어 잠시 침묵을 지키자 루카가 저 멀리 광장을 향해 고개를 돌리며 입술을 뗐다.

「어릴 때는 함께 지냈죠. 물론 그가 바르셀로나에서 지낸 시기는 짧았지만 많은 시간을 함께 지내야만 친한 법은 아니니까요. 사실 만난 건 오랜만이에요. 1년에 한두 번 볼까 말까 하거든요. 그가 사업상의 문제로 이쪽으로 넘어올 때만 가끔 보죠. 1년 365일 파티와 사교 모임이 열리는데, 그 녀석은 한두 번 겨우 얼굴을 내미는지라.」

「……그렇군요.」

사교 모임이라.

아직도 로메오가 그 휘황찬란한 호텔의 오너라는 사실을 믿기 힘든데, 눈앞에 앉아 있는 루카 역시 그에 뒤지지 않는 재력가인 모양이었다.

이렇게 목 좋은 곳에 가게를 가지고 있긴 해도 화려하거나 눈에 띄는 인테리어가 아니었기에 그냥 평범하게 술집을 경영하는 남자라고 제멋대로 추측했었다.

그럼 이 가게는 부업인가?

자하는 저도 모르게 느껴지는 위화감을 감추기 위해 머리를 쓸어내리며 고개를 끄덕였다.

이렇게 사람을 편안하게 해 주는데.

로메오도 그렇고 루카 역시 자신의 머릿속에 각인되어 있는 '재벌 2세'의 이미지와는 조금 달랐다.

「뭔가 궁금한 게 있나요?」

마치 마음속을 꿰뚫어 본 것처럼 그가 속삭였다. 자하는 조그마한 입술을 달싹이다 그의 눈치를 보며 고개를 저었다.

「그냥, 별거 아니에요.」

「말해 봐요. 내가 아는 거라면 뭐든 답해 줄게요.」

녹음 얼음이 청량한 소리를 내며 컵에 부딪쳤다. 유리컵 너머로 송글송글 맺힌 물방울을 가만히 응시하던 자하가 중얼거렸다.

「그 사람은, 혹시 사랑해서는 안 될 사람과 사랑을 하는 중인가요?」

「네?」

자하가 루카를 가만히 바라봤다.

청록색의 눈동자가 갈 곳을 잃지 못하고 흔들리다 이내 풋, 하는 웃음소리를 냈다.

자하의 미간이 찌푸려졌지만 루카는 신경도 쓰지 않고 길을 가던 사람들이 모두 쳐다볼 정도로 크게 웃어 댔다.

허리까지 접은 채 웃는 그의 모습을 보고 자하는 달아오르는 얼굴을 숨기기 위해 괜히 컵을 만지작거렸다.

「웃지 마요. 그냥 그 비슷한 일이 있는 건 아닐까 추측했을 뿐이니까.」

그날 밤, 필름이 끊기기 직전 나누었던 대화로 그렇게 짐작을 했다.

메시지에 대한 이야기가 나오면 굳어지는 그의 얼굴이 그런 생각을 들게 만들었다.

「하하. 자하, 당신 정말 재밌는 사람이군요.」

「대답할 필요 없어요. 내 추측이 과대망상이었다는 건 잘 알았어요.」

자하는 아무런 대답을 하지 않고 그저 주스만 한 모금을 머금었다.

「왜 그런 걸 묻죠? 로메오에게서 뭔가 들은 이야기라도 있는 건가요?」

쑥스러움을 숨기지 못하는 그녀의 모습에 루카가 올라가려는 입꼬리를 애써 내리누르며 다시 물었다.

「이런, 내가 기분을 상하게 했다면 미안해요. 단지 뭔가 상상이 잘 가지 않는 이야기라 나도 모르게 그만.」

「남의 사랑은 비웃으면서, 본인은 꽤나 절절한 사랑을 하고 있는 것 같길래 궁금했던 것뿐이에요. 제가 확인했던 메시지, 그 여자에게서 온 거잖아요.」

「……아아.」

그거였군.

자하의 덧붙임에 무슨 상황인지 이해한 루카가 다시 한 번 피식 가벼운 웃음을 흘리고 상체를 살짝 숙였다.

처음에 함께 식사를 하자는 말을 꺼냈을 때는 반쯤 그냥 장난이었다.

여자라는 존재 자체를 '귀찮음' 그 이상으로는 보지 않는 로메오였기에 그냥 자신의 말을 넘길 줄 알았다.

새벽길에 혼자 내버려 두지 못하겠다는 이유로 벌써 5년이 넘도록 단 한 번도 찾아오지 않았던 자신의 가게에 무작정 들이닥쳐 여자를 맡겼을 때에 눈치채긴 했지만, 그래도 설마하는 심정이었다.

그런데 그 뒤로 여자를 데리고 식사를 하겠다고 나타났을 때 루카는 그 '설마'가 '혹시'하는 마음으로 조금씩 바뀌어 가는 것을 느꼈다.

다른 곳을 향해 시선을 돌리고 있는 여자의 빨개진 귀 끝이 사랑스럽게 느껴졌다.

당신이, 불행한 저주에 갇힌 그 소년을 다시 세상으로 꺼낼 수 있을까.

「……맞아요. 거의 평생을 바친 사랑이라고 할 수 있죠.」

「평생이라고요?」

뜻밖의 말에 자하는 놀란 기색을 숨기지 못했다.

평생이라니.

쉽지 않은 사랑을 하고 있는 건가 추측만 했는데 그렇게까지 무겁고 깊은 사랑을 하고 있을 줄은 몰랐다.

도저히 상상이 가지 않았다. 그런 딱딱하게 굳은 얼굴의 남자가, 사랑을 할 때는 어떤 표정을 지을지.

「사랑받기 위해 열심히 삶을 살았죠. 호텔 같은 것도 사실은 관심 없던 놈이에요. 상속받겠다고 나선 것도 다…….」

「그 사람을 위해서 그런 거예요?」

「그렇죠.」

「…….」

뭐지? 왜 이런 기분이 드는 거지?

자하는 왠지 가슴 한구석이 찡해 오는 느낌에 왼쪽 주먹을 꽉 쥐었다.

그가 사랑하는 여자를 바라볼 때 어떤 표정을 지을까 상상을 해 본 것뿐이었다. 단순한 호기심으로. 하지만 그와 동시에 심장 한편이 묘하게 아려 왔다.

이건 뭘까.

정말 사랑하는 사람을 위해서는, 그녀에게서 받은 메시지를 확인하기 위해 다른 도시로 비행기를 타고 쫓아올 정도로 열렬한 사람이구나.

정말로, 루카가 말한 스페인 남자처럼.

「그 여자가 아닌 다른 사람에게 사랑받는 건 별 의미가 없나 봐요. 그래서 비뚤어진 거고.」

「…….」

자신도 알 수 없는 혼란스러움을 숨기지도 못한 채 자하는 주스를 한 모금 더 들이켰다. 목 근처가 따끔따끔했다. 아니, 심장 근처인가?

「자하, 괜찮아요?」

「네?」

「얼굴색이 별로 안 좋아요.」

「아, 괜찮아요. 그냥 조금 더워서.」

「가게 안으로 들어갈래요?」

「아니요. 여기가 좋아요.」

자하가 한쪽 머리를 쓸어 올리며 애써 웃었다.

고개를 돌리자 시원하게 쏟아지는 분수대 너머로 사랑에 빠진 젊은 연인들이 서로를 사랑스럽게 바라보며 웃음 짓고 있었다.

무언가 알 수 없는 느낌이 찌릿, 심장과 손끝 근처를 내달렸다.

아, 그건가.

자하가 아랫입술을 질끈 깨물었다.

언제부터였을까. '사랑' 이라는 감정에 대해 이렇게 희미하게 변한 것이.

보고 싶어 미칠 것 같던 때가 있었다.

하루라도 그가 없으면 안 될 것 같던 때가 있었다.

그를 위해서라면 자신이 가지고 있는 것을 다 꺼내 놓을 수 있을 만큼 절박했던 때가 있었다.

그만큼 그를 원했던 때가.

하지만 그 감정은 어느새 조금씩 사그라졌다.

옆에 없어도 살아갈 수 있었다.

아무렇지도 않게 웃고, 먹고, 잠들 수 있었다.

문득문득 완전히 머릿속에서 잊을 때가 있었다.

사랑하는데, 그 마음에는 변함이 없다고 생각하는데.

그런데 왜 이렇게…….

「자하.」

「……네?」

「나중에 나 미워하지 말아요?」

「네? 무슨…….」

어딘지 모르게 짓궂은 듯한 미소를 지어 보인 루카는 자하가 무슨 말이냐고 되묻기도 전에 얼른 대화 주제를 돌렸다.

마치 거짓말을 한 어린아이가 얼른 말을 흐리는 것처럼.

「빠에야, 먹어 본 적 있어요?」

「아, 아니요.」

「그럼 잠깐 기다려요.」

루카는 그 말을 끝으로 몸을 돌려 사라졌다.

그의 말을 다시 한 번 떠올리던 자하는 아무리 생각해도 알 수 없는 이야기에 고개를 갸웃하다 다시 분수대 쪽으로 시선을 움직였다.

끊겼던 생각이 다시금 꼬리에 꼬리를 물고 이어지기 시작했다.

그가 없이도 아무렇지 않게 살아갈 수 있다는 것이 잘못된 일이라고 생각한 적은 없었다.

항상 100m 달리기를 하는 것처럼 전력을 다해 사랑을 할 순 없는 거라고, 알고 있었다.

20대처럼 불타는 사랑을 평생 할 수는 없는 거라고.

친구처럼 편안하게 지켜봐 주며 상대를 서포트해 주는 것도 사랑의 다른 형식이라는 말을 자신 역시 이해했다.

하지만 서로가 없이도 웃고, 울고, 행복하게 살아갈 수 있는 거라면, 무기력함이 시간이 지날수록 오는 당연함이라면, 옆에 있는 사람이 그가 아니라도, 그녀가 아니라도 별로 상관없는 거라면.

그렇다면 사랑을 하는 이유가 있는 것일까.

그것을 과연 사랑이라고 부를 수 있는 걸까.

─피곤하니까 나중에 얘기하자.

아무런 감정도 담겨 있지 않은 목소리가 떠오르자 조금 전과 마찬가지로 가슴이 꽉 옥죄어 왔다.

「평생을 바친 사랑이라고 할 수 있죠.」

마음의 따끔거림과, 루카의 웃음기가 섞인 말은 아직 열기

를 머금고 있는 가을바람과 분주하게 움직이는 사람들 사이
로 조금씩 사라져 갔다.

❖   ❖   ❖

　—네가 직접 와서 변호사와 얘기하지 않으면 진전이 안
돼.

　『아직 죽은 것도 아닌데 뭘 그렇게 호들갑이야.』

　—너 정말 아만다가 죽고 나서 찾아올 작정이야?

　『……아직 여기서 할 일이 있어.』

　—하루 종일 카밀리아에게서 연락 와. 너 어디 있는지 당
장 말하라고 협박하던데.

　『…….』

　로메오에게서 되돌아오는 대답이 없자 루카가 조금 더 목
소리를 높였다.

　—너 왜 그래? W 호텔, 카밀리아든 누구든 절대 넘겨주지
않겠다고 선언했던 건 다른 누구도 아닌 너였잖아. 빨리 아
만다 쪽 변호사와 상황 마무리 지어야 해. 이러다 정말 죽도
밥도 아니게 될지 모른다고.

　헤수스의 다급한 음성을 들으면서도 로메오는 아무런 대
꾸를 하지 않았다.

그저 한 손을 주머니에 넣은 채 고개를 들어 올렸다. 눈이 시릴 정도로 새파란 하늘이 쏟아질 듯했다.

파란 하늘. 그리고 그것보다 더 깊고 투명한 눈동자.

다정했던, 아버지.

『헤수스.』

—그래.

『조만간 넘어갈게. 카밀리아는 그냥 무시해.』

—그러고 싶은데 너도 알잖아. 네 여동생이 하나 파고들기 시작하면 얼마나 집착적으로 변하는지.

『……그리고 네가 그걸 즐기는 것도 잘 알고 있지.』

—뭐?

『어쨌든 시간 벌어 줘. 끊는다.』

—로메오!

전화를 끊은 로메오가 벽에 머리를 기댔다.

이제 솔직히 확신이 서지 않았다. 자신이 뭘 어떻게 하고 싶은 건지.

루카에게 말했던 것처럼 이미 알고 있던 일이었다. 스스로 뼈에 사무치도록 깨달았던 일이다.

그래서 천천히 준비해 왔던 것이다.

그 여자가 죽었을 때를. 그 여자가 가지고 있던 모든 것을 자신이 가졌을 때를.

하지만 막상 그때가 다가왔다고 생각하자 한 발자국도 앞으로 내디딜 수가 없었다.

아무것도 생각하고 싶지 않았다.

왜 이렇게 혼란스러운 마음이 드는 건지, 다 버리고 쉬고 싶다는 생각이 드는 건지 모를 일이었다.

「사랑하는 사람에게서 받은 메시지라도 되나요?」

왜 이럴 때 그 말이 생각나는지, 정말 알 수 없었다.

「괜찮아요. 다 괜찮아.」

『……이상한 여자 같으니.』

중얼거린 로메오가 기대고 있던 몸을 천천히 일으켜 세웠다.

「여전히 생각이 안 난다?」

「네. 미안해요.」

「…….」

로메오가 말없이 담배에 불을 붙였다.

평소에는 담배 냄새를 그렇게 좋아하지 않는데, 이상하게 로메오가 담배 피우는 것은 하나도 불쾌하지 않았다.

뭐랄까. 그에게서 나는 바람 냄새와 섞인 담배 냄새도 뭔가 좋았다.

오랜만에 보는 그의 얼굴이 처음에는 반가웠지만 그가 메시지에 대해 물어보자 반가움과는 비교할 수도 없을 만큼 마음이 무거워졌다.

자하는 하아, 한숨처럼 연기를 내뱉는 로메오의 옆얼굴을 힐끔거리다 고개를 푹 숙였다.

낮에 루카와 대화를 나눈 이후로 어쩐지 그를 똑바로 바라볼 수가 없었다.

그 이유가 무엇인지는 자신 스스로도 도무지 알 수가 없었다.

「자하.」

「네.」

그가 부르는 독특한 억양의 이름에도 어느새 익숙해져 버린 느낌에 자하는 숙였던 고개를 천천히 들었다.

이제 그만 됐다고, 줄리엣과는 잘 마무리됐으니 당신도 이제 그만 호텔을 나가 주었으면 좋겠다고 금방이라도 남자의 입에서 차가운 말이 튀어나올 것 같아 주먹을 꼭 쥐었다.

「그 동양 남자, 다른 곳으로 옮긴 건지도 모르겠어.」

「네?」

「그게 아니고서는 이렇게나 오래 호텔로 돌아오지 않을 리가 없지.」

「그렇지만 체크아웃은 하지 않았다고…….」

「가끔 다시 돌아오는 건 확실하지만 그 날짜가 정확하지 않을 때 그냥 룸을 내버려 두는 투숙객이 있어.」

「…….」

그의 말을 가만히 듣고 있던 자하가 조심스레 입술을 뗐다.

「그에게서 뭔가 연락이 있었군요. 그렇죠?」

「……난 잘 모르겠지만.」

담배를 삐뚜름하게 문 그의 얼굴은 정말 그림처럼 매력적이었다.

자하는 자신이 상상했던 것보다 훨씬 잔인한 말을 내뱉는 그 아름다운 입술을 가만히 응시했다.

「연락이 안 되는 투숙객의 방을 계속 그냥 내버려 둘 만큼 우리 호텔 보안이 그렇게 안일하진 않거든.」

아아.

자하가 알아들었다는 뜻으로 고개를 살짝 주억거렸다. 그리고 아랫입술을 힘 있게 깨물었다.

결국 그가 연락을 주지 않는 것은 자신 혼자뿐이라는 뜻이었다.

무어라 대꾸해야 좋을지 알 수가 없어 고개를 숙인 채 그대로 침묵하자 잠깐 머뭇거렸던 로메오가 질문을 던졌다.

「계속 연락이 안 되는 건가?」

「네.」

로메오는 상체를 의자에 완전히 기댄 채 자하를 바라보고 있었다.

요 며칠 그녀를 내버려 둔 채 정신없이 밖으로 움직였던 건 물론 결재해야 할 서류가 산더미처럼 쌓여 있었던 것도 했지만 자하를 마주하면 자신도 알 수 없는 기묘한 감정이 피어올라 어떤 얼굴로 마주 봐야 할지 알 수가 없었기 때문이다.

자꾸만 생각이 났다.

자신의 머리를 부드럽게 쓰다듬어 주던 그 다정한 손길이.

한 번도 들어보지 못했던 '괜찮다'는 부드러운 음성이.

언젠가, 이제는 기억에서 흐려져 어렴풋한 감각만이 남아 있는 아주 어린 날의 자신이 빼꼼히 고개를 내미는, 그리우면서도 아주 생소한 기분.

그것은 계속해서 느끼고 싶다기보다는 어색하고 불쾌해서 떠올리고 싶지 않은 느낌에 더 가까웠다.

동양인 여자와 마주하면 불편한 감각이 되살아나서 솔직히 기분이 좋지 않았다.

그렇지만 떨어져 있으면 떨어져 있는 대로 그 감정은 더욱 강해져 문득문득 그를 옭아매었다.

결국 이렇게 모습을 드러낼 수밖에 없을 정도로.

고개를 숙이고 있었기에 자하가 무슨 표정을 짓고 있는지 알 수 없었지만, 우는 얼굴이 눈앞에 보이는 듯했다.

로메오는 충동적으로 말을 내뱉으려고 했던 자신의 입술을 꽉 다물었다.

당신에게만 연락하지 못할 무슨 일이 있었겠지.

그렇게 이야기할 뻔했다.

너무나 바보 같은, 우스운 소리라는 것을 그 누구보다 잘 알고 있으면서.

내려앉아 있는 가녀린 어깨가 신경이 쓰여 견딜 수가 없어지자 로메오는 마음속에 품고 있는 생각과 전혀 다른 이야기를 내뱉었다.

「……그럼 그만 돌아가는 게 어때? 한국이라는 나라로.」

「…….」

「진작 내 충고를 받아들였어야지.」

「…….」

「메시지 내용은 떠올리지 않아도 괜찮아. 사실대로 말하자면 기대하고 있지도 않았으니까.」

「…….」

「그동안 노력하면 떠올릴 수 있다는 둥 억지를 쓴 건 정말 미안하군.」

「……그런.」

그런 게 아니다, 라고 얘기하려던 자하는 다시 말을 삼켰다.

이제 와서 '여기 머무르고 있었던 건 당신 때문이다' 라는 말을 해 봤자 그게 무슨 소용이 있나 싶었다.

그의 말대로 자신은 처음부터 아무런 기대를 받지 못했고, 결국 아무것도 떠올리지 못했는데.

「아직 식사 전이지?」

「…….」

자하는 조용히 자리에서 일어났다.

그가 이제 괜찮다고 하는데, 여기에 머무르면 머무를수록 그는 자신이 상혁을 조금이라도 더 빨리 만나기 위해 버티고 있을 뿐이라고 생각할 듯했다.

그렇게 자신의 순수한 호의를 무시당하고 싶지는 않았다.

「그러게요. 충고를 좀 더 빨리 받아들였어야 했나 봐요.」

「…….」

「그랬다면 당신 휴대폰을 훔치거나, 이렇게 바르셀로나까지 넘어와 내 휴대폰까지 강탈당할 일은 없었을 텐데. 그렇죠?」

「……」

로메오는 아무런 말도 하지 않고 자하를 바라볼 뿐이었다.

「짐 쌀게요.」

그렇게 중얼거린 자하는 자신의 캐리어가 놓여진 작은방을 향해 몸을 돌리다 문득 자리에 멈춰 섰다. 그리고 천천히 고개를 돌렸다.

「로메오.」

그가 의자에 완전히 기대고 있던 상체를 일으켜 세웠다.

「여태까지 계속 얘기하려고 했었는데 타이밍이 안 맞아서 제대로 못 했어요.」

「……」

「고마워요.」

자하가 방긋, 미소 지었다.

「상혁이 어디에 있는지 알려 준 것도, 나쁜 놈들에게 험한 일 당할 뻔했던 나를 구해 준 것도, 이렇게 좋은 객실에 머물게 해 준 것도 다 고마워요. 더 빨리 이야기하지 못해서 나야말로 미안하고요.」

미소를 조금 더 짙게 만든 자하가 몸을 돌렸다. 그러자 뒤에서 싸늘하게 내려앉은 목소리가 들려왔다.

「……지금 당장 떠나라는 소리는 아니었는데. 항상 그렇게 극단적이야?」

그 말에 자하가 우뚝 멈춰 섰다. 하아, 작은 한숨 소리가 들리자 저도 모르게 등 뒤가 뜨끈해지는 기분이 들었다.

「만약 장기 투숙객과 연락이 되는 거라면 동영 여자가 찾아와서 머물고 있다는 사실을 그에게 알려 주라고 했어.」

「뭐라고요?」

꼿꼿하게 서서 뒤돌아보지 않았던 자하가 그 말에 감전이라도 된 것처럼 몸을 움직였다.

성큼성큼 로메오의 곁으로 다가가 그의 앞에 주저앉듯 자리를 잡은 자하는 조금 전 자신이 들은 말이 사실이냐는 표정으로 로메오를 응시했다.

「서프라이즈가 목적이었다면 미안하게 됐군.」

「그게 아니에요. 그게 아니라…….」

말을 잇지 못하고 흔들리는 검은색 눈동자는 아름다웠다.

생각보다 훨씬 더 막막함을 느끼고 있던 모양이었다.

하긴, 이런 낯선 나라에서 무작정 사람을 기다려야만 하는 일이 마냥 그렇게 편하지는 않았을 것이다.

메시지를 떠올려야 한다는 압박감도 심했을 테고.

로메오는 저도 모르게 언젠가처럼 윤기 흐르는 검은색 머리카락을 쓸어 넘겨주려다 반사적으로 손가락을 모았다.

「그러니까 조금만 더 기다려 봐.」

「……뭐예요?」

「무슨 뜻이지?」

「왜 그런 말을 하냐고요. 한국으로 떠나라고 했다가, 기다리라고 했다가. 난 정말 로메오, 당신이 무슨 생각을 하고 있는 건지 전혀 모르겠어요.」

「……알 필요 없어.」

자하가 마치 삐지기라도 한 듯한 표정을 지어 보이자 로메오는 피식, 한쪽 입꼬리를 올렸다.

「밥이나 먹지.」

「그래요.」

「나가자. 오늘 해물이 평소보다 훨씬 싱싱하다고 루카가 새벽부터 자랑을 해 댔어.」

로메오가 자리에서 일어나 슈트 재킷을 챙겨 들었다.

망설임 없이 옷을 입는 그를 빤히 올려다보던 자하가 머뭇거리던 입술을 열었다.

「나가지 말고 룸에서 먹는 건 어때요?」

「…….」

분주하게 움직이던 손이 멈칫했다.

로메오는 그녀의 눈동자에 담겨 있는 간절함을 읽었다.

혹시라도 전화가 올까 봐, 그 남자에게서 연락이 올까 봐 여자는 밖으로 나가는 것을 거부하고 있었다.

순간 멈추었던 손길이 다시 움직였다. 소매 부근을 정리한 로메오가 고개를 끄덕였다.

「그럼 나 혼자 갔다 오지. 당신은 적당히 알아서 시켜 먹어.」

「아…….」

자하는 제대로 된 대답을 하지 못한 채 로메오를 조용히 응시했다.

조금 전까지 자신을 위로하는 듯 다정하게 말을 내뱉던 남자는 그 짧은 순간에 어딘지 모르게 기분이 상한 듯한 얼굴이었다.

「참, 나도 곧 여기를 떠날 거야.」

「…….」

「여기에는 더 이상 볼일이 없거든.」

「그렇군요.」

그의 안색을 살피던 자하가 천천히 고개를 끄덕였다.

「……로메오.」

「말해.」

「그 메시지를 보냈던 사람과는 만났나요?」

「…….」

호텔 룸을 나서려던 로메오가 움찔했다. 그는 몸을 돌리지 않은 채 문고리에 손을 올렸다.

「아니. 그래서 만나러 갈 거야.」

탕, 문이 닫혔다.

자하는 멍하니 닫힌 문을 바라보다 긴 숨을 내뱉으며 마른 세수를 했다.

「왜 그런 쓸데없는 소리를 한 거야.」

누구에게 하는 책망인지 알 수 없었다.

『자하는 어쩌고 혼자 온 거야.』

손에 들고 온 와인병을 얼음 속에 깊숙이 묻으며 루카가 볼멘소리를 했다.

그러자 냅킨으로 입 끝을 닦은 로메오가 금방이라도 욕을 내뱉을 것 같은 얼굴로 그를 노려봤다.

『언제부터 그렇게 친했어?』

『몰랐어? 너와 지금까지 함께해 온 시간보다 훨씬 더 농도가 짙고 유쾌한 시간을 보냈다고. 이제 내 진정한 친구는 네가 아니라 자하라고 말해도 손색이 없을 정도야.』

『웃기는군. 네 진정한 친구는 방에 틀어박혀서 나올 생각이 전혀 없어 보이는데.』

스테이크를 써는 손길이 화가 난 것처럼 거칠었다.

날이 선 칼질에 아름다운 접시가 상처를 입는 것 같자 루카가 한쪽 눈을 찌푸리며 그의 앞에 자리를 잡고 앉았다.

『뭐야. 일이나 해.』

『역시 자하가 없으면 안 돼.』

『뭐?』

『어디에 내놔도 자랑할 만한 우리 가게 음식을 그렇게 불쾌한 표정으로 먹고 말이야.』

『오늘따라 맛이 없어도 너무 없군. 셰프 컨디션이 별로인 거 아닌가.』

『무슨 그런 경박한 소리를.』

루카가 불만스럽게 한쪽 눈썹을 찌푸렸다.

자신이 그냥 내버려 두어도 알아서 잘 진전이 되지 않을까 싶었는데 여전히 아무런 변화가 없는 모양이었다.

그것이 마음에 들지 않아 괜히 턱을 치켜들고 눈앞의 남자를 노려봤다.

『로메오.』

『왜.』

『너, 자하를 어떻게 생각해?』

『무슨 소리지?』

『말 그대로야. 그녀를 어떤 시선으로 바라보고 있냐고.』

『질문의 의도를 모르겠군.』

로메오가 미간을 좁히며 중얼거렸다.

그 반응에 루카는 조금 더 얼굴을 굳혔다. 아까보다 더욱 낮아진 목소리로 그의 이름을 불렀다.

『로메오.』

『말해.』

『내가 자하에게 장난 좀 쳤어.』

『……뭐?』

『네 소개로 만난 여자이긴 하지만 애인도 아니니 별로 상관은 없…….』

로메오가 자리에서 벌떡 일어났다. 긴 팔을 그대로 뻗어 자신의 앞에 앉아 있는 루카의 멱살을 틀어쥐었다.

『이게 뭐하는 짓이야, 남의 가게에서?』

『너야말로 뭐하는 짓이야. 설마 건드렸어?』

루카에게서 돌아오는 대답이 없자 로메오는 그를 그대로 일으켜 세웠다. 주변 사람들의 시선조차 전혀 의식하지 않은 채 그를 벽에다 세게 밀쳤다.

윽, 루카에게서 신음 소리가 터져 나왔다.

『대답해. 무슨 짓을 한 거야?』

『하.』

『처음 그녀를 여기 데려다 놓을 때부터 경고했었지. 혹여나 이상한 짓 하지 말라고.』

『……그 말을 그대로 너한테 돌려주고 싶다.』

『뭐라고?』

『장난이라고 해 봤자 별거 아니지. 그냥 그녀가 하고 있는 오해를 풀어 주지 않았을 뿐이니까.』

『무슨 소리를 하고 있는 거야?』

『오해를 풀어 줄 사람은 내가 아니라 너야.』

『……』

『이제 그만 아만다에게서 벗어나라고, 망할 꼬맹이.』

『……』

『네가 사랑받아야 할 사람은 더 이상 아만다가 아니야. 그 집착에서 벗어나.』

『……』

『그렇게 아만다만 바라보다 지금껏 이 나이가 되도록 진짜 사랑이 뭔지 깨닫지도 못하잖아. 여자란 존재를 온몸으로 거부하면서.』

『……루카 너.』

멱살을 잡고 있던 손아귀에서 점점 힘이 빠졌다.

지금까지는 그냥 참고 있었던 거라는 사실을 알려 주기라도 하는 것처럼 루카가 로메오의 손을 힘 있게 쳐 낸 뒤 흐트러진 옷매무새를 바로 했다.

『네가 아무것도 모르고 있는 눈치라서 결국 참다 참다 알려 준 거야. 아만다가 너에게 무슨 짓을 했는지 잘 알고 있지만, 너에게 그녀가 어떤 의미인지 그 누구보다 잘 알지만 이제 그만 벗어날 때가 되었다는 사실을 인정해.』

『갑자기 왜 아만다가 나오지? 두 사람은 전혀 상관이 없어.』

『상관이 없다고?』

『그래.』

언제나 완벽하게 넘겨져 있던 머리카락이 힘없이 내려와 녹색 눈앞을 살랑거렸다.

그것이 마음에 들지 않았는지 거친 손길로 머리를 쓸어 올린 루카가 입술을 혀로 한 번 핥으며 경고하듯 속삭였다.

『그럼 내가 자하를 가지는 것도 전혀 상관없겠군.』

『너 역시…….』

『왜 그런 표정이지? 아무 상관 없다며.』

『웃기지 마. 적당히 해.』

『너야말로 적당히 해!』

루카는 그 말을 끝으로 로메오를 밀어냈다.

힘이 하나도 들어가 있지 않은 몸뚱아리는 커다란 덩치에 비해 쉽게 밀려났다.

루카가 신경질적으로 돌아섰다.

『아만다에게서 사랑받지 못했다고 해서, 다른 모든 여자들에게서 도망칠 필요는 없어. 로메오. 그건 너무나도 잘못된 일이야.』

『…….』

로메오는 자신을 힐끔거리는 사람들에게서 눈을 돌려, 테이블을 하나하나 찾아가 소란스럽게 해서 미안하다는 사과를 건네는 자신의 친우를 물끄러미 응시했다.

그가 화낸 의미를, 자신이 울컥한 의미를 찾아내기 위해 머릿속이 분주하게 움직였다.

방 안에 혼자 앉아 먹는 음식은 최고급이었음에도 불구하고 전혀 식욕을 북돋아 주지 못하고 있었다.

자하는 멍하게 앉아 이미 조각난 토마토를 포크로 의미 없이 건드리다 결국 손에서 내려놓았다.

"하아……."

그냥 로메오를 따라 나갔어야 했나.

하지만 시끌벅적한 곳에서 밥을 먹기보다는 그냥 이곳에서 조용히 마주 보고 앉아 이야기를 나누고 싶었다.

줄리엣을 만나기 위해 떠난다는 그 남자와.

문득 자하는 반도 다 비우지 못한 그릇을 그대로 둔 채 테이블에서 일어났다. 그리고 작은방으로 걸어가 캐리어를 다시 꺼내 들었다.

요 며칠 사이 자신을 계속해서 괴롭히던 마음의 파장이 왜 일어나는 것인지, 그 이유에 대해 무심코 깨달았다.

질투.

자신은 부러움을 넘어서서 질투를 하고 있었다.

그 냉철할 것 같은 남자의 사랑을 한 몸에 받는, 얼굴도 이름도 모르는 여자에게.

"하……."

자하는 고개를 가로저은 뒤 힘을 주어 캐리어를 끌었다. 로메오가 돌아오기 전에 그냥 이곳을 벗어나는 것이 좋을 듯했다.

이 방을 나가서, 이 호텔을 떠나 버리면 다시는 남자와 만날 수 없을 터였다. 평생 죽을 때까지 엮이기는커녕 얼굴을 볼 일도 없을 터였다.

다시 한 번 그와 자신이 어떤 관계였는지 여실히 느껴지는 것 같아 자하가 헛웃음을 흘렸다.

루카, 친구라니 그런 건 말도 안 돼요.

전화와 나란히 놓여 있는 메모지와 만년필을 가만히 내려다보던 자하가 손가락을 움직였다.

스윽스윽.

몇 번이고 적었다 망설이다를 반복하던 그녀가 결국 썼던 종이를 손에 쥐고 있는 힘껏 구겼다.

이것도 왠지 우습게 느껴졌다. 어차피 로메오는 그 여자를 만나러 떠날 텐데. 다시 이곳으로 돌아오지 않을지도 몰랐다.

제멋대로 구긴 종이를 그대로 옆에 놓여 있는 쓰레기통에 던져 넣은 뒤 자하가 뒤돌아섰다.

한 발자국을 떼려는 순간, 마치 거짓말처럼 전화의 벨이 울렸다.

"……."

자하는 움찔하면서도 망설이지 않고 몸을 돌렸다. 그리고 수화기를 마치 동아줄이라도 되는 것처럼 세게 움켜쥐고 귀에 가져다 댔다.

「여보세요.」

—자하?

"……상혁 씨?"

—정말이구나. 정말 너 그 호텔에 있구나.

"아……."

자하가 문득 자신의 등 뒤를 스치는 싸늘한 느낌에 입술을 달싹였다.

그토록 기다렸던 상혁의 연락이었다. 자신을 여기까지 혼자 발걸음하게 만든 남자의 연락이었다.

너무나도 기뻐서 제자리에서 폴짝폴짝 뛰어도 모자랄 텐데, 왜 이렇게 마음이 무거워지는 건지 깨달은 자하는 순간 오싹한 기분이 들었다.

혼자 있지 말고 지금 빨리 루카 가게로 와.

그런 투박한 영어를 기대했다. 자신도 모르는 사이에.

"나…… 여기, 바르셀로나에 있어요. 상혁 씨는 지금 어디에 있는 거예요?"

—난 마드리드로 돌아왔어. 같이 왔던 녀석 중 한 명이 갑자기 몸 상태가 안 좋아져서 내가 대신 잡혀 있던 미팅 참석하고 일 처리하고 있는 중이야. 금방 돌아갈 줄 알았는데 그 친구 몸이 낫질 않아서 시간이 좀 걸렸어.

"아…… 그랬구나."

자하가 두 손으로 수화기를 꼭 움켜쥐었다.

—도대체 언제 온 거야? 내가 호텔 연락받고 얼마나 놀랐는지 알아?

"……그게."

자하가 쉽게 대답하지 못하고 머뭇거렸다.

당신은 두 달 전부터 내 연락은 받지 않았으면서, 호텔 연락은 그렇게 쉽게 받아들이네요.

차마 내뱉지 못한 말이 입안에서 방황하다 사라져 갔다.

상혁은 자신이 이곳에 와서 기뻐한다기보다는 귀찮은 일

144

이 하나 더 늘었다는 듯한 뉘앙스로 말하고 있었다.

「혹시 그 말 알아? '세상에 연락 없이 찾아오는 여자만큼 곤란한 건 없다' .」

사실은 그렇게 콕 찍어 말하지 않아도 알고 있었다.

인천공항에서 스페인으로 출국을 하면서도 마음속 어딘가에는 불안이 자리했다.

그가 자신을 반겨 주지 않을 거라는, 포기 같은 감정.

사실은 그래서 더욱 스페인행을 계획했었다. 자신의 감정을 어느 쪽이든 빨리 결론짓고 싶었다.

좋은 쪽으로든, 나쁜 쪽으로든.

—휴대전화는 왜 연결이 안 돼? 나한테 보냈던 메일 주소로 연락해도 안 읽고.

"휴대폰을 잃어버렸어요."

—내가 미치겠다.

그의 버릇 같은 한숨이 수화기 건너편에서 터져 나왔다.

—이 객실로 연락하면 되는 거지? 여기 일 마무리되는 대로 바로 그쪽으로 넘어갈게.

"……알았어요."

—네가 이런 놀라운 일을 하는 성격인 줄은 정말 몰랐다.

"……."

말 그대로 순수하게 놀란 건지, 아니면 자신의 철없음을 타박하는 건지 자하는 알 수 없었다.

자하에게서 돌아오는 대답이 없자 상혁이 다시 말을 이었다.

—너도 너 나름대로 나랑 연락이 안 돼서 불안했겠다.

"아니요, 괜찮아요."

—휴대폰 잃어버린 것도, 놀랐겠네.

"……."

몇 년 동안 익숙하게 들어왔던 그의 차분한 목소리. 자하는 그가 볼 리가 없을 텐데도 불구하고 천천히 고개를 끄덕였다.

정말 그랬었다고, 여기 와서 겪은 혼란스러운 일이 한두 개가 아니라고.

그리고 그중에서 지금 자신을 가장 혼란스럽게 하고 있는 건 바로 당신의 목소리라고.

오랜만에 듣는 목소리는 분명 설레어야 하는데. 너무나도 기쁘고 좋아야 하는데. 왜 이렇게 어색한지 모르겠다.

"천천히 마무리하고 넘어와요. 괜히 나 때문에 일에 지장 주면 안 되잖아."

—……그걸 알면서 스페인까지 찾아왔어?

"……."

—농담이야. 최대한 빨리 갈게. 늦어도 3일 안에는 넘어갈 수 있어.

"네."

—그래. 그럼 그때 보자. 틈틈이 이쪽으로 연락할 테니까.

"그래요."

하아, 전화를 끊고 난 자하가 크게 한숨을 내쉬었다.

그리고 조금 전 자신이 구겨 넣었던 쓰레기통 속의 메모와, 그 옆에 놓여져 있는 캐리어를 바라봤다.

왠지 지금 당장 이 방을 벗어나고 싶다는 충동이 들었다.

chapter
4

자하는 턱을 괸 채 멍하니 앉아서 창밖을 바라보고 있었다. 로메오는 그 뒤로 한 번도 이 방을 찾아오지 않았다.

설마 그냥 떠나 버린 것일까, 하는 생각이 들어 루카의 가게에 찾아가 물어볼까 싶다가도 쓸데없는 짓인 것 같아서 그만두었다.

이대로 그가 없는 방에 머무르면 안 된다고 생각했지만 음식을 주문할 때 호텔 관계자들은 여전히 친절했으며 자하를 신경 써 주고 있었다.

로메오가 무슨 얘기를 했을지도 몰랐다. 상혁이 돌아오기 전까지 자신이 이곳에 머물 수 있도록.

자하가 작게 한숨을 내쉬었다.

착한 건지 나쁜 사람인 건지 알 수 없었던 남자에 대한 정의를 이제는 내려야 할 것 같았다.

그는 매우 다정한 사람이었다. 얼굴도 알 수 없는 여자를 질투할 만큼.

"성자하, 너 도대체 왜 이러니."

자하는 혼자 그렇게 중얼거리며 고개를 저었다.

바람, 이라고 할 정도의 감정은 아니라고 스스로를 다독였지만 그럴수록 괜히 더 마음이 무거워졌다.

혼자 가만히 있으면 계속 쓸데없는 생각을 하게 되는 것 같은 기분에 자리에서 일어났다.

혹시 로메오가 그 여자를 만나기 위해 떠난 것이 아니라고 해도 이 시간에 찾아온 적은 없었다.

마음 편하게 욕조에 몸을 담가 본 적이 언제인지 기억도 나지 않아 자하는 얼른 욕실로 걸어갔다.

화려한 욕조에 뜨거운 물이 조금씩 채워지는 걸 멍하게 바라보고 있다, 갑자기 울리는 전화벨 소리에 황급히 자리에서 일어났다.

상혁일까? 아니면.

생각은 끝을 맺지 못하고 수화기를 들었다.

「여보세요.」

—……어라? 누구?

「…….」

날카로운 여자의 목소리에 자하는 굳은 듯 그 자리에 못 박혔다. 자하가 아무런 말을 하지 않고 있음에도 익숙지 않은 스페인어는 그런 것 따위 중요하지 않은 것처럼 계속해서 귓가를 파고들었다.

마치 따지는 것 같기도 하고, 질문을 하고 있는 것 같기도 한 말투에 자하는 결국 여자의 말을 끊을 수밖에 없었다.

「죄송하지만 영어로 말씀해 주시겠어요?」

상대방이 짧게 침묵하더니 이내 조금 어색한 발음의 영어가 들려왔다.

—당신 누구야?

누구냐고 묻는 말에 또다시 자하는 할 말을 잃었다. 자신을 뭐라고 소개해야 할지 전혀 감이 잡히지 않았다.

「……그쪽이야말로 누구신가요.」

—로메오, 거기 있는 거 맞지?

「……!」

—당신이 누군지는 잘 모르겠지만 그가 있는 게 맞다면 그렇다고 대답을 좀 해 주겠어? 난 시간 낭비하는 게 세상에서 제일 싫은 사람이라.

「그는…….」

—아, 잠깐. 당신인가?

여자는 뭔가 정신없이 횡설수설했다. 자하에게 묻는 것 같기도 했고 자기 스스로에게 묻는 것 같기도 했다.

혼잣말처럼 스페인어를 중얼거리던 여자가 다시 영어로 물었다.

—로메오가 아직까지 바르셀로나에 머무르고 있는 이유가 여자였어?

「저기, 당신은 누구죠?」

자하는 살짝 인상을 찌푸리며 그렇게 질문했다.

발음은 스페인 억양이 강했지만 그녀는 영어를 못하는 사람이 아니었다. 아니, 오히려 잘하는 축에 속했다. 그리고 그 영어는 듣는 사람으로 하여금 좋은 인상을 주는 말투가 아니었다.

—나?

「네.」

당당하던 여자에게서 돌아오는 대답이 없었다. 자하는 혹시 전화가 끊겼나 싶어 수화기를 귀에서 뗐다가 다시 가까이 들이댔다. 동시에 수화기 건너편에서 풋, 하는 웃음소리가 들려왔다.

—뭐야, 질투라도 하는 거예요?

「네?」

―좋을 대로 생각해요. 아무튼 당신은 로메오를 알고 있군요. 그리고 그건 로메오가 거기 머무르고 있다는 뜻이겠죠? 고마워요.

「……」

전화는 그대로 끊어졌다.

자하는 뭔가 회오리가 회몰아치고 지나간 것 같은 기분에 한동안 수화기를 든 채 서 있기만 했다.

이 여자는 뭐야?

문득 계속해서 얼굴을 내비치고 있지 않은 남자의 얼굴이 머릿속을 스쳤다.

그렇게, 자신의 평생을 바칠 만큼 사랑하는 여자가 이런 타입이었어?

자신은 그가 어떤 여자를 사랑하든 그것에 대해 무어라 말할 권리가 없었다.

당장 조금 전만 하더라도 그와 자신이 무슨 관계인지 묻는 말에 아무런 대꾸도 하지 못하지 않았나.

하지만 왠지 모르게 짜증이 솟구쳤다.

왜 하필 이런 여자를 좋아하는 건지, 여자 보는 눈이 그렇게 없는 건지 싶어 신경질적으로 수화기를 내려놓았다.

자기 할 말만 하고 전화를 끊어 버리는 이런 여자에게 다정하게 대해 준다고 생각하니, 부드러운 갈색 눈동자로 그녀를 바라본다고 생각하니 입맛이 너무 썼다.

"얼굴이 미스 스페인 정도는 할 만큼 예쁜가?"

자하는 자신이 왜 화가 나는지 어렴풋이 느끼고 있었지만 애써 생각하지 않으려 했다. 그것을 인정하는 순간 상황이 모두 뒤바뀌기 때문에.

자신에게는 그런 용기가 없었다.

전화를 끊은 카밀리아는 쓰고 있던 선글라스를 벗으며 스포츠카에서 내려섰다. 붉게 칠해진 입술의 끝이 매력적으로 올라갔다.

그녀는 자신에게 정중하게 고개를 숙이는 남자를 향해 차 키를 넘긴 뒤 또각, 하이힐로 바닥을 내리밟으며 W 호텔 로비로 들어섰다.

뜨거운 태양을 피해 안으로 들어온 그녀는 자신을 발견하고 후다닥 달려오는 지배인을 향해 손짓을 해 보인 뒤 휴대폰을 귀에 가져다 댔다.

『헤수스? 물어보고 싶은 게 있는데…….』

욕조에 몸을 담그고 있던 자하가 감고 있던 눈을 천천히 떴다.

뜨거운 물이 몸을 감싸자 굳어 있던 근육들이 부드럽게 풀어지는 기분이 들었지만 조금 전 나누었던 여자와의 통화 내용 때문에 머릿속은 그 어떤 때보다 어지러웠다.

왜 하필 그런 여자냔 말이야.

몸을 조금 더 낮추자 입까지 물에 잠겼다.

자하는 마치 항의라도 하는 것처럼 숨을 밖을 몰아내어 거품을 뽀글뽀글 만들어 냈다.

두려운 것이 아무것도 없고 사람을 무시하고 깔보는 듯한 행동을 스스럼없이 하는 그 남자가 갑자기 세상에서 가장 불쌍한 호구처럼 느껴졌다.

그가 그렇게 목을 매달 만큼 아름답고 지적이며 천사 같은 여자일 거라고 생각했는데.

마치 정말 줄리엣처럼.

"……내가 무슨 상관이야. 그 남자가 줄리엣이랑 사귀든, 마녀 같은 여자랑 사귀든."

그렇게 말하면서도 자하는 조금 전 자신을 공격하던 여자의 목소리를 잊지 못했다.

"……."

목욕을 끝내고 나서 루카의 가게로 찾아가 봐야겠다는 생각이 처음으로 들었다.

처음으로 그가 어떤 여자와 사랑을 하고 있는 건지 궁금해졌다.

생각해 보니 자신은 로메오에 대해 그 어떤 것도 제대로 알지 못했다.

그저 W 호텔의 상속자라는 것, 그리고 사랑에 누구보다 열정적인 남자라는 것. 그 두 가지뿐이었다.

젖은 머리를 쓸어 올리자, 익숙한 향기가 코끝을 맴돌았다.

자신에게서 샤워를 막 끝내고 욕실에서 나왔던 남자와 같은 향이 난다는 생각에 두근, 심장이 한 번 크게 요동쳤다.

"내가 못 살아."

정말 열여섯 살이니. 자괴감에 빠지는 듯해 얼굴을 한 번 더 물에 담그려는데 순간 초인종 소리가 났다.

자하는 흠칫하며 그대로 굳은 채 다시 귀를 기울였다. 잘못 들었나 싶은 순간 쾅쾅, 세차게 문을 두드리는 소리가 반복적으로 들려왔다.

촤악, 그대로 몸을 일으킨 자하가 욕실에서 다급히 빠져나왔다.

카밀리아는 귀찮은 기색을 숨기지 못한 채 다시 한 번 호텔 룸 문을 두드렸다.

『그냥 카드 키를 달라니까 왜 안 주는 거야.』

불만스럽게 중얼거린 그녀가 다시 한 번 문을 두드리려 손을 뻗는 순간, 달칵하는 소리와 함께 문이 조심스레 열렸다.

문으로 틈이 보이자마자 그대로 문고리를 잡아당기려던 카밀리아는 안에서 빼꼼 고개를 내미는 여자와 시선이 마주치자 눈을 크게 떴다.

『……어머, 동양인이네.』

「무슨 일이시죠?」

자하는 물이 뚝뚝 떨어지는 머리카락을 제대로 수습도 하지 못한 채 그렇게 물었다. 제대로 옷을 갖춰 입을 정신이 없어 급하게 샤워가운을 입은 모습이었다.

로메오가 아니라면 상혁, 그도 아니면 뭔가 급한 일이 생겼을 거라는 생각에 지체 없이 문을 열었는데, 자신의 눈앞에 서 있는 사람은 그 모든 예상을 다 벗어난 사람이었다.

『로메오의 취향이 이런 스타일이었다니, 과연 그동안 오는 유혹을 다 물리친 이유가 있었네.』

하하, 알 수 없는 말을 중얼거린 여자가 크게 웃었다.

순간 자하는 이 여자가 누구인지 눈치챘다. 이 목소리, 바로 조금 전 자신과 통화를 했던 그 여자였다.

무엇이 그리 즐거운지 한참을 웃던 여자가 여전히 미소를 띤 채 자하를 향해 손을 내밀었다.

「반가워요. 난 카밀리아라고 해요.」

자하가 악수를 하지 않고 가만히 뻗어진 손을 내려다보고만 있는데도 카밀리아는 별로 신경 쓰지 않았다.

그 대신 반쯤 열려 있는 문을 억지로 열고 그대로 룸 안으로 들어섰다.

「어, 저기 잠깐만요!」

「로메오! 어디 있어? 나 왔어!」

자하의 말은 들리지도 않는 것처럼 여자가 익숙하게 룸 안을 둘러보았다.

「대낮부터 사랑이 넘치네.」

막무가내로 들어온 여자를 막으려던 자하는 여자의 중얼거림에 그녀가 무슨 생각을 하고 있는지 눈치채고는 황급히 반박했다.

「그는 지금 없어요!」

「없어? 섹스만 하고 바로 떠났어요? 역시 매정한 남자네.」

「그런 거 아니에요. 그와 나는…….」

「……?」

방 안을 휘휘 둘러보던 카밀리아는 발갛게 달아오른 얼굴로 말을 더듬거리는 자하를 이상하다는 얼굴로 바라봤다.

동양인들은 내성적이라는 것을 어렴풋이 알고 있었지만 이렇게까지 부끄러워할 일인가 하면 이해가 가지 않는 게 사실이었다.

카밀리아가 고개를 갸웃하며 되물었다.

「당신이 그가 바르셀로나에 머무는 원인 아닌가요?」

그 직접적인 질문에 자하는 잠깐 망설이다 작게 고개를 끄덕였다.

「그건 맞아요. 일이 좀 있었거든요. 하지만 당신이 생각하는 그런 관계는 아니에요.」

귀 끝까지 빨간 여자의 모습이 우스워 카밀리아는 그에 대해 더 이상 언급을 하지 않는 편이 좋겠다고 생각했다.

「뭐, 됐어요. 그는 지금 어디 있죠? 언제 돌아와요?」

「그건…… 저도 잘 몰라요.」

「또 버릇이 나왔나 보네. 그냥 휙휙 사라져 버리는 그 못된 버릇.」

로메오를 아주 잘 알고 있는 듯한 그 말투에 자하는 샤워 가운을 손으로 꼭 쥐었다.

여자가 하는 말로 보아, 그녀는 자신과 로메오가 그렇고 그런 관계를 가진 것으로 오해한 듯했다.

하지만 그에 비해서는 너무나도 얼굴과 태도가 너무나도 태연했다.

그런 것쯤은 신경도 쓰지 않는다는 건가?

가뜩이나 오래 뜨거운 욕조에 들어가 있어 머리가 어지러운데, 갑작스레 찾아온 여자는 자하의 정신을 쏙 빼놓고 있었다.

「호텔 룸은 정말 오랜만에 들어오네. 어릴 때 이후로 처음이야.」

「……」

「어릴 때는 로메오와 함께 자주 머물렀거든요.」

창밖으로 보이는 높은 건물을 응시하며 카밀리아가 신이 난 듯 떠들어 댔다.

「평생을 바친 사랑이라고 할 수 있죠.」

역시 이 여자가 로메오에게 메시지를 남긴 여자구나. 자하는 어깨에서 내려가는 샤워가운을 바로 추스르며 중얼거렸다.

아까보다 조금 더 싸늘해진 낮은 목소리로.

「로메오가 언제 돌아오는지 알고 싶다면 루카의 가게로 찾아가 보는 게 어때요. 그 사람이라면 알고 있을 테니까.」

콧노래까지 흥얼거리며 창밖을 바라보던 여자가 급히 고개를 틀었다.

커다란 푸른색의 눈동자가 자신을 향해 고정되자 문득 오싹한 기분이 들어 자하는 뒤로 한 걸음을 물러섰다.

몸에 짝 달라붙는 호피 무늬의 원피스를 입은 그녀는 마치 정말 표범이라도 되는 것처럼 달려오더니 검은색 매니큐어가 칠해진 긴 손톱을 자하의 팔뚝에 박아 넣었다.

「아!」

「당신이 루카 가게를 어떻게 알지?」

「이거 놔요! 아파요.」

「대답해. 당신, 루카를 알아?」

「몇 번 가서 식사를 한 적이 있어요.」

『……세상에. 당신 정말 로메오와 그렇고 그런 사이구나? 그냥 만나는 게 아니라.』

도대체 여자가 무슨 이야기를 하는지 알 수가 없어 자하는 인상을 잔뜩 찌푸린 채 우악스러운 손길을 쳐 냈다.

「왜 이래요?」

잠깐 이성을 잃은 것 같았던 여자는 자하가 손을 쳐 내자 그제야 정신이 돌아온 건지 풍성하게 웨이브진 머리카락을 귀 뒤로 쓸어 넘겼다. 그리고 조금 전과 마찬가지로 여유 있는 미소를 입가에 머금었다.

「이름이 어떻게 돼요, 아름다운 숙녀분?」

「……자하라고 하는데요.」

「그래요, 자하. 앞으로 여기 계속 머무를 건가요?」

「…….」

여자의 붉게 칠해진 입꼬리가 올라갔다. 조금 전 일에 대한 사과를 받으려 했던 자하는 그 표정에 그저 조용히 붉게 변한 자신의 팔뚝을 쓸어내렸다.

이곳에서 당장 나가라는 눈빛이었다. 명백하게.

이제 자신이 이곳에 왔으니, 당신은 필요없다고.

잠깐 자신의 남자와 어울렸던 여자일 뿐이라고.

「난 여기서 계속 로메오를 기다릴 생각이거든요. 그리고 우리는 나눠야 할 대화가 아주 많아요. 괜찮다면 이제 그만 나가 줄래요?」

「……저도 이곳에 머물러야 하는 이유가 있어요.」

「저런, 로메오가 돌아오길 기다리는 거예요? 안타깝지만 로메오에게는 당신을 만나야 할 이유가 없을 거예요.」

「…….」

「그래도 뭐, 할 말이 남아 있다면 그것까지는 막을 수 없죠. 걱정하지 마요. 로메오가 돌아오면 내가 연락해 줄게요.」

「…….」

「그 대신 다른 룸을 잡아 줄 테니 나가요. 지금 당장.」

여유 있게 미소를 띠던 조금 전 모습과는 백팔십도 달라진 그녀의 경계 어린 얼굴에 자하는 아무런 말도 하지 못했다.

아까보다 어지럼증이 조금 심해진 것 같은 기분이었다. 얼굴에도 천천히 열이 올랐다.

불규칙적인 호흡을 몰아쉬며 카밀리아와 눈싸움을 하던 자하가 그대로 뒤를 돌아섰다.

그래도 성큼성큼 작은방으로 들어가 옷을 갈아입고 캐리어를 손에 들었다.

방에서 나오자 여자는 호텔에 놓여져 있는 전화로 누군가와 통화를 하고 있는 중이었다.

인사도 하지 않은 채 방을 벗어나려는데 뒤에서 하이톤의 목소리가 들려왔다.

「로비로 내려가서 원하는 룸의 호수를 말해요. 비어져 있는 룸이라면 어디든 들어갈 수 있으니까.」

「…….」

귀로 듣고도 쉽게 믿을 수 없을 만큼의 발언이었다.

이 여자도 로메오 못지않은 재벌이겠지. 자신과는 이렇게 말을 섞는 것도 어색할 만큼.

자하는 대꾸하지 않은 채 그대로 발을 돌렸다.

복잡한 머리는 서류를 확인한다고 해서 깔끔하게 비워지지 않았다.

스위트룸에 박혀 정신없이 메일 확인을 하고 결재안들을 체크하던 로메오는 그대로 자리에서 일어났다.

같은 호텔에 있음에도 자하가 묵고 있는 그 방으로 들어갈 수가 없었다.

루카의 말을 정리하고 나자 더욱 갈 수 없었다.

차라리 깨닫지 않는 편이 나았다.

혼자 몸으로 아는 사람이 아무도 없는 이런 나라로 날아올
만큼 소중한 상대가 있는 여자를 향한 마음 따위, 깨달아 봤
자 아무런 소용이 없었다.

『……빌어먹을.』

그게 아니었다면 이 감정을 깨달은 순간 주저 없이 다가섰
을 것이다.

살면서 한 번도 느껴 보지 못했던 이 감정을 상대에게 부
딪치고, 어떤 결과가 나올지 흥미롭게 기다렸을 것이다.

루카는 아만다에게 사랑을 받지 못했다고 해서 다른 여자
에게서도 사랑을 받지 못하는 것은 아니라고 소리쳤지만, 로
메오는 시작도 하기 전에 모든 게 다 끝난 것만 같은 기분이
었다.

자신은 일부러 사랑을 받지 못하는 상대만 사랑하게 되는
것은 아닐까.

그런 운명을 타고난 것은 아닐까.

아버지이자 W 호텔의 경영인이었던 마테오는 다정한 사
람이었지만 권력과 재산을 모두 손에 쥔 남자가 그러하듯 사
랑에는 헤펐다.

아만다와 결혼하여 로메오를 얻었음에도, 금방 젊고 아름다운 여자와 두 번째 사랑을 꿈꿨다.

그리고 그로 인해 얻은 또 다른 생명이 바로 카밀리아였다.

카밀리아의 모(母)는 아이를 낳고 3년도 채 지나지 않아 비가 내리는 날 요트를 타고 나갔다 격해진 파도에 휩쓸려 목숨을 잃었다.

술에 잔뜩 취한 그녀를 말릴 수 있는 사람은 아무도 없었다고 했다.

죽는 것도 정말 그 여자답다고, 어린 나이였지만 로메오는 그렇게 생각했다.

홀로 남겨졌다는 말조차 제대로 인식하지 못할 정도로 어린 나이였던 카밀리아를 향해 그렇게 왜 이 세상에 태어났냐고 태연하게 물은 적도 있었다.

난 너와 달라.

난 진짜니까.

하지만 자신의 아버지, 그리고 죽은 여자의 푸른 눈을 그대로 이어받은 카밀리아의 눈동자만은 부러웠다.

자신은 왜 아버지를 따라 푸른색 눈동자를 갖지 못했을까.

아버지가 그녀의 아름다운 눈동자를 칭찬할 때면 혼자 방으로 들어와 거울을 하염없이 바라볼 때도 있었다.

아버지가 심장병으로 갑자기 쓰러졌을 때부터 그 부러움은 더욱 짙어졌다.

지금 와서 생각해 보면 아만다 역시 피해자 중의 한 명일 뿐이었다. 젊은 모델에게 사랑하는 남편을 빼앗긴, 불쌍한 여자.

하지만 어린 로메오에게는 아만다의 행동을 동정으로 봐줄 이해심이 없었다.

그에게 그녀는 그저 '진짜'가 아닌 카밀리아만을 사랑하는 비이상적인 엄마였을 뿐.

아만다는 뭐든지 카밀리아가 우선이었다.

그래야만 마테오에게서 미움 받지 않을 거라고 생각이라도 한 것일까.

사실 무엇을 해도 떠나간 남자의 마음이 돌아오지 않을 것임을, 잘 알고 있었으면서.

그런 우습지도 않은 이유로 자신의 배로 낳은 자식을 부정하고 다른 여자가 낳은 여자아이를 우선시했다.

로메오는 갈 곳이 없었다.

친모에게조차 버림받은 자신의 처지가 너무 우스웠다.

그러나 그러면서도, 다들 제정신이 아니라고 느끼면서 자신도 그 제정신이 아닌 사람들에게 사랑받고 싶어 어쩔 줄 몰라 했다.

괜찮다는 말을 들은 것은 처음이었다.

다정하게 머리를 쓰다듬어 주던 손길을 얼마나 바랐는지 몰랐다.

잠이 들기 직전, 침대 머리맡에 앉아 다정히 자신을 쓰다듬어 주며 좋은 꿈을 꾸기를 바라 주기를.

온전한 성인이 되고 나서 처음으로 자신의 얼어 있던 마음을 녹여 준 여자.

『……그게 왜 하필 당신이냐고.』

문득 창문에 비친 자신의 눈동자에 로메오는 신경질적으로 고개를 돌려 버렸다.

『네가 왜 여기 있는 거지?』

『그게 고생고생해서 여기까지 찾아온 사람에게 할 말이야?』

『비켜.』

문을 열고 들어서자마자 침대에 널브러져 있는 여자의 실루엣이 보여 로메오는 인상을 잔뜩 찌푸려야 했다.

『두 시간 전부터 기다리고 있었단 말이야.』

겨우 두 시간밖에 지나지 않았는데 이미 룸 전체가 그녀의 독한 향수 냄새로 뒤덮여 있었다.

코를 막고 싶은 충동을 간신히 억누르며 로메오가 룸 안을 두리번거렸다.

『이 방에 있던 여자, 어디 갔어.』

『아아, 그 동양인 여자?』

말끝을 올리는 것이 뭔가 느낌이 좋지 않았다.

그녀가 이런 식으로 놀리는 듯 말끝을 올리면 반드시 로메오의 신경을 건드릴 무슨 일이 일어나곤 했다.

로메오가 넥타이를 잡아 빼며 낮게 물었다.

『두 번 묻게 하지 마. 어디 갔어?』

『그걸 내가 어떻게 알아? 그냥 날 보더니 혼자 짐 싸서 방을 나갔어.』

『너…….』

『나 정말 충격 받은 거 알아? 당신이 그렇게까지 어린애 타입을 좋아하는지 정말 꿈에도 몰랐거든. 여자를 싫어하는 당신이 지금껏 그나마 밤을 보냈던 여자들은 모두 육감적인 타입이었잖아. 그래서 그런 취향인 줄 알았더니.』

『당장 여기서 꺼져.』

로메오는 더 이상 들어 줄 수 없다는 듯 그녀의 말을 끊었다.

『헤수스가 당신과 함께 이비사로 오라고 했어.』

『…….』

그 자식을 믿은 내가 바보지.

로메오는 이마를 감싸 쥐며 벽에 기대어 섰다.

『그런데, 헤수스도 그 동양인 여자에 대해서는 아무것도 모르고 있는 것 같더라?』

『……뭐라고 했어?』

『그냥, 그 여자 이름이 '자하' 라는 것 정도는 알려 줬지.』

『…….』

『빨리 아만다 만나러 가자. 얼마나 아픈지 보고 싶어.』

그렇게 말하는 카밀리아의 목소리는 어딘가 들떠 보였다.

잘 알고 있었다. 친자식에게 쏟아부었어야 할 애정조차 전부 빼앗아 가 버린 이 눈앞의 여자 역시 행복하지는 않다는 것을.

대내외적으로 무슨 이야기를 듣고, 무슨 소문을 흘려 넘기고 있는지.

모두가 불행하고, 고통스러웠다.

『그 여자, 어디로 보냈어?』

『내가 보낸 게 아니라 자기가 직접 나간 거라니까 왜 말을 못 알아들어.』

『스스로 나갔을 리가 없어. 그녀에게는 이 방에 머물러야 할 이유가 있으니까.』

그래, 그 남자에게서 오는 전화를 기다려야 했다.

그래서 이 방에서 한 발자국도 나가지 않고 버티고 있는 것이었다.

그러나 카밀리아는 여자가 어디로 떠났는지 말해 주지 않을 심산인 모양이었다. 그녀의 얼굴에 떠올라 있는 미소가 역겨워 로메오는 그대로 몸을 돌렸다.

『그것보다 재밌는 이야기를 들었는데.』

방을 벗어나려는 로메오의 팔을 카밀리아가 잡아챘다.

『당신이 어떤 대답을 하느냐에 따라 유언장 내용이 바뀐다고?』

푸른색 눈동자가 그를 또렷하게 응시했다. 로메오는 자신의 팔을 잡고 있는 기다란 손가락을 떼어 내며 딱딱하게 중얼거렸다.

『어떤 식으로 바뀌든 너에게 돌아가는 몫은 없을 테니 괜한 기대는 하지 마.』

『그거야 모르는 일이지.』

『한 번만 더 내 앞에 멋대로 나타나서 내 주변을 마음대로 휘저어 놓으면 그땐 정말 가만 안 둬.』

『그러지 말고…….』

『너 같은 거, 흔적도 없이 세상에서 지워 버릴 수 있어. 파도에 떠내려 간 것처럼 말이야.』

팔을 뿌리치고 호텔방을 나가 버리는 로메오의 뒷모습을 바라보던 카밀리아가 칫, 짜증스럽게 혀를 찼다.

『정말 방해하고 싶어지게 만드네.』

❖   ❖   ❖

자하가 어디로 갔는지는 어렵지 않게 알아낼 수 있었다. 호텔 밖으로 나가지 않았다는 사실을 다행이라고 생각하면서도, 그렇게까지 이곳을 떠나지 않는 이유를 생각하면 또 화가 치밀었다.

로메오는 2302호에서 얼마 떨어져 있지 않은 방으로 가 조용히 문을 두드렸다.

카밀리아에게 무슨 말을 들어도 들었을 거라고 생각해 쉽사리 열어 주지 않을 거라 예상했는데 문은 의외로 금방 열렸다.

혹시나 할 때를 대비해 미리 준비해 놓았던 키는 바지 뒷주머니에 넣었다.

로메오는 문을 열고 자신을 가만히 응시하고 있는 자하를 내려다보다 이내 그녀를 지나쳐 방 안으로 들어섰다.

「왜 네 멋대로 방을 나갔지?」

「……언제든 나가지 않았다고 바보 취급을 하더니. 사람

그만 좀 헷갈리게 해요.」

「남자에게서 전화가 올 거잖아.」

「별로, 이제 상관없어요.」

그게 무슨 뜻일까. 로메오가 자하의 생각을 꿰뚫어 볼 듯이 그녀를 노려봤다.

「덕분에 연락이 닿았어요. 3일 내로 이쪽으로 넘어온다고 했어요.」

「…….」

「당신이야말로 줄리엣이 돌아왔는데 이렇게 시간을 허비해도 돼요? 줄리엣은 아주 할 말이 많아 보이던데.」

「줄리엣? 누가?」

「방으로 찾아온 여자요. 그 여자죠? 메시지를 보낸 사람.」

「그 미친 여자가 무슨 소리를 했는지는 모르겠는데, 아무것도 신경 쓸 필요 없어.」

「미친 여자요?」

자하의 얼굴에 의문의 빛이 스쳐 지나갔다.

「그래. 빌어먹을 내 동생.」

「네?」

자신이 방금 무슨 말을 들었는지 이해가 가지 않는다는 듯 자하가 눈동자를 두어 번 깜빡였다.

「……동생? 친동생이요?」

「그래.」

「아……..」

멍하게 로메오의 얼굴을 응시하던 자하가 하, 헛웃음을 터뜨렸다. 친동생이었다니. 생각도 하지 못했다.

듣고 보니 성격이 어딘가 닮은 것 같기도 했다. 자신이 하고 싶은 말만 하는 점이라든가, 문득문득 사람을 두렵게 만드는 점.

「생각도 못 했어요. 여동생이 있는 줄은.」

「나도 여기로 찾아올 거라고는 생각도 못 했어.」

「그랬구나.」

작게 중얼거린 자하가 스스로 납득하듯 고개를 주억거렸다.

그런 거였구나. 그랬어.

혼자 별의별 상상을 다하며 여자 보는 눈이 더럽게 없다고 속으로 욕을 했다는 사실을 눈앞의 이 남자가 알면 얼마나 자신을 비웃을까.

왠지 들킨 것처럼 부끄러운 기분이 들어 자하가 로메오를 똑바로 쳐다보지 못하고 곁눈질로 힐끔거렸다.

그 역시 무언가 할 말이 있는 듯 어딘가를 응시하고 있었지만 쉽사리 입술을 떼지 못하는 모습이었다.

「저기……..」

「이따……」

결국 동시에 말을 꺼낸 두 사람의 목소리가 겹쳐졌다.

자하가 피식, 웃으며 머리카락을 쓸어 올렸다.

조금 전까지만 해도 음식을 잘못 먹은 것처럼 속이 답답하고 기분이 좋지 않았는데 갑자기 날아갈 듯 몸이 가벼웠다.

「먼저 말해요.」

「저녁은 나가서 먹자는 얘기를 하려는 참이었어.」

자하가 쉽게 대꾸하지 못하자 로메오가 말을 덧붙였다.

「남자는 3일 뒤에 온다며.」

「……네.」

고개를 끄덕인 자하가 로메오를 힐끔 올려다봤다. 자신이 신경 쓰고 있는 것은 상혁이 아니라, 조금 전 마주했던 그의 동생이었다.

「동생은 어떻게 하고요?」

「그 여자는 왜 묻지?」

「로메오를 계속 찾았어요. 할 말이 많아 보였다고요.」

「신경 쓸 거 없어. 그것보다 오늘 밤에는 파티를 연다고 하니까 맛있는 음식이 많이 있을 거야. 언제까지 호텔에서 주문한 음식을 먹을 거야.」

「여기 호텔 음식, 정말 맛있는데요.」

자하가 정말 의외의 말을 들었다는 사람처럼 눈을 동그랗게 떴다. 로메오는 그녀를 가만히 내려다보다 시선을 움직였다.

「그 여자는 곧 사라질 테니까 다시 돌아와 있어도 돼.」

「괜찮아요. 전 여기가 더 마음이 편해요. 그리고 숙박비도 이미 제 카드로 결제했어요.」

「……」

「그건 무슨 표정이에요? 내가 거지인 줄 알았어요?」

「……아니, 정말 바보인가 해서.」

「뭐라고요?」

자하가 미간을 잔뜩 찌푸렸다. 그 얼굴을 본 로메오가 피식, 낮은 웃음을 터뜨렸다.

「어……」

마치 귀신이라도 본 것처럼 다시 표정을 굳히는 자하를 보고 로메오가 고개를 갸웃했다. 왜 그런 표정을 짓냐는 눈짓을 보내자 자하가 정말 신기하다는 것처럼 대답했다.

「당신 웃는 얼굴은 처음 보는 것 같아요.」

「그럴 리가.」

「진짜예요.」

「나도 웃길 땐 웃어.」

「항상 이렇게 한쪽 입꼬리만 올려서 기분 나쁘게 웃었잖아요. 근데 방금 웃음은 정말 기뻐서 웃는 웃음이었어요.」

「당신 얼굴이 그만큼 멍청했다는 뜻이야.」

「……뭐, 그렇게라도 웃는다면 그것도 나쁘지 않네요.」

자하가 그렇게 말하면서 어깨를 으쓱였다.

마치 롤러코스터를 타는 것처럼 하루에도 기분이 올라갔다 내려왔다 엉망진창이었다.

얼마 만일까.

생각한 대로 행동하지 못하는 것이.

이렇게 제멋대로 뛰는 가슴을 눈앞의 남자에게는 절대로 들키고 싶지 않았다.

「샹그리아가 정말 맛있어요.」

「술 약하잖아. 그만 마셔.」

「괜찮아요. 어린애도 아니고 주량 정도는 잘 알아요.」

「…….」

잘 알아서 그때도 혼자 웃다가 침대 위에 쓰러져서 잠이 들었나?

로메오는 그렇게 말하려다 입을 꾹 다물었다.

다정하게 대해 주고 싶은데, 지금 이 순간도 저 가녀린 어깨에 손을 올리고 사랑스럽게 달아 오른 뺨에 입맞춤을 해 주고 싶은데 왜 이렇게 불쑥불쑥 그와 반대되는 감정이 솟구쳐 오르는지 알 수가 없었다.

「로메오.」

아니나 다를까, 조금 풀어진 듯한 말투로 그녀가 이름을 불렀다. 그녀가 부르는 자신의 이름은 언제나 조금 이상한 기분이 들게 했다. 독특하면서도, 뭔가 계속 듣고 싶은.

「로메오.」

「그래. 말해.」

「웃어 봐요.」

「……뭐?」

「웃어 봐요. 아까처럼.」

「…….」

그녀가 자신의 입꼬리를 양쪽으로 잡아당기며 중얼거렸다.

취했군.

로메오가 작게 한숨을 쉬며 그녀의 앞에 놓여 있는 잔을 자신 쪽으로 끌어당겼다.

「그만 마셔.」

「딱 한 번만 더 웃어 줘요. 네?」

그녀가 중얼거리더니 한쪽 볼에 바람을 넣었다. 제 마음대로 되지 않으니 화가 난 모양이었다.

뭐가 안 취하고, 뭐가 안 어린애 같고, 뭐가 혼자서 다 할 수 있으니 신경 끄라는 건지.

그는 웃느라 뒤로 휘청하는 그녀를 향해 팔을 뻗었다. 가녀린 팔뚝을 잡고 자신의 품에 가두듯 안았다.

『아주 눈을 못 떼는군.』

그때 뒤에서 듣기 싫은 목소리가 들려왔다. 로메오가 인상을 찌푸리며 고개를 돌렸다.

평소와 조금 다르게, 셔츠 하나만 입은 루카가 그를 내려다보며 웃고 있었다.

셔츠 소매를 팔꿈치까지 걷어 올리고 단추를 두어 개 풀어낸 모습이 굉장히 자유로워 보였다.

원래도 웃음이 많은 그였는데, 유난히 더 많이 올라간 입꼬리가 그 역시 꽤나 술을 마셨다는 것을 알려 주고 있었다.

이놈이나 저놈이나 술버릇하고는.

로메오는 쯧, 하고 혀를 차며 자하를 안고 있는 팔에 조금 더 힘을 주었다.

『그녀를 놔줘. 그렇게 옆에서 계속 감시하면 파티를 즐길 수가 없잖아.』

『이미 많이 마셨어. 이 여자를 우리처럼 사교 파티에 익숙한 여자라고 생각하지 마.』

루카가 결국 참지 못한 웃음을 토해 냈다. 하하, 기분 좋아지는 그 웃음에 왠지 모르게 쑥스러워진 로메오가 자신의 품에 안겨 있는 자하를 가만히 내려다보았다.

그녀는 지금 자신의 상태를 아는지 모르는지, 얌전히 안긴 채 와인을 들이켜고 있었다.

『이 파티에 그녀를 데려왔다는 건, 내 충고를 긍정적으로 받아들였다는 걸로 해석해도 되는 거겠지?』

『신경 꺼.』

루카가 아주 재밌는 것을 발견한 사람처럼 녹색 눈동자를 반짝거렸다.

『아, 사랑에 빠진 스페인 남자는 왜 이렇게 어린아이처럼 변하는 건지.』

『저리 가서 손님 대접이나 하지 그래.』

『그녀와 많은 이야기를 나누고 싶었는데. 들어온 순간부터 지금까지 손에서 놓질 않으니 재미가 없어.』

『누구 덕분인데.』

『당연히 내 덕분이지.』

루카가 시원하게 입매를 늘인 뒤 몸을 돌렸다.

솔직히 반반이었다.

소년이 자신의 마음을 인정하고 갇혀 있던 곳에서 빠져 나올지, 아니면 그대로 평생 그곳에 머무를지.

앞으로 일이 어떻게 될지는 알 수 없었지만 지금은 이만큼으로도 만족할 수 있다고, 루카는 그렇게 생각했다.

로메오는 자신의 품에 얌전히 앉아 와인만 홀짝이던 자하
의 손을 이끌고 호텔로 다시 돌아왔다.

원래 술에 취하면 웃음도 많아지고 이야기도 이것저것 많
이 하더니 오늘은 이상하게 어느 시점부터 조용했다.

호텔로 돌아오는 내내 아무런 말도 없이 고개만 푹 숙이고
있는 게 걱정되어 속이 좋지 않은 거냐고 몇 번이나 물었지
만 되돌아오는 대답은 별거 아니라는 말뿐이었다.

「씻고 싶어?」

자하를 침대에 앉힌 로메오가 그 앞에 무릎을 꿇고 앉아
그녀를 올려다보았다.

붉은 얼굴이 왠지 모르게 울적해 보여 신경이 쓰였다. 로
메오는 조심스레 손을 들어 그녀의 뺨을 쓸었다.

「그냥 자.」

「로메오.」

「목이 마른가?」

「…….」

자하가 조용히 고개를 가로저었다. 그리고 자신의 얼굴을
쓸어 준 그의 커다란 손을 잡았다.

따뜻한 온기가 맞잡은 손을 통해서 전해졌다.

자하는 작게 숨을 들이마신 뒤 내쉬었다.

여동생을 그의 여자라고 오해했다가 그것이 아니라는 사실을 알았을 때부터, 자신의 마음이 이미 기울기 시작했다는 것을 깨달았다.

하지만 인정할 수는 없었다. 인정해서는 안 됐다. 이 남자는 자신과 잘될 수 없는 사람이었다.

지금 이렇게 자신에게 친절한 것도, 다정한 사람이기 때문일 터였다.

그에게는 평생을 바쳐 사랑하는 여자가 있으니까.

사실 술기운은 아까 술집에서 로메오가 자신을 품에 꼭 껴안았을 때부터 날아가고 없었다.

자신을 아주 소중한 사람인 것처럼 안아 주는 그 손길에 정신이 번뜩 들었다.

메시지를 생각해 내지도 못하는, 아무 관계도 없는 여자를 이렇게 다정하게 대해 줄 만큼 그는 다정했다.

그래서 더욱, 그에게 자신의 마음을 말할 수 없었다. 얼마나 곤란해할 것인지 짐작이 갔기에.

「신경 써 줘서 정말 고마워요.」

「……자하.」

로메오가 검은 눈동자를 응시하다 손을 뻗었다. 부드러운 검은색 머리에 손끝이 닿으려는 순간, 자하가 말을 이었다.

「한국으로 돌아가서도 아마 잊지 못할 거예요.」

「……」

「평생 추억으로 간직할게요.」

허공에서 멈춘 손은 갈 곳을 잃은 채 방황하다 결국 밑으로 툭 떨어져 내렸다.

❀   ❀   ❀

아침 햇살이 눈앞을 어지럽혔다. 잠에 빠져 있던 자하였지만 결국 그 방해를 참지 못하고 미간을 찌푸리며 눈을 떴다.

커튼이 걷혀 있는 창 너머로 햇빛이 쏟아져 들어오고 있었다. 자하는 천천히 몸을 일으켰다. 부드러운 시트가 몸에 감기며 기분 좋은 소리를 냈다.

자하는 한쪽 눈을 비비적거리며 주변을 둘러보았다. 마침 욕실에서 나온 로메오가 그녀를 내려다보았다.

이제야 정신을 차렸냐는 듯 묻는 느낌이었다. 눈동자는 깊게 가라앉아 무슨 생각을 하고 있는지 알기 힘들었다.

마치 처음 만났을 때처럼.

「……어디 가요?」

자하가 넥타이를 매만지는 로메오를 바라보며 웅얼거렸다. 그는 대답 대신 담배를 입에 물었다. 그러고 보니 담배를 입에 문 모습도 아주 오랜만에 보는 기분이었다.

「오늘이 무슨 날인지 아나?」

「무슨 날인데요?」

「오늘은 국경일(National day)이야.」

국경일이라. 아직 잠에서 덜 깬 자하는 단어를 곱씹으며 머리를 가볍게 긁적였다.

「애인이 돌아오기 전까지 관광이라도 좀 하지 그래. 바르셀로나는 처음이라고 하지 않았나?」

……갑자기 웬 관광?

의도를 알 수 없어 눈썹을 찡긋거리자 로메오가 햇빛이 쏟아져 들어오는 통유리 가까이 다가가 섰다. 마치 당신도 이쪽으로 와서 살펴보라는 듯한 그 몸짓에 자하는 마치 이끌리는 것처럼 침대에서 일어나 그에게로 다가섰다.

창문에 붙어서 길거리를 내려다본 자하의 입에서 저절로 감탄이 터져 나왔다.

「와…….」

거리는 스페인 국기를 상징하는 색깔인 빨강과 노랑의 향연이었다. 사람이 그득하게 모여 있는 곳에는 어디든 그 두 가지 원색이 넘실거리며 오늘이 무슨 날이지 명확하게 드러내고 있었다.

「피에스타(Fiesta)지.」

「아직 이른 시각인데 굉장하네요.」

「오늘은 어디를 가든 축제야. 돌아다니면 재밌는 걸 많이
볼 수 있어.」

「……」

뭔가 진심으로 이 나라를 즐겼으면 하는 마음이 전해지는
것 같아 자하가 힐끔 그를 바라봤다.

그런가. 어차피 3일 후면 떠날 도시였다. 3일 후면 헤어질
사람이었다. 그렇게 생각하자 저절로 입술이 움직였다.

「관광시켜 줄 거예요?」

「날 가이드로 쓰려면 돈을 많이 내야 될 텐데.」

「그러죠, 뭐.」

「그러고 보니 당신, 무슨 일을 하는 사람이지?」

자하가 피식, 웃음을 흘렸다.

정말 우리는 서로에 대해 아무것도 모르는구나.

아무것도 모르는데…… 그런데 왜 심장은 멋대로 사랑을
시작해 버리곤 하는 걸까.

「난 디자이너예요.」

「……」

자하의 말에 로메오가 그녀를 위아래로 훑었다. 마치 '네
가? 그 꼴로?' 라고 묻는 듯한 눈빛이었다.

하지만 그 농담 섞인 눈빛이 싫지 않아 자하는 가만히 옷

을 정리하며 대꾸했다.

「패션 디자이너 말고, 편집 디자이너요.」

「어쨌든 놀라운 건 마찬가지야.」

「이래 봬도 업계에서는 꽤 인정받는다고요.」

「가끔 특이한 미적 감각이 각광을 받기도 하지.」

「정말!」

「프리랜서인 모양이지?」

「네. 회사를 그만둔 건 사실 오래되지 않았어요.」

자하가 아득하게 느껴지는 날들을 되돌아봤다.

한국에 있을 때에는 그것이 자신의 눈앞에 닥친 현실이었는데, 지금은 모델보다 더 잘생긴 남자와 나란히 아침을 맞이하는 게 현실이었다.

사실 현실이라 생각하고 있는 지금 이 순간이 가장 현실 같지 않았지만.

「프리랜서라고 해서 이렇게 외국을 놀러 다니기만 하면 금방 일을 잃고 거지가 될 거야.」

「지금 악담하는 거예요?」

「당신은 내 충고를 전혀 귀담아 듣지 않는군. 사실은 알고 있잖아? 내가 하는 말이 언제나 옳다는 거.」

「아니거든요.」

또다시 쓸데없는 말다툼이 시작되었다. 그런데 쓸데없는

이야기를 하면 할수록 왠지 모르게 마음이 편해져만 갔다. 저도 모르게 얼굴에 서서히 미소가 떠올랐다.

잠깐 고민하는 것처럼 시끄러운 창밖을 바라보고 있던 로메오가 할 수 없다는 듯 어깨를 으쓱였다.

「어쩔 수 없지. 거지가 될 것 같은 여자를 위해 내가 적선해 주는 수밖에. 그 대신 해가 좀 떨어지고 난 다음에 움직여야 할 거야. 지금 나가기에는 너무 더워.」

「응, 괜찮아요.」

가시 돋친 말을 내뱉으면서도 결국은 다정하다.

자하는 이제 그가 어떤 성격인지 확실히 알 수 있을 것 같아 빙그레 미소를 지었다.

로메오를 따라 호텔을 나서는 발걸음은 그 어느 때보다 가벼웠다.

지금껏 호텔 밖을 나간 것은 루카의 가게를 찾아가기 위해서가 전부였다.

혼자서 루카의 가게를 찾아갈 때는 짧은 거리였음에도 마음이 불안하고 초조했었는데 지금은 모든 것이 너무나도 즐겁게 느껴졌다.

자하는 여기에 와서 한 번도 열어 보지 않았던 자신의 캐리어를 뒤적여 움직이기 쉬운 원피스를 꺼내 입었다.

활동적이지만 분위기는 차분한 보라색 원피스에 어울리도록 머리도 오랜만에 매만졌다.

진주 귀걸이를 착용하면서 마치 데이트를 나가는 기분이 들어 심장이 두근두근 설레었다.

데이트가 아닌데.

그런 게 아닌데.

속으로는 알고 있었지만 저도 모르게 뛰는 심장을 멈추는 것은 쉬운 일이 아니었다.

치마를 정리하느라 잠깐 멈춰 섰던 자하는 앞서 걸어가는 로메오를 쪼르르 뒤쫓다 그가 고개를 돌리자 고개를 갸웃했다.

「왜요?」

로메오는 그녀의 직업을 들었을 때처럼 그녀를 위아래로 훑었다. 아까와는 조금 다른 표정으로, 조금 더 오래도록.

「이제 좀 나이답게 보이는 것 같아서.」

「……그거 칭찬이에요, 욕이에요?」

「좋을 대로 해석해.」

「정말 저 좋을 대로 해석할 거예요.」

「그래.」

「어른 여자처럼 느껴져서 섹시하다.」

「…….」

자하는 스스로 중얼거린 뒤 아주 우스운 농담이라는 듯 키득거렸다. 그러다 응당 되돌아와야 할 반응이 없어 시선을 다시 돌렸다. 그런 게 아니라며 비꼬는 말이 금방 붙을 줄 알았는데.

생각지도 못하게 딱딱하게 굳어진 로메오의 얼굴이 들어왔다.

「……로메오?」

자하가 의아한 표정으로 이름을 부르자 로메오가 순간 움찔했다. 그가 고개를 반대쪽으로 돌리자 자하는 어깨를 한번 으쓱한 뒤 번잡한 광장 쪽으로 눈길을 주었다.

해가 떨어진 지 한참 시간이 흘렀지만 열기는 여전했다. 덥네요, 라고 말을 꺼내려는 순간 낮은 목소리가 귓가를 파고들었다.

「맞아.」

「네?」

「해석, 맞다고.」

「…….」

커다란 남자가 성큼성큼 걸음을 옮겼다.

자하는 그가 한 말이 무슨 뜻인지 바로 깨닫지 못해 한동안 그 자리에 멈춰 서 있다 그가 다시 몸을 돌려 바라보자 황급히 발을 움직였다.

두근두근. 조금 전의 심장 박동이 조금 더 커져 있었다. 더이상 걷잡을 수 없을 정도로.

어딜 가든 스페인 국기가 휘날렸다.

얼굴에 국기 페인팅을 한 사람들은 아주 어린아이부터 굽어진 허리를 펴지 못하는 노인까지 아주 다양했다.

빨간색과 노란색이 합쳐진 귀여운 옷을 입고 지나가는 강아지를 보고 미소 짓던 자하는 지나가던 꼬마아이가 건네주는 조그마한 국기 모형을 받아 들었다.

『고마워.』

어색함을 담아 스페인어로 고맙다는 표현을 하자 바다처럼 파란 눈의 아이가 수줍은 듯 웃으며 무어라 얘기를 했다.

왠지 굉장히 신이 나 있는 것 같아 자하는 고개를 끄덕이며 아이의 이야기를 들어 주었다.

무슨 말인지는 알 수 없었지만 열심히 맞장구를 쳐 주자 아이가 어느 순간 말을 멈추고 가까이 오라는 듯 손짓을 해보였다.

그 귀여운 행동에 웃으며 허리를 숙이자 아이가 대뜸 볼에 입맞춤을 했다.

귀여워라.

조금 놀라긴 했지만 뽀뽀 후 쑥스러운지 시선을 피하는 남자아이가 사랑스러워 자하는 마주 포옹을 해 준 뒤 웃으며 손을 흔들었다.

그 모습을 뒤에서 지켜보고 있던 로메오가 멀어지는 아이를 응시하며 가까이 다가왔다.

「방금 저 아이가 무슨 말을 했는지 알아들었나?」

「알잖아요. 내가 스페인어 모르는 거.」

「……」

「뭐예요, 그 표정?」

「아니. 꽤 잔인한 여자인 것 같아서.」

「무슨 소리예요?」

「저 아이는 지금 자기 부모를 부르러 갔거든.」

「그래요?」

「결혼 승낙 받으러.」

「……네?」

「첫눈에 반했다는데?」

「……」

가만히 그의 말을 듣고 있던 자하가 굳어져 있던 얼굴을 풀며 피식 웃었다.

「이제 그런 농담에 안 넘어가요.」

한두 번이어야지. 저런 조그마한 소년이 진지하게 결혼 승낙을 받기 위해 부모를 부르러 갔다는 것이 애초에 말이 되지 않았다.

자하는 순간 속을 뻔한 자신을 탓하며, 그러나 끝까지 속지는 않은 자신을 칭찬하며 다시 주변을 둘러보았다.

「시간이 지나도 사람이 정말 많네요. 아, 그런데 축제라고 하기에는 뭔가…….」

축제라고 하기에는 어딘지 모르게 위화감이 있었다. 무어라 콕 집어 얘기할 수는 없었지만 들뜬 분위기 속에서 느껴지는 경건함이 있었다.

자하가 무슨 말을 하고 싶어 하는지 눈치채기라도 한 것처럼 로메오가 설명을 시작했다.

「정확히 말하면 파티 개념보다는 독립을 기념하는 날이야. 여긴 바르셀로나니 에스파냐 독립을 바라는 세력과, 그것을 막으려는 세력이 함께하는 중이지.」

「아아.」

그제야 묘한 분위기가 이해된 자하가 고개를 끄덕였다.

「독립 문제는 여전히 뜨거운 감자지. 난 완전한 스페인 사람이 아니니 어찌 되든 별로 상관없다는 생각이지만.」

「스페인 사람이 아니에요?」

「난 혼혈이야.」

「……그렇군요.」

자하가 조그맣게 고개를 끄덕였다. 문득 피어오른 궁금증을 입 밖으로 꺼내려다 다시 입술을 다물었다.

그에 대해 더 많이 알고 싶은데, 물어보고 싶은 게 산더미처럼 쌓여 있는데, 그것을 말로서 꺼내면 안 될 것 같다는 생각이 들었다.

만약 로메오가 '당신이 무슨 상관이냐'고 얘기한다면 대답할 말이 없었다.

지금 가장 괴로운 것은, 자신과 그가 무슨 사이인지 정의 내리는 일이었으니까.

어느덧 시간이 흘러 해가 저물고 있었음에도 거리를 북적거리는 사람들은 줄어들 기색이 없었다. 까딸루냐 광장을 지나쳐 고딕 지구를 몇 번이고 왔다 갔다 하며 자하는 한참 동안 관광에 열중했다.

자신의 팔을 붙잡고 앞장서서 걷는 그녀를 보면 그동안 호텔에만 틀어박혀 어떻게 참았는지 로메오는 그것이 신기할 지경이었다.

하나라도 그냥 넘어가는 법이 없었고, 조그마한 물건도 그냥 지나치는 법이 없었다.

가끔 자신조차 알 수 없는 유적의 역사에 대해 물어와 당황스러움을 감춰야 하기도 했다.

지구의 끝에는 커다란 동상과 함께 푸른 바다가 펼쳐져 있었다.

전혀 그렇게 생기지 않은 도시의 끝에 항구가 자리하고 있는 신기함에 자하가 바람을 맞으며 한동안 그것을 감상했다. 어쩐지 마음이 편안해졌다.

「뭔가 마시려고 하는데.」

「아, 저는 주스요.」

자하가 바람에 넘어간 머리를 쓸어 올리며 웃었다. 자하의 미소 짓는 얼굴을 가만히 보던 로메오가 몸을 돌렸다.

스페인 남자는 다정하다는 루카의 말은 진실이었음을 인정해야겠다.

근처에서 음료를 사고 있는 그를 보며 문득 데이트 같다는 생각을 하자 심장이 또다시 두근거렸다.

아니야, 데이트는 무슨. 저 사람에게는 평생을 바쳐 사랑한 여자가 있다고.

억지로 입꼬리를 내리느라 애쓰고 있는데 문득 저쪽에서 자신을 발견하고 해맑게 웃으며 손을 흔드는 꼬마아이가 보였다. 해가 지기 전 광장에서 만나 자신의 뺨에 입맞춤을 했던 그 어린 소년이었다.

『한참 찾았잖아요! 어디 있었던 거예요?』

아이는 쪼르르 달려와 또다시 스페인어로 말을 걸었다. 자하가 황급히 두 손을 내저으며 곤란한 웃음을 머금었다.

「아, 저기 미안. 내가 스페인어를 할 줄 몰라. 음. 스페인어, 몰라. 못해.」

자하가 허리를 숙인 채 손짓을 하며 이야기를 하자 소년이 한쪽 볼에 바람을 넣었다. 그때, 자하의 뒤로 다가온 남자를 향해 소년이 눈동자를 움직였다.

음료를 들고 나타난 로메오가 소년과 한참 이야기를 나누는 것을 보고 자하가 눈을 동그랗게 떴다.

소년은 뭔가 화가 난 듯 로메오에게 소리를 지르고 있었고 로메오는 얼굴에 표정 변화는 없었지만 뭔가 평소보다 목소리가 낮았다.

「어, 가 버린다.」

결국 로메오를 가만히 노려보던 소년이 그대로 등을 돌려 씩씩거리며 걸어갔다. 멀어지는 소년의 뒷모습을 바라보다 자하가 로메오에게로 시선을 돌렸다.

그는 별다른 설명 없이 음료를 자하에게 건네주었다.

「무슨 소리를 했기에 저렇게 화를 내면서 가요?」

「별말 안 했어.」

「뭐라고 그랬는데요?」

「부모가 있는 곳으로 데리고 가고 싶다기에 이 여자는 이미 결혼한 사람이라고 그랬어.」

「……뭐라고요?」

자하가 눈을 동그랗게 떴다.

「아니, 왜 상의도 없이 처녀를 유부녀로 만들어요?」

「아니면 저 소년 부모에게 가서 인사라도 하려고 그랬어?」

「그건 아니지만…….」

말끝을 흐린 자하가 그가 가져온 주스를 한 모금 들이켠 뒤 다시 로메오를 바라봤다.

「그런데 그렇게 화낼 일인가? 내가 결혼했다는 사실이?」

「글쎄.」

「……다른 이야기도 했죠? 분명 실망과는 다른 분노의 얼굴이었어요.」

자신도 짐작 가는 바가 없다는 듯 어깨를 한 번 으쓱이는 제스처를 취한 로메오였지만 자하가 포기하지 않고 계속해서 추궁하자 결국 실토를 했다.

「거짓말하지 말라고, 그럼 남편은 어디 있냐기에 네 눈앞에 있다고 했지.」

「…….」

「성당을 보여 주지. 따라 와.」

로메오는 자하가 뭐라 물을 겨를도 없이 크게 걸음을 옮겼다. 자하는 얼굴에 오르는 열을 애써 무시하며 그를 뒤쫓았다.

　고작 열 살도 되지 않을 것 같은 어린아이에게 도대체 무슨 소리를 하는 거야? 그렇게 말싸움을 할 만한 일도 아니었는데.

　입꼬리가 자기도 모르게 자꾸만 위로 올라가서 자하는 울고 싶은 심정이 되었다.

「스페인 남자는 사랑에 빠지면 전부 어린아이가 된다면서요?」
「그럼요. 절대 손에서 놓지 않아요.」

　언젠가 나누었던 루카와의 대화가 떠올랐다. 그의 웃음기 섞인 목소리가 귀 근처에서 흔들리다 바다 내음과 함께 사라져 갔다.

「예뻐요.」
「나도 이 장소를 좋아해. 다른 곳은 별로 좋은 기억이 없어.」

　성당을 올려다보며 자하가 탄성을 냈다.

자신을 가이드로 데리고 다니려면 아주 큰돈이 필요하다고 말했던 로메오는 정말 가이드라도 된 것마냥 내내 옆에서 설명을 멈추지 않았다.

조금 짓궂을 만큼 쓸데없는 질문도 많이 했는데, 로메오는 한 번도 귀찮다는 기색을 보이거나 짜증을 내지 않았다.

그래서 더 신이 났던 것인지도 몰랐다.

밤의 성당은 아름다웠다. 여기저기 불빛이 떠올라 있는 것을 가만히 바라보고 있던 자하가 문득 주변을 둘러보았다.

성당 계단에 앉아 있거나, 아니면 그 앞에 서서 구경을 하고 있는 이들은 대부분 연인이었다. 여기저기서 입맞춤을 하기 시작하는 사람들이 눈에 들어오자 갑자기 어색한 기분이 들어 로메오를 힐끔거렸다.

그는 가만히 어둠에 잠겨 있는 고요한 성당을 올려다보고 있을 뿐, 별다른 기색을 보이지 않았다.

성자하, 뭐하니. 지금.

자하는 키스 후 이마를 맞대고 키득거리고 있는 커플을 바라보다 문득 다시 로메오 쪽을 힐끔거렸다.

다른 사람에게는 우리가 연인처럼 보일까.

「아버지는 스페인 사람이지만 어머니는 아니었지.」

그가 말을 꺼냈다.

묻고 싶었지만 더 이상 캐물을 수 없었던, 그 이야기였다.

자하는 떨려 오는 심장을 진정시키며 그의 낮은 목소리에 귀를 기울였다.

낮은 반팔을 입어야 할 만큼 따뜻하지만 밤에는 쌀쌀해서 온도 차에 주의해야 한다고 생각했는데, 지금은 하나도 춥지 않았다.

오히려 따뜻했다.

특히 그가 서 있는 오른쪽 팔 부분에서는 따뜻하다 못해 열이 오르는 기분이었다.

로메오가 자신의 이야기를 해 주는 것은 처음인 듯한 기분이 들었다.

혹여 잘못된 반응으로 그의 마음을 상하게 해 이야기를 멈추기라도 할까 봐, 자하는 숨소리조차 죽였다.

좀 더 듣고 싶었다.

그의 이야기를.

「내 머리카락과 눈동자 색깔은 어머니를 닮은 거야.」

「그렇군요.」

「아버지는 푸른색 눈을 가지고 있었어. 맑은. 내 동생은 그대로 물려받았는데, 난 그럴 수 없었지.」

말하는 목소리가 살짝 떨렸다. 어딘가를 바라보고 있는지 알 수 없는 갈색 눈동자가 정처 없이 움직였다.

「어머니는 동양인과 혼혈이었어. 당신처럼 검은 머리에 검은 눈동자를 가지고 있지.」

「…….」

「동생은 부모가 둘 다 푸른색 눈을 가지고 있었으니 당연한 일이지만.」

어라…… 그럼…….

그가 하는 말을 이해한 자하가 로메오를 바라보았다.

듣고 싶은데, 그에 대해서 더 많이 알고 싶은데, 자신이 지금 이 이야기를 계속 듣고 있어도 되는지 알 수 없었다. 별거 아닌 듯이 말을 하는 그의 표정은, 그 담담한 말투에 비해 너무나 괴로워 보였기에.

왜 이런 표정을 짓는 걸까. 왜 이런 얼굴로 계속 자신에게 이야기를 하는 걸까.

괴로우면 더 이상 말하지 않아도 된다고, 자하는 그렇게 얘기하려고 했다. 하지만 입술이 움직이질 않았다.

「그래서 난.」

「…….」

「검은 눈동자를 싫어해.」

그가 자하를 똑바로 내려다보며 속삭였다.

상처 받는 게 정상일 텐데, 자신의 머리카락과 눈동자를 싫어한다는 그 말에 슬퍼야 하는데 마음이 그렇지 않았다.

자신과는 비교도 할 수 없을 만큼, 앞에 서 있는 남자는 남자는 너무나도 쓸쓸한 표정을 짓고 있었다.

언젠가 보았던 것만 같은, 손을 뻗어 안아 주고 싶은 그 얼굴이.

싫어한다는 말을 내뱉고 있었지만 그 표정은 마치 자신을 돌아봐 달라고 말하고 있는 것 같았다.

자하는 천천히 손을 뻗었다. 자신도 모르게 그의 뺨을 부드럽게 어루만지며 미소를 지어 보였다.

「난 좋아해요. 당신의 눈동자.」

「……..」

「처음 봤을 때부터 좋아했어요. 색이 엷은 갈색을.」

「……..」

「푸른색보다 훨씬 잘 어울려요.」

그가 자신의 뺨을 어루만지고 있는 자하의 손을 겹치듯 잡았다. 그리고 손바닥 위에 조심스럽게 입맞춤을 했다.

뜨거운 감각에 머리가 몽롱해졌다. 손바닥에 입을 맞추고 있던 로메오가 조심스럽게 손을 잡은 채 그녀를 끌어당겼다. 가벼운 몸이 부드럽게 이끌려 갔다.

손바닥 위로 느껴졌던 그의 뜨거운 입술이, 입술의 엷은 살을 파고들었다.

자하는 천천히 눈을 감았다. 이제 더 이상 부정할 수 없었다.

이 남자가 좋았다.

더없이.

심장이 터져 버릴 정도로.

chapter
5

자신의 손을 이끌고 호텔로 걸어가는 남자의 손은 다급했다. 몇 번이고 로메오의 이름을 불렀지만 그는 뒤돌아보지 않았다.

자하는 그의 손에 이끌려 가면서 조금 전 느꼈던 그의 뜨거운 입술을 떠올렸다.

잡히지 않은 한쪽 손으로 자신의 입술을 가만히 어루만졌다.

오싹한 느낌이 등 뒤를 스쳐 지나갔다.

울컥, 울음이 터져 나올 것 같았다.

왜 나한테 키스했어요? 당신에게는 사랑하는 사람이 있잖아요. 그 사람을 찾으러 곧 떠날 거잖아요.

그 어느 것 하나 형태가 되어 나오지 못한 채 두 사람은 호텔 로비로 들어섰다.

「내 방으로 와.」

「……」

자하는 엘리베이터로 향하는 그의 뒷모습을 보며 아랫입술을 조심스레 깨물었다. 이건 잘못된 일이라는 걸 알았지만, 그렇지만…….

이 남자를 이대로 혼자 버려둘 순 없었다.

이제는, 어찌 되든 상관없었다.

그에게 사랑하는 여자가 있든, 그 여자가 아니면 아무런 의미가 없든 상관없었다.

그의 입술이 닿았을 때 그렇게 느꼈다.

자신의 팔목을 잡고 있던 로메오의 손을 맞잡는 순간, 눈에 들어온 익숙한 실루엣에 자하는 본능적으로 로메오의 손을 놓았다.

"……상혁 씨?"

"자하야!"

로비에서 통화를 하고 있던 상혁은 자하를 보자마자 전화를 끊고 바로 그곳으로 달려왔다.

"어떻게…… 며칠 뒤에 온다고……."

"일이 빨리 끝나서 밤비행기로 왔어."

"아……."

자하가 자신의 눈앞에 있는 남자를 가만히 올려다보았다.

겨우 두 달 남짓 안 봤을 뿐인데, 지금 그 남자가 너무나도 낯설게 느껴졌다.

상혁은 자하의 뒤에 서 있는 로메오에게로 눈길을 한 번 준 뒤, 마치 낯선 사람에게서 그녀를 보호하듯 어깨에 조심스레 손을 두르고 팔을 잡았다.

로메오가 잡았을 때는 손목의 주변이 뜨끈하고 간질거려서 견딜 수가 없었는데, 상혁에게 손목을 붙잡힌 순간 왠지 모르게 울고 싶다는 생각이 들었다.

"우선 올라가서 이야기하자."

"저기, 상혁 씨. 잠깐."

"나 시간 없어."

자하는 막무가내로 걸어가는 상혁에게서 팔을 빼내려고 했지만 힘으로는 당해 낼 수가 없었다.

결국 그녀는 로메오를 향해 고개를 돌렸다.

그러나, 그는 자신을 보고 있지 않았다.

마치 모든 것을 예상하고 있었다는 듯, 이제 놀이는 끝났다는 듯 아무것도 담겨 있지 않은 표정으로, 고개를 숙인 채 담배를 빼어 물고 있었다.

비상구 쪽으로 몸을 돌린 그 모습을 마지막으로 엘리베이터 문이 닫혔다.

"호텔에 없어서 깜짝 놀랐잖아. 이 시간에 여자 혼자 돌아다니면 위험하다고."

문을 닫자마자 상혁이 제법 큰 목소리를 내뱉었다.

당황스러움, 놀라움이 담겨 있는 목소리였지만 그 안에 '기쁨'이라는 감정은 여전히 묻어 있지 않은 것 같아 자하는 룸 안으로 쉽사리 발을 디디지 못했다.

자신 역시 그의 얼굴을 보았을 때 느꼈던 감정은 기쁨이 아니었다.

그녀는 자리에 멈춰 서서 자신의 한쪽 팔을 잡고 어정쩡한 포즈로 섰다.

"연락을 받았을 때부터 그랬지만, 이렇게 얼굴을 마주하고 보니 더 황당하다. 예전부터 막무가내라는 건 알고 있었지만 혼자서 여기까지 찾아올 줄은 정말 몰랐어. 내가 다른 곳으로 출장 장소를 옮겼거나 했으면 어쩔 뻔했어?"

그의 말을 가만히 듣고 있던 자하가 문득 느껴지는 위화감에 한 발자국을 앞으로 내밀었다.

"내가 혼자 해외여행 오는 거 처음이 아니라는 사실, 상혁 씨도 잘 알고 있잖아요. 별일 없었어요."

"뭐?"

미안하다는 말이라도 기대했던 걸까. 상혁의 얼굴이 순식간에 찌푸려졌다.

"휴대폰, 잃어버렸다며?"

"아, 그건……."

"혼자서 여행하는 거 즐기는 성격이라는 사실 잘 알지. 하지만 이번엔 다르잖아."

상혁이 짜증스럽게 넥타이를 죽 빼냈다.

"난 여기 놀러 온 게 아니라고."

"……."

자하는 그제야 상혁이 무슨 말을 하려고 하는 건지 알 수 있었다.

그는 명백하게 화를 내고 있었다.

자신의 시간을 방해했다는 것에 대한 불만이었다.

귀찮음.

그 단어 말고 그의 지금 상태를 드러낼 수 있는 단어가 무엇이 있을까.

졸지에 회사 앞까지 쫓아와 그를 귀찮게 구는 철없는 애인이 된 것 같은 비참한 기분에 자하가 아랫입술을 잘끈 깨물었다.

"……상혁 씨가."

"뭐?"

"두 달 동안이나 연락이 없었잖아요. 아무리 바쁘다고 해도, 아무리 출장이 길어졌다고 해도 전화 한 통, 문자 한 번은 해 줄 수 있는 거 아니에요?"

결국 마음속에 꾹꾹 누르고 있었던 말을 자하는 밖으로 꺼냈다.

자신이 하는 말을 자신이 들으면서도, 마치 애정을 구걸하는 여자가 할 법한 발언으로 느껴져 말을 뱉은 뒤 두 눈을 꼬옥 감았다.

"시차가 그렇게 차이 나는데 무슨 전화야."

"난 새벽이라도 괜찮으니까 언제든지 전화해 달라고 했었잖아요."

"내가 불편해, 그런 건."

"메일을 보내도 읽지도 않고."

"바쁘다고 했잖아!"

결국 상혁이 큰 소리를 냈다.

자하는 하려던 말을 억지로 집어삼켰다.

상혁은 한숨을 길게 내쉬었다.

침대에 걸터앉은 그가 머리를 흐트러뜨리더니 이내 조금 진정을 찾은 얼굴로 자하를 향해 두 손을 뻗었다.

"미안. 화내서. 나 만나러 여기까지 와 줬는데."

"……."

"자하야."

익숙한, 다정한 목소리가 귓가에 울렸다. 자하는 천천히 걸음을 옮겼다.

이 사람을 만나기 위해서 이곳까지 날아왔다. 그런데 왜 이런 기분이 드는 건지. 왜 이렇게 비참하고 처참한 기분이 드는 건지. 왜 이렇게 눈물이 날 것만 같은지.

왜 로비에 두고 온 그 남자가 생각나는 건지.

차라리 그 남자에게 안기는 편이 낫다는 생각을 하는 자신을 부정하지 않고 그대로 마음속에 묻었다.

자하를 부드럽게 안아 준 상혁의 그녀의 등을 두어 번 도닥거렸다.

"미안해. 일이 잘 안 풀려서 그랬어."

"……."

"보고 싶었어."

도저히 '나도'라는 말이 나오질 않아서, 자하는 그저 묵묵하게 그의 가슴팍에 얼굴을 묻고 있을 뿐이었다.

『뭐하는 거야?』

『술이나 줘.』

『난 네가 벌써 이비사로 떠난 줄 알았는데. 비행기 표 끊었다고 했잖아.』

『……..』

『자하는?』

『……..』

『오후에만 해도 아주 즐겁게 고딕 지구를 돌아다녔으면서.』

봤냐고 묻는 듯한 로메오의 시선에 루카가 한쪽 입꼬리를 올렸다.

『여긴 내 홈그라운드라는 걸 잊지 마. 곳곳에 내 스파이들이 즐비하니까.』

『……..』

『싸우기라도 했어? 그럴 줄 알았으면 오늘 내가 데리고 다니는 건데. 조금만 더 유혹하면 넘어오지 않을까 싶던 차거든.』

『……헛소리하지 마. 지금 그렇게 찾던 애인이 찾아와서 같이 룸으로 올라갔으니까.』

아하. 그래서 이렇게 화가 난 거군?

딱딱하게 굳어진 얼굴로 낡은 술집 구석에 앉아 술을 들이켜고 있는 남자를 보자 왠지 웃음이 터질 것 같아 루카가 턱

끝을 매만졌다.

『그래도 뭐, 피할 수 없는 부분이잖아?』

『…….』

『내가 알고 있는 자하라면…….』

사랑하는 사람을 위해서 이렇게 먼 나라까지 혼자 날아올
정도의 여자라면, 분명히 맺고 끊는 것도 똑바로 하겠지.

루카는 그렇게 생각했지만 그 말을 군이 입 밖으로 내뱉지
는 않았다. 눈앞의 이 남자를 위로하는 그 어떠한 행위도 하
고 싶지 않았다.

『재밌네.』

도대체 얼마 만에 이렇게 고민하며 괴로워하는 로메오의
모습을 보는 건지. 루카가 손에 턱을 괸 채 피식 웃었다.

"로비에서 봤을 때 같이 있던 그 자식은 누구야?"

룸에서 이런저런 이야기를 하던 두 사람은 상혁의 주도로
호텔에서 얼마 떨어지지 않은 스테이크 가게로 저녁을 먹으
러 나온 상태였다.

한국에 있는 부모님의 이야기를 하던 도중, 상혁이 예상치
못하게 불쑥 물었다.

지금까지 있었던 일들을 이것저것 물어보면서도 정작 로메오에 대해서는 아무런 언급이 없었기에 자하는 상혁이 로메오를 그냥 우연히 옆에 서 있던 남자 정도로만 생각하고 있는 줄 알았다.

하지만 그게 아니었던 모양이다.

갑작스런 화제 변환에 잠깐 멈칫하던 자하가 겨우 목소리를 냈다.

"……그 자식이 아니고 로메오."

"이름이 로메오야? 느끼하네."

태연하게 스테이크를 썰어 입안으로 가져가는 상혁을 바라보던 자하가 포크를 내려놓았다.

자신은 제 마음이 어디로 움직였는지 확실하게 깨달은 상태였다.

로메오의 생각까지는 알지 못해도, 자신의 마음은 정확히 알고 있었다.

이런 마음으로 상혁과 나란히 앉아 식사를 한다는 게 너무나도 불편했다.

마치 죄를 지은 사람처럼.

냅킨으로 입을 닦은 뒤 자하는 상혁을 똑바로 바라보았다.

"나 상혁 씨한테 할 말 있어요."

"뭔데?"

216

"사실 상혁 씨 찾으러 마드리드에 갔었거든. 거기서 바르셀로나로 넘어온 거예요."

"그랬어?"

"응. 굉장히 많은 일이 있었다고 그때 전화로 얘기했었잖아요. 로메오라는 남자가, 많이 도와줬어요."

"흐음."

"처음에 마드리드 W 호텔에 도착했는데, 거기서……."

자하는 거기서 휴대폰을 바꿔치기해서 이런저런 일이 있었다, 로 설명을 시작하려다 문득 떠오른 생각에 잠깐 입술을 다물었다.

그러고 보니, 상혁은 마드리드 호텔에서 여자와 함께 체크아웃을 했다고 얘기를 들었었다.

이야기를 시작하려던 자하가 멈칫하자 상혁이 고개를 들어 그녀를 보았다.

안경 너머로 보이는 아무런 감정도 담겨 있지 않은 그의 눈동자를 바라보던 그녀는 지금 가장 묻고 싶은 말을 꺼냈다.

"마드리드에서…… 혼자 있었어요?"

"무슨 소리야?"

"호텔에서 혼자 지냈었어요?"

"혼자 지냈지. 내가 바르셀로나로 움직이면 톨레도에 있던 녀석이 마드리드로 넘어와서 일정 맞추기로 했었는데, 그 녀석이 넉다운되는 바람에 고생이 이만저만이 아니었어. 다른 사람들은 내가 스페인에서 몇 달 동안 놀고먹는 줄 알겠지. 가구 하나 옮기는 게 보통 일이 아니야."

그가 말하는 '다른 사람들'에 자신이 포함되는 것 같아 자하는 허벅지에 내려놓은 손에 힘을 주었다. 옷깃이 꽉 잡히며 구김을 만들어 냈다.

"그럼, 마드리드에서 같이 보낸 파트너는 없었단 말이에요?"

"그래."

상혁이 안경을 추켜올리며 무미건조하게 대답했다. 마치 왜 그런 쓸데없는 질문을 하냐는 듯이.

표정의 변화가 없는 상혁의 얼굴을 빤히 바라보던 자하가 다시 말을 이었다.

말을 하는 것은 자신이었음에도 불구하고 마치 제삼자가 되어 누군가의 이야기를 경청하고 있는 듯한 기분이었다.

"그때, 한국에 있을 때 나랑 같이 점심 먹었던 파트너 있잖아요. 엘리자베스라고 했나? 그 여자랑 비슷한 사람을 마드리드 호텔에서 본 것 같아서."

자하의 말에 그제야 무슨 소리를 하는가 싶었다는 표정으로 상혁이 하아, 웃음소리를 냈다.

"무슨. 그 사람은 회사 그만둔 지 오래됐어."

"그래요?"

"결혼했거든."

"……"

"외국 여자는 안 그럴 줄 알았는데 결혼한다고 사직서 내는 순간 정이 다 떨어지더라. 그래도 같은 파트너로서 여태까지 많은 일을 함께하고, 믿고 맡길 수 있는 사람이라고 생각했는데."

"……"

"결혼이 다 뭐라고."

"상혁 씨."

자하가 상혁의 이름을 똑바로 불렀다.

그리고 자신이 이 여행을 결심할 수 있도록, 등을 밀어 준 계기가 되었던 일을 그에게 알렸다.

"선민이, 이번 달 말에 결혼해요."

"선민 씨?"

"응."

"그랬구나. 전혀 몰랐네. 신랑은, 저번에 같이 식사했던 그 사람?"

고개를 주억거리는 그 반응에 자하가 고개를 살짝 숙이며 작게 미소를 지었다.

몇 번이고 이야기했었다. 부럽다는 말도 함께 덧붙였었다. 하지만 상혁은 정말 처음 듣는 듯한 얼굴이었다. 그것이 이 자리를 더욱 숨 막히게 만들었다. 더 이상 앉아 있을 수도 없을 만큼.

부케를 받기로 한 사람이 나야, 상혁 씨.

상혁 씨와 함께 한국으로 돌아가서 당신 앞에서 부케를 받고 싶었어.

자하는 숙이고 있던 고개를 조심스레 들었다.

"응, 맞아요."

"그래."

또다시 침묵이 이어졌다. 자하는 조금도 비어지지 않은 자신의 접시를 가만해 내려다보았다.

"웨딩드레스 입은 거, 정말 예뻤어요."

"그래?"

"그거 입을 거라고 살 빠지는 한약까지 지어 먹었거든요. 왜 그렇게 유난이냐고 타박을 하긴 했는데 정말 예쁘더라고요."

그제야 상혁이 유쾌한 웃음소리를 냈다.

"원래 뚱뚱하지도 않잖아. 뺄 살이 있었나?"

"고른 드레스가 꽤나 노출이 있다 보니까, 무조건 5kg 이상은 빼야 한다고 난리도 그런 난리가 없었어요."

"흐음. 그대로도 괜찮을 것 같은데. 너무 마른 것보다는 살이 좀 있는 편이 예뻐."

"드레스는 또 다르니까. 평생 남는 사진이고."

"그런가."

"상혁 씨."

자하가 숨을 깊게 내쉬었다.

마치 마지막 시험이라도 되는 것처럼 그를 향해 말을 던졌다.

"난 6개월 전부터 다이어트할 거예요."

자하의 중얼거림에 고개를 썰던 상혁의 손이 순간 멈칫했다. 그녀는 그것을 놓치지 않았다.

"6개월 전에는 말해 줄 거예요?"

사랑스럽다면 사랑스러운 질문이었다. 그러나 되돌아오는 것은 차가운 무표정뿐이었다. 상혁은 대수롭지 않게 고기를 다시 입안으로 가져갔다.

"마드리드에서 유치자를 만나고 오는 길이야. 사업이 어떻게 될지 아직 확실하지 않아."

자하가 아랫입술을 세게 깨물었다.

돌아오는 대답이 없자 상혁은 마치 변명하듯 말을 길게 늘이기 시작했다.

"난 내 사업이 자리를 잡은 건지, 앞으로 어떻게 될지 아직 확신이 없어. 오늘 내 앞에서 웃고 있던 유치자가 내일 갑자기 돌변해 승인을 해 주지 않겠다고 고집을 부릴지도 몰라. 오늘 가격 따윈 생각하지 않고 맛있게 먹고 있는 이 저녁 식사도, 내일이 되면 사 먹지 못할지도 모르지."

알고 있다, 그런 것쯤은. 어린아이처럼 투정 부릴 생각은 없었다.

'우린 언제 결혼해?' 따위의 평범한 여자들이 남자를 목 죄고 압박하는 것을 보고 바보 같다고 느꼈던 적이 한두 번이 아니다. 그렇게 초조해하지 않을 자신이 있었다.

그런데 지금 눈앞에 있는 상혁은, 자신을 그런 여자로 만들고 있었다. 스스로를 볼품없이 느끼게 하고 있었다.

자신을 향해 손을 내밀던 남자가 생각났다.

사랑하는 여자에게서 받은 마지막 메시지를 위해서 비행기까지 탈 정도로 사랑에 목숨을 거는 그 남자가, 너무나도 보고 싶어졌다.

"상혁 씨."

"왜."

"우리 헤어져요."

자하가 아주 편안해진 얼굴로 중얼거렸다.

❖   ❖   ❖

그대로 호텔에 들어온 자하는 한동안 넋을 놓고 창밖의 야경을 바라보았다.

헤어지자는 말은 들은 상혁은 쉽게 받아들이지 못하고 우선 돌아가서 이야기를 하자며 대화를 거기서 끝냈다.

자신이 머물고 있는 룸으로 가려는 걸 억지로 거절하고 그와 얼마 떨어지지도 않은 자신의 룸으로 들어왔다.

창밖으로 보이는 야경에는 이제 제법 익숙해졌다고 생각했는데 지금 눈에 박히는 광경은 너무나도 낯설게 느껴졌다.

혼자 있을 때 바라보는 풍경과, 옆에 누군가가 있을 때 바라보는 풍경은 전혀 다르다고 생각될 정도였다.

로메오는 지금 무엇을 하고 있을까.

왜 그때, 자신을 바라봐 주지 않았을까.

하긴. 다른 남자 손에 붙잡혀 걸어가는 여자를 바라봐 줄 남자가 세상에 어디 있겠어.

"……그럼 키스는 왜 했어."

나쁜 놈아.

자하는 천천히 자리에서 일어났다.

생각을 그만해야 할 것 같았다. 억지로 넘긴 고기 몇 점이 목 가운데 걸린 듯 답답했다. 가만히 있으니 두통이 심해지는 것 같아 바깥바람을 쐬고 싶었다.

고급스러운 카펫이 깔려 있는 넓은 복도로 나온 자하는 그제야 하, 하고 숨을 크게 들이켰다. 지금까지 아무렇지도 않았던 호텔 방이 가슴이 터질 듯 갑갑하게 느껴졌었다.

문득 고개가 왼쪽으로 꺾였다.

로메오와 함께 발을 디밀었던 객실이 눈에 들어왔다.

굳게 닫힌 문은, 안에 사람이 있는지 없는지 알려 줄 수 없다는 듯 무겁게 침묵하고 있었다. 그녀는 입술을 잘근거리다 이내 엘리베이터를 향해 걸어갔다.

이제는 완연한 밤이었지만 아직도 광장 주변은 사람들로 제법 붐볐다.

어디서 왔는지 알 수 없는 외국인들이 저마다 자신들의 추억을 남기기 위해 분주하게 돌아다니며 카메라를 세워 들었다.

행복해 보였다. 자신도 이 여행을 시작하기 전에는 막연한 기대를 가지고 있었다.

이것이 이별 여행이 될 거라는 생각은 한 번도 해 보지 않았다.

백발의 노인 부부가 서로의 허리를 감싸고 천천히, 느릿느릿 관광객들 사이를 지나고 있었다.

그 느린 걸음만큼이나 오래 자하의 시선이 머물렀다.

두 사람은 서로의 귀에 무언가를 속삭여 주며 웃었다.

너무나도 사랑스러운 모습에 드디어 굳어 있던 자하의 입술 끝이 움직였다.

예쁘다.

『나를 사랑해요?』

『그럼, 물론이지.』

딱딱하면서도 나른한 언어가 귓가를 울렸다.

자하는 한참이나 두 사람의 뒷모습을 바라보고 앉아 있었다. 번잡스럽던 가게의 불이 하나둘씩 꺼지고, 시끄럽게 목소리를 높이던 사람들이 어딘가로 자취를 감출 때까지.

머리가 조금은 가벼워졌지만 여전히 편두통이 있는 것 같아 관자놀이를 꾹 누르며 엘리베이터에서 내리는데 복도에 서 있는 상혁의 모습이 눈에 들어왔다.

그 역시 꽤나 충격이었는지 헤어졌을 때의 모습 그대로 흐트러진 셔츠 깃을 추스를 생각도 하지 못한 채 자하를 응시하고 있었다.

"얘기 좀 하자, 자하야."

자하는 버릇처럼 왼쪽에 자리한 룸을 한 번 바라보고는 입술을 앙다물며 자신의 룸으로 걸어갔다.

"성자하."

문을 열고 룸 안으로 들어가려는 그녀의 팔을 상혁이 잡았다.

"놔요. 생각을 정리할 필요하다면 그만큼 기다려 줄게요. 지금 당장은 할 이야기 없어요."

"솔직히 말해서 어떻게 해야 할지 모르겠어."

"……이미 답은 나와 있는 거예요. 당신이 정리만 끝내면 돼요."

"너…… 꼭 이래야겠어? 그 말 하려고 여기까지 찾아온 거야? 안 그래도 바쁜 사람, 목 조여서 죽이려 찾아온 거냐고."

"……."

하. 더 이상 할 말도 없었다.

자하가 자신의 팔목을 잡고 있는 손을 있는 힘껏 뿌리치려 했지만 상혁은 쉽사리 물러서지 않았다.

오히려 그녀의 다른 쪽 팔도 붙잡아 끌어당기더니 퍽 소리가 날 정도로 벽에 세게 몰아세웠다.

열렸던 룸의 문이 천천히 닫히더니 삐빅, 소리를 내며 잠겼다.

"……놔요."

"정말 이렇게 끝내자고?"

"그러고 싶어요."

"왜."

"더 이상 당신과 함께 있는 게 행복하지 않으니까."

더 이상 당신이 없다고 슬프지 않으니까.

"내가 최근에 바빠서 너한테 소홀했던 거 인정해. 하지만 그게 전부는 아니잖아. 2년이 넘는 우리 시간, 겨우 두 달을 참지 못해 끝내자는 거야?"

"놔줘요."

"내 말에 대답해."

「애정 행각은 룸 안에서 하는 게 좋지 않나.」

문득, 누군가가 심장을 잡고 세게 움켜쥐는 것 같다고 생각했다. 숨이 턱 막혔다. 자하는 천천히 고개를 돌렸다.

당장이라도 달려가 안기고 싶었던 남자가 여전히 사랑스러운 갈색 눈동자로 자신을 바라보고 있었다.

「뭐, 난 상관없지만 복도를 지저분하게 만들지는 마.」

불이 붙지 않은 담배를 입에 빼물며 로메오가 그렇게 중얼거렸다.

그가 그대로 상혁의 뒤를 지나치는 순간, 자하가 그의 이름을 자그맣게 속삭였다.

「……로메오.」

가까이 서 있던 상혁에게조차 제대로 들리지 않을 정도로 작은 목소리였다. 하지만 두 사람을 스쳐 걸어가던 로메오가 그대로 자리에 멈춰 섰다.

"내 방에 가서 얘기하자."

그제야 이곳이 복도라는 사실을 깨달았는지 상혁이 그녀를 자신의 방으로 데려가려 몸을 움직였다.

"이거 놓으라니까!"

자하가 결국 목소리를 크게 냈다. 그리고 그 순간, 뒤에서 커다란 손이 뻗어 와 상혁의 팔을 붙잡았다.

「싫어하잖아. 사랑싸움도 적당히 하라고.」

로메오는 상혁이 무어라 말을 꺼내기도 전에 그의 멱살을 틀어쥐었다. 상혁도 작은 키는 아니었지만 체격에서 두 사람은 도저히 상대가 되지 않았다.

억세게 잡아채는 듯한 그 손길에 상혁이 콜록, 기침을 쏟아냈다.

「남자 보는 눈이 영 별로군.」

상혁의 멱살을 잡고 있으면서 로메오의 시선은 자하에게로 닿아 있었다.

흔들리는 자하의 눈동자를 응시하던 그가 손에서 힘을 뺐다. 커억, 자신의 목을 쓰다듬으며 상혁이 불규칙적인 숨소리를 쏟아 냈다.

로메오는 그대로 몸을 돌려 자신의 룸 안으로 사라져 버렸다. 그를 따라 움직이던 자하의 다리가 몇 발자국 움직이지 못해 그 자리에 멈추었다.

자하는 뒤돌아보지 않은 채 상혁을 향해 중얼거렸다.

"나 사랑하는 사람 있어."

"……콜록, 뭐?"

"그러니까 그만해, 이제. 상혁 씨, 나 사랑하는 거 아니잖아."

자하가 울음인지 웃음인지 알 수 없이 젖은 목소리로 중얼거렸다.

다음 날 저녁.

똑똑. 들릴 듯 말 듯 작은 노크 소리에, 굳게 닫혀 열리지 않을 것 같던 문이 열렸다.

자하는 손잡이를 잡고 서 있는 로메오를 바라보았다. 그는 아무런 말도 없이 자하를 응시하고 있을 뿐이었다. 자하 역시 아무런 말도 하지 않은 채 그대로 한 걸음을 옮겼다. 그녀의 등 뒤로 문이 닫혔다.

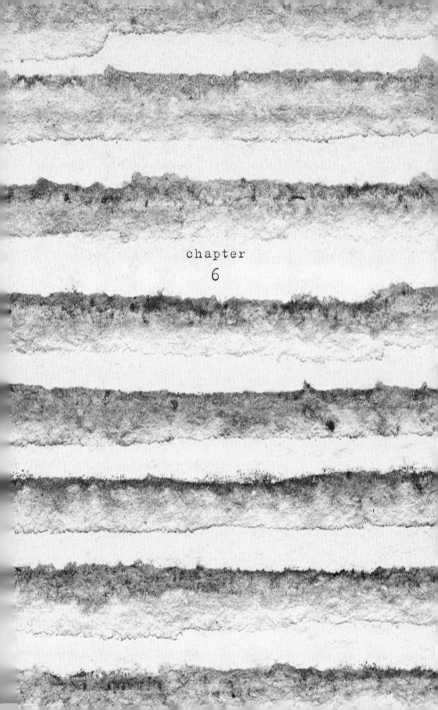

chapter
6

Deeper
And
Deeper

「무슨 일이지? 눈물겨운 재회를 하느라 어젯밤 복도에서
까지 그 난리였는데, 지금쯤이면 룸 안에서 못다 한 이야기
를 해야 하지 않나?」

「있잖아요, 로메오.」

로메오의 비꼬는 말에도 자하는 대꾸하지 않은 채 중얼거
렸다. 물고 있던 담배에 불을 붙이던 로메오가 시선을 돌렸
다.

「그 여자, 진짜 사랑해요?」

「……뭐?」

「당신에게 마지막 메시지를 보냈던 그 여자 말이에요.」

로메오에게서 돌아오는 대답은 없었다. 자하는 어설프게 입꼬리를 올렸다.

「나 사실 거짓말했어요.」

「⋯⋯.」

「오로지 애인을 만나기 위해서 왔다는 거, 거짓말이에요. 관광에 관심 없었다는 것도 거짓말이에요. 사실 스페인에 와서 여기저기 구경하고 보고 싶은 게 굉장히 많았어요.」

「⋯⋯.」

「둘이서 함께 돌아다니고 싶었거든요. 혼자서 무슨 재미로 놀겠어요. 그래서 호텔 방에 혼자 있을 때 굉장히 심심했어요.」

「⋯⋯.」

그건 이렇게 말로 하지 않아도 옆에서 겪으면서 충분히 안 사실이었다. 하루 종일 들떠서 돌아다니던 여자의 얼굴이 지금도 눈에 선했다.

「나, 가고 싶은 곳이 있는데 딱 한 번만 더 데려다주면 안 될까요?」

로메오는 담배를 입에 문 채 자하를 가만히 내려다보았다.

왜 이제 와서 나에게 그런 부탁을 하는 건지 알 수 없었다.

그 남자는 어쩌고?

왜 그런 표정을 짓는 거야?

왜 그렇게 사랑스러운 얼굴로 껴안고 싶게 만들면서, 그 사랑스러운 입술로 내가 원하는 말은 해 주지 않는 거야.

자신이 지금 그대로 품에 끌어안고 입을 맞추면 이 여자는 어떻게 할까. 지금 여자의 심정이 무엇인지 알고 싶어서 미칠 것 같았다.

그 남자와 헤어졌다는, 말 한마디가 듣고 싶을 뿐인데.

「내 가이드를 받으려면 돈이 꽤 많이 들어간다고 말했을 텐데. 그전 가이드도 아직 비용 지불을 안 했잖아.」

그 말에 자하가 해맑게 웃어 보였다. 언제 그렇게 우울한 표정을 지었냐는 것처럼.

그녀의 웃는 얼굴을 보는 순간 로메오는 입에 물고 있던 담배를 재떨이에 비벼 껐다.

「정말로 당신, 소질 있던데요? 아예 그냥 가이드 쪽으로 나가 보는 게 어때요? 특히 여자들에게 아주 인기 많을 거예요.」

「……말도 안 되는 소릴 하는군.」

로메오는 그 이상 아무런 말도 하지 않았다.

상혁과 무슨 일이 있었냐, 왜 나한테 그런 부탁을 하느냐, 궁금한 게 많을 텐데도 일절 묻지 않았다. 그저 조용히 테이블 위에 풀어 놓았던 시계를 다시 손목에 감을 뿐이었다.

자하는 그의 느긋하면서도 군더더기 없는 행동을 가만히 지켜보았다.

아마 당신은 내 표정에서 무언가를 읽은 거겠지.

내가 당신에 대해 너무나도 궁금하면서도 아무것도 물을 수 없는 것처럼.

슬픈 표정으로 이야기를 꺼내는 당신은 너무나도 보고 싶지 않으니까.

「가이드를 해 준 사람은 당신 한 명뿐이야. 내가 다른 사람을 끌고 다니며 그런 짓을 해 줄 것 같아? 날 누구라고 생각하는 거야? 이 호텔 전체가 내 거라는 사실, 알고 있어?」

「……미안해요. 솔직히 말해서 종종 까먹어요.」

「뭐야?」

자하가 웃었다.

「그냥 어린아이 같은걸요.」

「시끄러워. 감사한 줄 알라고.」

로메오의 투덜거림을 듣고 있는 자하의 뺨이 조금씩 열기를 띠었다.

어디를 가나 사람들이 많은 도시였지만 이곳은 특히 더 심

했다.

택시에서 내리자마자 들려오는 사람들의 살아 있는 소리에 자하는 놀라 눈을 깜빡였다.

이미 한 번 축제를 경험했기에 어느 정도 익숙해졌다고 생각했는데 여기는 또 다른 차원의 번잡함이었다.

얼른 움직이라며 팔목을 잡아채는 로메오의 행동에 그녀는 이끌리듯 걸음을 옮겼다.

시야가 탁 트이는 넓은 길 양쪽으로 거대한 분수들이 끝도 없이 펼쳐져 있었다. 자하를 이끌던 로메오는 어느새 그녀의 작은 보폭에 맞추어 천천히 걸음을 옮겼다.

은은한 빛을 품고 물줄기가 솟아올랐다. 멀리서 보면 얼핏 거대한 고드름들이 둘씩 짝을 맞추어 동상처럼 서 있는 것처럼 보였지만 가까이 다가가면 모두 실제로 뿜어져 올라오는 물줄기였다.

시원한 소리를 내며 물들이 끊임없이 치솟아 오르고, 그에 걸맞는 앤티크한 조명등이 끝을 알 수 없을 정도로 길을 은은하게 비추며 자리하고 있었다.

신데렐라가 마차를 타고 궁전으로 들어가는 길이 이러했을까.

자하는 저도 모르게 입꼬리를 올렸다. 자신은 신데렐라가 아니었지만, 옆에 있는 남자는 로미오만큼 근사하니까.

「몬주익 분수를 보고 싶어 할 줄은 몰랐는데.」

「왜요?」

「분수에는 별로 좋은 추억이 없으니까.」

로메오의 말에 자하는 웃음을 터뜨렸다.

그의 말대로 까딸루냐 광장 앞의 분수대에서 소매치기 취급을 당하며 캐리어를 빼앗겼었지.

당시에는 몸이 떨릴 정도로 충격적인 일이었는데, 얼마 지나지 않았음에도 불구하고 이렇게 농담으로 웃으며 언급할 수 있다는 사실이 신기하게 느껴졌다.

물이 쏟아져 내리는 시원한 소리는 오늘따라 후덥지근하게 느껴지는 바르셀로나의 밤을 씻겨 내리고 있었다. 그 어떤 클래식보다, 노랫소리보다 듣기 좋았다.

「원래 저는 엄청 여유가 많은 사람이에요. 사랑할 여유가 많고, 시간을 즐기는 걸 좋아하죠.」

「내가 지금까지 봐 왔던 모습과는 정반대인데.」

로메오가 평소와 다름없이 중얼거렸다. 자하는 쿡쿡 웃을 뿐이었다.

발걸음은 조금씩 더 느려졌지만, 양쪽 길에서 솟아오르는 작은 분수들과 조명등은 쉬지 않고 친절하게 그들을 몬주익 분수 앞까지 데려다주고 있었다.

두 사람의 음성이 물이 흘러내리는 소리와 뒤섞여 10월임에도 여름밤의 냄새를 자아냈다.

마법 같았던 길을 빠져나오자 금방 사람들로 들끓기 시작했다.

머뭇거리는 자하의 손을 능숙하게 다시 붙든 로메오가 한쪽 구석에 있는 에스컬레이터에 몸을 실었다.

육교처럼 이어진 다리를 지나자 거대한 분수가 바로 눈앞에 있었다.

로맨틱한 음악 소리와 함께 조명을 품에 안고 크게 솟아오르는 물줄기를 바라보던 자하가 하, 하고 가슴이 트이는 듯한 소리를 냈다.

위로 끝없이 샘솟는 분수의 광경에 한동안 두 사람 다 말이 없었다.

조금은 촌스럽게도 느껴지는 오래된 팝송을 자하가 어설프게 따라 흥얼거렸다. 그러다 한 걸음 앞으로 나가 완전히 시선을 분수에 고정시켰다. 로메오는 그녀의 작은 뒷모습을 가만히 바라보고만 있었다.

자신의 여자가 아니다. 그녀는 관광객일 뿐이었다.

지금은 이렇게 자신의 눈앞에 있지만, 곧 그 남자와 함께 사라져 버릴 존재.

마치 신기루처럼…….

이렇게 손을 뻗으면 닿을 거리에 있으면서도 가질 수 없는 그런 사람.

가질 수 없다니.

아주 어릴 때 이후로 오랜만에 느끼는 불쾌한 감정에 로메오가 인상을 찌푸렸다. 뭔가 화가 나는 것 같은데, 그러면서 동시에 너무나 슬퍼진다.

가질 수 없는 것이라면, 갈구하기보다 밀어내고 싶다.

그래야 더 이상 상처 받지 않을 테니까.

「정말 예뻐요.」

그냥 솟아오르는 것뿐 아니라 다양한 문양을 그려 내며 물줄기를 뿜어내는 분수에 완전히 넋을 빼앗겼다고 생각하는 순간, 자하가 뒤를 돌았다. 그리고 눈을 마주쳤다.

밤하늘과 같이 신비롭기만 한 눈동자가 반짝, 빛을 머금었다.

로메오는 순식간에 시선을 빼앗기고 말았다.

『나를 사랑해?』

찌릿, 심장에서 퍼져 나온 아픔이 온몸으로 퍼져 나갔다.

그녀의 뒤로 지금까지와는 비교가 되지 않을 정도의 물줄기가 높이 솟아올랐다.

사람들의 감탄사와 환호성에 섞여 눈앞에 서 있는 여자가 마치 요정처럼 느껴졌다.

가지고 싶다.

저도 모르게 입술을 달싹거려 대답을 하려는 순간, 그녀의 나긋한 목소리가 이어졌다.

「당신의 애인에게서 온 메시지, 기억났어요.」

「……!」

「이거였어요. '나를 사랑해?' 그렇게 묻고 있었어요.」

자하가 기쁘게 웃었다.

아주 간단한 문장이라는 건 어렴풋이 기억하고 있었다. 그래서 실제 생활에서 쉽게 쓰이는 문장일 거라고 생각했었다.

물론 그렇다고 해도 추려 내기에는 표현이 너무나도 광범위해서 감히 추측할 엄두를 낼 수 없었다.

처음에는 자신을 향해 청혼을 했던 남자아이에게서 들었던 문장을 곱씹는 것이 시작이었다.

몇 번이나 같은 말을 반복하는 남자아이에게서 들은 그 말을 멜로디처럼 입안에서 굴리다, 노부부의 대화를 들은 후 그 발음이 의미하는 게 무엇인지 궁금해졌다.

그리고 그 말이 스페인어로 적혀 있는 것을 보았을 때 확신했다.

정말 자신이 생각해도 믿을 수 없을 만큼 기적 같은 일이었지만, 결국 그녀가 보낸 메시지 내용을 알아냈다고.

「저 정말 똑똑하죠? 이 정도면 기대에 부응하는 거죠?」

좋아할 줄 알았는데, 메시지 내용을 들은 로메오의 얼굴에는 표정이 없었다.

밝게 웃고 있던 자하의 얼굴도 그를 따라 조금씩 굳어져 갔다.

메시지 내용을 기억해 냈는데, 제대로 알려 주었는데 왜 저런 표정을 지을까.

로메오는 혼란스러운 얼굴로 자하를 바라보다 뻗었던 자신의 손을 다시 거두어들였다.

「당신, 정말……. 당신이란 여자는 도대체…….」

말을 제대로 잇지 못하고 자꾸 끊어서 내뱉는 로메오의 모습에 자하는 자신이 무엇을 잘못했는지 생각하려 미간을 좁혔다.

「그 쉬운 말을 왜 이제야 기억해 낸 거야…….」

그가 손으로 얼굴을 감싸며 중얼거렸다.

자신을 향해 얘기하고 있었지만 자하는 자신에게 하는 말이 아니라는 걸 알고 있었다.

누구에게 하는 소리일까. 메시지를 보낸 여자? 아니면 로메오 자신? 아니면 둘 다일 수도 있었다.

손으로 눈을 가린 그는 무엇이 그렇게 우스운지 입꼬리를 올리고 있었다.

잘 뻗은 입매가 늘어나는 것은 스치듯 보아도 시선을 빼앗길 만큼 매력적이었다.

매력적인 남자.

사랑하는 여자가 보낸 메시지를 어떻게 받아들이고 있는 것일까.

자신은 로메오와 그녀의 사이가 좋게 풀리도록 다리 역할을 한 거겠지.

그런 꼴사나운 짝사랑 역할 같은 건 딱 질색인데.

신데렐라의 못된 둘째 언니가 되더라도 왕자와 신데렐라를 이어지게 하고 싶지 않은데.

각오는 했던 일이지만, 견우와 직녀가 만날 수 있게 도와주는 까마귀 역할을 하게 되었다는 사실을 다시 한 번 확인받자 마음이 먹먹해졌다.

틀림없이 아름다울 여자를 떠올리며 로메오가 웃고 있다고 생각하니 갈수록 심장이 따끔거렸다.

시원하게 쏟아지는 물줄기 소리가 아까처럼 기분 좋게 들리지 않았다.

이제 모든 것을 정리했다.

어디에도 자신이 있을 곳은 없었다.

돌아갈 곳은 아무 데도 없었지만 후회하지는 않았다.

메시지를 전해 주지 않았다면 분명 이 섭섭함의 열 배는 더 후회했을 터였다.

「대답은 생각했어요?」

그래서 씩씩하게 물었다. 로메오의 손이 천천히 내려갔다. 그의 매력적인 진한 갈색 눈동자가 그녀를 향했다.

「그 여자에게 달려갈 거예요?」

「그래야 할 것 같아. 대답을 해 줘야 하니까.」

「……그렇군요.」

　자하는 알았다는 듯이 고개를 끄덕였다. 그리고 어쩌면 평생의 마지막이 될지도 모르는 광경을 다시 한 번 눈에 담기 위해 고개를 돌렸다.

　어느새 바뀐 느린 음악은 연인들의 감성을 자극했는지 여기저기서 키스를 하는 다정한 광경이 펼쳐졌다.

　연인들에게 아름답고 매력적인 도시인만큼, 그 반대편에 있는 사람에겐 죽을 듯이 잔인한 곳이 되기도 했다.

　스페인이라는 나라는.

　다시는 여기로 여행을 오지 않겠지. 쓰린 기억만 가득한 이런 나라로는.

「세상에서 제일 사랑하는 여자겠죠? 로미오의 줄리엣처럼…….」

　자하는 로메오가 들을 수도 없을 정도로 작게 중얼거렸다. 가만히 분수대를 응시하다 문득 너무 조용한 것 같아 고개를 돌렸다.

　그리고 순간 놀라 뒷걸음질을 칠 뻔했다.

적당한 거리를 두고 떨어져 있는 로메오가 어느새 바로 눈 앞까지 다가와 있었다.

그가 허리를 숙여 자하와 얼굴을 똑바로 마주했다.

코끝이 닿는다고 생각했을 때, 살짝 옆으로 꺾인 그의 얼굴이 눈동자 가득 찼다.

입술에 보드라운 감촉이 느껴졌다.

움찔하는 자하의 어깨를 커다란 손이 감싸 안았다.

달래듯이 몇 번 가볍게 닿았다 떨어지던 입술이 뜨거운 혀를 밀고 들어왔다. 급하지도, 세게 밀지도 않는, 간질거리는 키스.

자하 역시 천천히 눈을 감았다. 무엇이 어떻게 된 건지 생각할 틈은 없었다. 온 신경이 입술로 다 몰려서 머리가 제대로 돌아가지 않았다.

로메오.

이름이 머릿속에 박히는 순간 입술이 천천히 떨어져 나갔다.

그는 어딘가 후련해 보이는 얼굴로 그녀의 뺨에 다시 한 번 쪽 소리가 나도록 입맞춤을 했다.

「세상에서 제일 싫어하는 여자지.」

눈의 초점을 제대로 잡지 못하고 멍하게 그의 붉어진 입술만 바라보고 있던 자하가 혼란스러움을 얼굴에 드러냈다.

세상에서 제일 싫어하는 여자라고? 그게 무슨 뜻이지? 너무 사랑하기 때문에?

「너무 불쾌해하지는 말아 줘. 작별 인사는 내 식대로 하고 싶었어.」

분수가 멈추었다.

흘러나오던 노래도 끊겼다.

사람들은 화려했던 분수쇼가 끝난 것을 아쉬워하며 저마다 분주하게 떠날 준비를 했다.

신데렐라 성을 빠져나가는 사람들 사이, 가만히 그 자리를 지키고 있는 것은 로메오와 자하뿐이었다.

캐리어와 손가방 안의 내용물을 다시 한 번 확인한 자하가 몸을 일으켰다.

아직 비행시간까지는 여유가 있었지만 조금이라도 빨리 이곳을 벗어나고 싶었다.

이제는 익숙해져 버린, 통유리로 쏟아져 들어오는 바르셀로나의 햇살에 무심코 시선을 주었던 자하가 천천히 고개를 돌렸다.

문을 열고 한 발자국을 내딛으려는 찰나, 초인종을 누르려던 포즈 그대로 멈춰 선 상혁과 마주했다.

"……여기서 뭐해요?"

"돌아가는 거야? 한국으로?"

"네. 상혁 씨도 일 잘 마무리했으면 좋겠네요. 한국 들어오면 한번 봐요."

마음에도 없는 소리를 내뱉은 자하가 엘리베이터 쪽으로 발걸음을 움직였다.

"넌 참 끝까지 잔인하다."

억울함이 가득 담겨 있는 그 목소리에 자하는 하, 자조적인 웃음을 흘렸다.

"상혁 씨."

"말해."

원망이 가득 담긴 눈으로 자신을 응시하고 있는 상혁의 눈을 똑바로 바라보았다.

좋아했던 눈동자. 자신을 바라보던 쑥스러워하던 눈동자. 이제는, 어디에도 없는 눈동자.

"처음 만났던 곳에서 이별하는 거, 꽤나 멋있는 거 같지 않아요? 마지막을 아름답게 마무리할 수 있잖아요. 특히 우리처럼 이렇게 아름다운 나라에서 우연치 않게 만났던 사람들에게는."

"하아."

여전히 마음에 안 드는 건지 상혁이 짜증스럽게 앞머리를 쓸어 올렸다.

무언가가 마음대로 풀리지 않을 때 나오는 그의 버릇이었다.

그래, 그러니까 당신은 이 나라에 그대로 둘 거야.

떠난 뒤에 다시는 떠올리지도 않을 거야.

"나 봤어요."

"뭘?"

"어젯밤에 호텔로 돌아오면서 지하 바(Bar)로 내려가는 당신."

"……."

"여자랑 같이 있었죠?"

상혁의 안색이 창백하게 변했다. 그러나 그는 이내 태연한 척 안경을 올리며 대꾸했다.

"그게 왜? 사업상 만나는……."

"계단으로 내려가면서 키스하는 것도 봤어요."

상혁이 마른 입술을 혀로 축였다.

"……그래서 지금 날 비난하는 거야? 당신도 그 외국인 남자와 함께 있었잖아."

"아니, 비난하는 게 아니에요."

자하가 잠깐 침묵을 지키다 다시 말을 이었다.

"당신이랑 나랑 똑같다는 말을 하고 싶었어요. 그러니까 혹 나중에라도 미안했다며 사과할 필요 없어요. 혼자 죄책감 가지지 않아도 돼요."

"뭐?"

"나도 그 못지않은 뜨거운 키스를 나눴으니까."

상혁은 그 이상 자하를 잡지 않았다.

안 잡는 것인지, 아니면 못 잡는 것인지 그것조차 확실하지 않았다.

자하는 단출한 캐리어를 끌고 엘리베이터에 올랐다.

아직 스페인을 벗어나지도 않았는데, 상혁은 한국에서도 다시는 볼 수 없는 사람이 되어 있었다.

함께 돌아가려고 했을 뿐이었다.

마치 한여름 밤의 꿈처럼 모든 것이 부질없이 깨어져 버렸다.

한국에서의 하루하루가 꿈이었다가 이곳에서 잠을 깬 것인지, 아니면 그 반대인지는 알 수 없었지만.

자하는 느릿느릿 캐리어를 끌고 공항버스 정류장으로 가기 위해 광장 한가운데를 가로질렀다.

오전 10시를 조금 넘은 시각. 가게들이 하나둘씩 문을 열고 있었다.

자신이 사라져도 이곳 사람들은 그대로 이렇게 일을 하고 있겠지. 그냥 나 혼자만 사라질 뿐이다. 이방인이란 건 그런 것이었다.

슬퍼하거나 아쉬워하는 사람은 없다.

마치 이상한 나라의 앨리스처럼 아주 잠깐 새로운 곳을 보았다가 사라지는 것일 뿐이다. 그게 왠지 모르게 이상한 기분을 자아냈다.

로메오도…… 자신이 사라져도 아무렇지 않겠지.

시간이 흐르면 자신이라는 존재를 기억이나 할까.

자신은 이렇게, 문득, 풍경을 구경하는 순간에도 그가 기억이 나는데. 그 아찔했던 키스가 밤새도록 머릿속을 맴돌았는데.

"……."

자하가 문득 제자리에 멈춰 섰다.

「작별 인사는 내 식대로 하고 싶었어.」

나쁜 놈 같으니, 사랑하는 여자가 있으면서 그렇게 도장 같은 키스를 하지 말란 말이야. 너네한테는 그게 작별 인사일지 모르지만 나는 아니란 말이야.

"……확 입술을 물어뜯어 버리는 건데."

손가락으로 자신의 아랫입술을 쓸며 자하가 조용히 중얼

거렸다.

❖ ❖ ❖

　로메오는 긴 손가락을 부드럽게 움직여 마지막 셔츠 단추를 채웠다.

　거울을 통해 자신의 얼굴을 빤히 바라보던 그가 유독 눈에 들어오는 자신의 입술을 응시했다.

　달콤하고도 뜨거웠던 입술의 감촉이 아직까지 선명하게 남아 있었다.

　당황스러워하며 커다랗게 떠진 눈으로 자신을 올려다보던 자하의 얼굴이 생각나자 저도 모르게 피식 웃음이 흘러나왔다.

　어떤 사람이 작별 인사로 그런 키스를 한단 말인가.

　루카가 알게 되면 어디서 그런 말도 안 되는 거짓말을 하냐며 변태 사기꾼이라 놀릴지도 몰랐다.

　그렇지만 그 순간에는 그렇게 변명할 수밖에 없었다.

　메시지의 내용인 줄도 모르고, 저도 모르게 대답을 할 뻔했으니까.

　네가 지금 생각하는 것보다 훨씬 더 너를 사랑하고 있어.

　그렇게 말하며 그녀를 그대로 껴안을 뻔했다.

다행히 그런 일이 일어나지 않아 안심을 하면서도, 문득 그렇게 얘기했다면 그녀가 어떤 반응을 보였을까 궁금해지기도 했다.

로미오, 그렇게 자신을 부르던 목소리가 귓가를 울렸다.

『나도 당신도, 로미오와 줄리엣이 아닌데 이루어질 수가 없군.』

자조적으로 웃어 보인 로메오가 거울에서 등을 돌렸다.

우스꽝스러운 추격전도 드디어 어젯밤을 끝으로 막을 내렸다.

로비로 내려가자 언제 소식을 들었는지 오랜만에 얼굴을 보는 고위 간부 세 명이 자신을 향해 깍듯하게 인사를 건넸다. 한 명 한 명 악수를 나누는 손이 꽤나 무거웠다.

「조용히 움직일 거라고 했을 텐데. 굳이 이렇게 마중 나올 필요 없어.」

「이렇게 오래 머문 것은 처음이시니까요.」

이제 흰머리가 희끗한 중년 남성이 인자하게 웃으며 그리 대답했다.

로메오는 할 수 없다는 듯 작게 한숨을 내쉬며 잠깐 로비 한쪽에 마련된 테이블로 자리를 옮겼다.

호텔의 전반적인 시설과 서비스에 대해 짧게 이야기를 나

눈 후 개선해야 할 점과 몇 가지 눈에 들어왔던 부분은 후에 따로 전달을 하는 것으로 대화를 끝냈다.

잘 부탁한다는 말을 끝으로 자리에서 일어난 로메오는 체크아웃을 하는 익숙한 인영에 시선을 고정시켰다.

캐리어를 옆에 두고 서 있는 남자는 분명 그 동양인이었다.

그 남자를 발견한 순간, 어딘가 가까운 곳에 자하가 있을 거라는 생각이 들자 문득 바보처럼 숨고 싶어졌다. 얼굴을 마주할 용기가 없었다.

하지만 그와 동시에 그녀가 빨리 나타나 주기를 바라는 마음도 있었다.

보고 싶었다.

『……도대체 어떻게 하고 싶은 건지.』

『로메오 님?』

남자의 뒷모습을 응시하던 로메오는 옆에서 자신의 이름을 의아한 듯 부르는 간부의 목소리에 그제야 정신을 차렸다.

알았다고 고개를 끄덕인 뒤 돌아서는데 체크아웃을 끝낸 동양 남자가 캐리어를 끌고 돌아서는 것이 시선의 끝에 잡혔다.

『…….』

자하는 어디에 있는 걸까.

남자의 곁에서 자하의 흔적이 보이지 않자 로메오는 본능적으로 그를 따라 걸음을 움직였다.

호텔 입구를 나서기 전 주머니에서 휴대폰을 꺼내 들던 상혁은 갑자기 따라붙은 거대한 외국인의 그림자에 놀라며 황급히 고개를 돌렸다.

위압적인 기운을 뿜어내고 있는 로메오의 모습에 그의 얼굴이 굳어졌다.

이 남자가 바로 자하가 이야기한 그 키스의 주인공일 터였다.

먼지 하나 묻는 것조차 용서하지 않을 만큼 깔끔한 슈트를 입고 눈이 돌아갈 정도로 비싼 시계를 차고 있지만, 실체는 기껏 해야 동양인 여자나 건드리는 추잡한 유럽인에 지나지 않았다.

상혁이 눈에 힘을 주었다.

「뭡니까?」

「지금 떠나는 건가?」

「그렇다면요?」

「……그녀는 어디 있지?」

잠깐 무언가를 생각하듯 입술을 다물었던 남자가 이내 결심한 것처럼 그렇게 물어 왔다.

자신을 비웃기라도 한다면 큰 목소리로 당신이 건드린 여자가 내 애인이었다고 말할 생각이었다.

혼자 있는 동양인 여자를 꼬셔서 가지고 놀다 버리면 기분이 좋냐고.

하지만 상혁은 아무런 말도 할 수 없었다. 눈앞에 있는 남자의 얼굴에 담겨 있는 의미 모를 초조함이, 꼭 언젠가 자하에게 헤어지기 싫다고 애원하던 자신의 모습과 닮아 있는 것 같다는 생각이 들어서였다.

상혁은 당혹스러움을 숨기지 못한 채 흔들리는 눈동자로 남자를 응시하다 곧 피식, 웃음을 터뜨렸다. 그리고 손등으로 입술을 쓸며 중얼거렸다.

「가지고 논 건 당신이 아니라 자하였군.」

「뭐라고?」

「체크아웃을 한 건 나 혼자예요.」

「⋯⋯?」

「난 다시 마드리드로 넘어가야 하거든요.」

「⋯⋯그럼 그녀는 어디로 갔지? 아직 호텔에 있나?」

「나도 몰라요.」

「모른다니⋯⋯.」

「」

「당신이 마드리드에서 발견해 이곳까지 데리고 왔던 그

여자는 글쎄요. 지금쯤 한국으로 돌아가는 비행기 안이거나 아니면 여기서 다른 남자를 찾아 동화 같은 사랑을 시작하려 준비 중이거나. 둘 중 하나겠죠, 뭐.」

로메오는 동양 남자가 무슨 말을 하는지 이해하려 미간을 좁혀야 했다.

할 말을 찾지 못해 침묵을 유지하고 있는 로메오의 반응이 꽤나 통쾌했는지 상혁이 장난스럽게 웃었다.

「한국 여자는 너무 드라마틱하죠. 출장 가 있는 남자를 따라 외국까지 오다니. 어떻게 생각하면 스토커 같지 않나요?」

「…….」

「스페인 여자는 좀 다를까? 주변에 괜찮은 여자 있어요? 아, 당신 취향은 동양인이지?」

로메오의 눈빛에서 적지 않은 적대감이 느껴진다고 생각하는 순간, 그가 상혁의 멱살을 잡아챘다.

상혁은 꼼짝하지 못하고 그 손길에 딸려 갔다.

벌써 두 번째 같은 일을 당하는 것이지만, 첫 번째와 다르게 키득거리며 터져 나오는 웃음을 숨길 수가 없었다.

상혁의 코앞까지 얼굴을 들이민 로메오가 낮게 중얼거렸다.

「그런 건 드라마틱한 게 아니라 사랑스럽다고 하는 거야. 내 목숨을 다 줄 만큼.」

로메오는 그 말을 끝으로 힘껏 쥐고 있던 멱살을 놓았다.

그 힘에 상혁이 휘청거렸다.

뒤에서 불러 대는 목소리를 무시하고 로메오는 급하게 걸음을 움직였다.

chapter
7

바르셀로나 공항은 오전부터 사람으로 가득했다.

제법 소박한 규모의 기념품 숍으로 들어간 자하는 바르셀로나의 관광지들이 그려져 있는 팔찌를 보고 작게 미소를 지었다.

사랑을 잃어버린 기념으로 하나 살까.

나는 다시는 사랑 안 할 거예요. 이제 그런 동화를 꿈꾸는 여자가 아니에요. 그걸 드디어 서른이 넘은 나이에 깨달았답니다.

우습지도 않은 생각을 홀로 곱씹으며 그녀는 팔찌를 집어 들었다.

이제 이 팔찌를 볼 때마다 여러 가지 일들이 떠오르겠지.

기념품을 계산하고 밖으로 나와 탑승구 앞 의자에 자리를 잡고 앉았다.

비닐을 뜯은 그녀는 왼쪽 손목에 팔찌를 찼다.

복장과 어울리지 않게 화려한 팔찌가 저절로 웃음을 자아내게 했다.

이제 꿈에서 완전히 깰 시간이었다.

세상에 자신이 꿈꾸는 사랑은 없다는 사실을.

아니, 존재하지만 자신은 붙잡을 수 없었던 사랑이었음을.

─인천, 서울행 탑승객 분들께서는······.

사람들이 줄을 서기 시작하자 팔찌를 가만가만 어루만지며 생각에 잠겨 있던 자하 역시 엉덩이를 뗐다.

줄의 맨 끝으로 걸음을 옮기려는 순간, 누군가 왼쪽 손목을 강하게 잡아챘다.

"······!"

뒤를 돌아 누구인지 확인하기도 전에 심장이 크게 뛰었다. 커다란 손이 자신을 끌어당겨 그대로 품속에 가두었다.

커다란 품, 기분 좋은 머스크향, 바람 냄새와 섞인 싫지 않은 담배 냄새.

자하는 멍하게 품에 안긴 채 귓가를 울리는 음성을 가만히 들었다.

「놓칠 뻔했잖아. 바보 같은 로미오처럼.」

「……로메오?」

자하는 그의 품에 묻고 있던 고개를 들어 로메오와 시선을 마주했다.

자신을 사랑스럽다는 듯이 내려다보고 있는 매력적인 남자의 표정에 머리가 제대로 돌아가지 않았다.

그가, 웃고 있었다.

아주 행복하다는 듯이.

「당신이 왜…… 여기…….」

「비행기를 잘못 탈 것 같아서 그전에 붙잡으려고 왔어.」

「비행기요?」

어안이 벙벙한 표정으로 대꾸를 하며 손에 들고 있는 비행기 티켓을 확인하려는 자하의 모습에 로메오가 하하, 소리를 내어 웃었다. 그리고 그녀에게서 비자와 티켓을 빼앗아 들었다.

「당신이 탈 비행기는 이게 아니야.」

❖   ❖   ❖

「또 납치하는 거예요?」

「또라니? 내가 언제 납치한 적 있었어?」

「내 자의로 움직이지 못했던 게 지금 당장 떠오르는 것만 해도 여러 개거든요. 이제는 강제로 비행기를 태우고.」

불만스러운 중얼거림에도 로메오는 그냥 웃을 뿐이었다.

자하는 당황스러운 얼굴로 조그마한 비행기 안을 둘러보았다.

비행기 안에는 자신과 로메오, 그리고 그의 비즈니스와 관련된 사람처럼 보이는 남자 두어 명이 타고 있을 뿐이었다.

멀리 떨어진 곳에 자리를 잡고 앉아 있던 중년의 남자가 자하와 눈이 마주치자 살짝 눈웃음을 보냈다. 자하는 저도 모르게 고개를 까딱한 뒤 다시 고개를 돌려 로메오의 옆얼굴을 바라봤다.

도대체 이 남자는 무슨 생각을 하고 있는 것일까?

「한 시간도 채 안 걸리니까 조금만 기다려.」

「이비사(Ibiza)는 왜 가는 거예요? 섬 맞죠?」

이렇게 작은 비행기는 처음이었다. 그리고 비행기 안에 자신들밖에 없다는 사실도 굉장히 생소했다. 프라이벳 비행기라는 건가. 진짜 재벌이었구나.

자하가 움직이기 시작하는 비행기를 깨닫고 창문 너머의 풍경을 바라보는데, 로메오가 그녀의 뺨에 커다란 손을 가져다 댔다.

자하는 움찔했지만 그의 손길을 피하지는 않았다. 오히려 그를 가만히 응시했다.

「메시지를 보낸 여자에게 당신을 보여 주고 싶어서.」

「······네?」

자하는 방금 자신이 들은 말이 무엇인지 이해하기 위해 눈을 깜빡였다. 그러니까 지금, 다른 여자에게 자신을 데리고 간다는 건가?

······왜?

「그게 무슨 소리예요?」

「말 그대로야.」

「나, 내릴래요.」

그제야 지금 이게 무슨 상황인지 깨달은 자하가 자신의 얼굴을 감싸고 있는 로메오의 손을 떼어 내며 다급하게 말했다.

말은 '납치'라고 했지만 그를 따라 흔쾌히 비행기에 오른 것은 자신이었다.

손을 잡고 있는 그의 손을 뿌리치지 않은 것 역시 자신이었다.

공항까지 쫓아와 준 것이 기뻐서, 자신을 찾아내 준 것이 행복해서 그만 이게 무슨 일인지 깨닫는 데 시간이 걸렸다.

「난 그런 짓 못 해요.」

「그런 짓이 뭔데?」

「…….」

다른 사람 상처 주는 일이요.

자하는 대답 대신 로메오를 가만히 올려다보았다.

「괜찮아.」

「…….」

「너와 꼭 만나게 해 주고 싶어.」

로메오는 그 이상 아무 말도 하지 않았다. 그리고 정말 괜찮다는 듯, 그녀의 손을 힘 있게 움켜쥐었다.

이비사는 스페인 영토의 우측에 위치해 있는 제법 커다란 섬이었다.

지중해의 보물이라고도 불리는 커다란 섬은 클럽 파티가 유명해 여름에는 전 세계의 젊은 남녀가 몰려와 밤을 불태우지만 10월로 들어선 지금은 가족 단위의 휴양객만 드문드문 보였다.

자하는 한적한 길거리를 여유 있게 움직이는 사람들을 차창 너머로 바라보며 생각에 잠겨 있었다.

로메오를 따라 이곳까지 넘어왔지만 자신은 그 여자를 마주할 자신이 없었다.

아무런 이야기도, 설명도 해 주지 않는 로메오 역시 불편하긴 마찬가지였다.

도대체 무슨 사연이 있는 건지 감히 짐작도 할 수가 없었다. 그래서 함부로 물을 수가 없었다.

원래 이런 게 스페인의 문화는 아니겠지?

연인에게 바람피울 상대방을 보여 주고 허락을 받는 행위가.

문득 떠오른 어이없는 생각에 피식 웃음이 나왔다.

도착한 곳은 마치 그리스 산토니아를 떠올리게 했다. 집들이 다닥다닥 붙어 있어 외관이 잘 꾸며져 있는 산골 마을을 연상케 하기도 했다.

그중에서도 유독 아름답게 가꾸어져 있는 집으로 로메오가 걸음을 옮겼다. 그를 따라 집 안으로 들어간 자하의 눈이 동그랗게 떠졌다.

여유롭게 바닷바람을 맞으며 독서를 하거나 맥주를 마시기에 적합할 것 같은 집 안은 그런 풍경과 전혀 어울리지 않는, 슈트를 제대로 빼입고 머리부터 발끝까지 신경을 쓴 사람들이 가득했다.

그중 그나마 조금 젊어 보이는 남자가 로메오와 자하를 보더니 반가움을 얼굴에 가득 담고 다가왔다.

다른 사람들도 이내 다가오더니 로메오에게 악수를 청하며 말을 걸어왔다.

하나같이 예의를 깍듯하게 지키면서도, 궁금증은 참지 못하겠는지 옆에 서 있는 자하를 호기심 어린 눈빛으로 힐끔거리며 자기들끼리 속닥이기도 했다.

『카밀리아에게서 이야기를 들었을 때는 말도 안 되는 소리라고 생각하며 그냥 넘겼었는데.』

헤수스가 자신을 경계 어린 눈으로 올려다보는 자하를 향해 시선을 주며 중얼거리자 로메오가 작게 한숨을 내쉬었다.

『……아만다에게 소개해 주고 싶은 여자니까.』

헤수스가 작게 고개를 끄덕였다.

『그래, 여기에 데리고 왔다는 건 그런 의미겠지. 솔직히 눈으로 보면서도 믿기지는 않지만.』

스페인어로 이야기를 나눌 때 자하는 입을 다물 수밖에 없었다.

지금까지 유럽의 여러 나라를 돌아다니면서 한 번도 그 나라의 말을 배워야겠다는 생각을 해 본 적이 없었는데, 여기 오고 나서부터는 왜 그동안 스페인어를 배우지 않았는지 몇 번이나 후회를 했다.

자하는 위화감이 가득한 집 안의 분위기에 위축이 되어 주변을 살피다, 눈을 돌려 자신의 옆에 서 있는 로메오를 가만히 바라보았다.

이곳에 도착할 때까지 아무런 말도 없었던 로메오였지만 얼굴은 어딘지 모르게 편안해 보였다.

하지만 그 역시 집 안으로 들어선 순간부터는 긴장을 한 것인지 표정이 딱딱하게 굳어져 있었다.

사랑하는 여자가 사는 집.

그 단어와 조금도 어울리지 않는 풍경이었다.

아, 그러고 보니 세상에서 제일 싫어하는 여자라고 했었나? 그제야 로메오에게서 들었던 말이 다시금 떠올랐다.

나름대로 무슨 상황인지 추측하려 열심히 머리를 굴리고 있는데 로메오가 그녀의 손을 꼭 잡아 왔다. 사람들의 시선이 집중되는 것이 느껴져 자하는 저도 모르게 고개를 푹 숙이고 말았다.

그녀가 당황하거나 말거나 로메오는 잡고 있는 손에 조금 더 힘을 주며 거실을 벗어나 복도를 걸었다.

해가 가득 들어와 눈이 부실 지경이었던 거실과는 달리 막다른 복도에는 지금이 낮인지 밤일지 구별할 수 없을 정도로 그늘이 져 있었다.

두 사람은 복도의 맨 끝에 자리하고 있는 방 앞에서 멈춰 섰다.

「당신이 꼭 만나 줬으면 했어.」

문이 열리자, 올드한 벽의 무늬와 어울리지 않은 최신식 기기와 한데 뒤섞여 누워 있는 여자가 눈에 들어왔다.

산소 호흡기를 한 채 눈을 감고 있는 여자는 마치 잠을 자는 것처럼 평온한 얼굴이었다. 아직 스스로가 숨을 쉬고 있다는 것을 보여 주듯 호흡기 주변에 하얗게 서리가 어렸다 사라져 갔다.

『아만다……。』

순간 자하는 충격을 받은 것처럼 그 자리에 굳어졌다.

메시지를 보낸 사람이 이 여자라는 말인가?

자하의 손을 천천히 놓은 로메오가 침대 옆으로 걸어가 그 옆에 앉았다.

한없이 커 보이던 등이 갑자기 너무나도 작게 느껴져 자하는 손으로 입을 가렸다.

여자의 머리카락은 자신과 마찬가지로 검은색이었다.

세상에서 가장 싫어한다는, 그의 어머니.

자하는 두 사람에게로 다가가지 못하고 방 입구에 서서 아만다의 얼굴과 로메오의 등을 한없이 바라보았다.

그것은 마치 그림 같았다.

그동안 눈이 시릴 정도로 아름다운 광경을 많이 봤었는데, 입이 떡 벌어질 정도의 장관을 많이 봐 왔었는데, 그 어떤 풍경보다 가슴을 울렸다. 이 공간만 시간이 멈춘 것처럼 느껴졌다.

그때 문득 등을 살짝 어루만지는 손길에 고개를 돌리자 조금 전 로메오와 대화를 나누었던 남자가 자신을 향해 미소를 짓고 있었다.

자하는 그의 손짓에 로메오에게 시선을 한 번 주었다가 그를 따라 방을 벗어났다.

방문을 조심스레 닫고 그가 이끄는 대로 발걸음을 움직였다.

「어머니⋯⋯였군요.」

지금까지 만난 사람들 중 가장 능숙한 영어를 구사하는 남자의 이름은 헤수스였다.

불쾌해하지 않을 정도로만 슬쩍슬쩍 그녀를 살피는 눈짓에 자하는 살짝 눈을 찌푸렸다.

로메오보다 이쪽이 훨씬 사업에 능숙해 보인다는 생각이 들었다.

어딘지 모르게 계산적으로 보이는, 마치 상혁과 비슷한 타입이랄까. 자하는 경계를 늦추지 않으며 그가 하는 이야기를 들었다.

그동안의 일들을 남자에게 듣고 보니 뭐라고 할까, 오해가 풀려 다행이라는 생각보다는 허무함이 밀려 왔다.

있지도 않은 줄리엣을 만들어 혼자 힘들어하고 괴로워하고 방황했다니.

「제가 로메오의 휴대폰을 가져가는 바람에 시간이 지체되었을 줄은 정말 몰랐어요.」

「크게 마음 쓰지 말아요. 그로 인해 잘못된 건 아무것도 없으니까.」

「그렇다면 다행이에요.」

「아직은요.」

헤수스가 그렇게 말하며 입꼬리를 올렸다.

그 말에 담긴 적의를 읽어야 했지만 자하는 지금 그것까지 생각할 겨를이 없었다.

지금껏 그에게 줄리엣을 언급하며 했던 여러 가지 언동들이 한꺼번에 파도처럼 밀려와 그녀의 귀 끝을 달아오르게 만들고 있었다.

아니, 따지고 보면 제대로 말을 안 해 준 로메오의 잘못이었다.

그 여자를 사랑하냐고 물었을 때 왜 제대로 대답을 안 해 준 거야?

왜 어머니라는 말을 안 했냐고.

그러고 보니…….

자하가 한쪽 눈을 찌푸렸다.

「자하.」

「……네?」

「나중에 나 미워하지 말아요?」

그 사람도 한몫을 크게 했다.

자하가 티 나지 않게 입술을 악물었다.

여러 명에게 농락당했다는 생각에 억울함이 밀려오면서도, 마음 한구석에서 크게 안도하는 자신이 있었다. 억지로 꾹꾹 눌러 담아 놓았던 감정이 댐이 터지는 것처럼 가슴속으로 스며들었다.

「로메오가 제대로 이야기를 안 해 줬군요.」

자하의 생각을 다시 현실로 돌아오게 만든 건 헤수스였다.

「분명히 그냥 따라와 보면 안다는 식으로 말하고 데리고 왔죠?」

「아…….」

헤수스는 어깨를 으쓱해 보이더니 말을 이었다.

「뭔가 이상하게 느껴지지 않아요? 자신의 어머니가 쓰러졌는데 저렇게 아무렇지도 않은 얼굴을 하고 있는 게.」

「…….」

「로메오는 아만다를 어머니라고 생각했던 적이 한 번도 없거든요. 그냥, 자신을 낳아 준 생물학적인 존재일 뿐, 그 이상의 무언가는 없었어요. 상상이 되나요?」

「…….」

「그래도 어느 정도 존중은 하고 있을 거라고 생각했는데, 한동안 바르셀로나에 머무르는 것을 보고 다시 한 번 깨달았어요. 아, 정말 그에게 어머니란 사람은 아무것도 아니구나.」

자하는 헤수스를 가만히 바라봤다.

지금 자신이 이런 말을 해도 되는 건지, 이 사람이 로메오에게 어떤 존재인지 그런 것은 알 수 없었지만, 지금 중요한 건 그게 아니라고 느껴졌다.

「아무것도 아닌 게 아니에요.」

의외의 말을 들었다는 것처럼 남자의 눈이 커졌다. 여유 있게 올라가 있던 입꼬리가 내려왔다.

「굉장히 많이 괴로워했어요. 어디로 사라졌을지 모르는 낯선 여자를 쫓아올 만큼 그렇게 절박했다고요.」

「하하.」

마치 어린아이의 투정을 들은 것처럼 헤수스가 웃음소리를 냈다.

쉽사리 웃음을 멈추지 못하겠는지 주먹을 쥔 손을 입 쪽으로 가져가 쿡쿡 웃음을 흘렸다.

「왜 로메오가 당신에게 마음을 주었는지 알 것 같기도 하네요.」

「…….」

「굉장히 순수하네요. 조금 짜증 날 만큼.」

그가 허리를 약간 숙이더니 자하의 귓가에 대고 나긋하게 속삭였다.

「로메오가 그 메시지를 확인하려고 필사적이었던 건, 상속될 유산이 걸려 있기 때문이었어요. 한마디로 돈 때문이었다는 거죠. 그게 아니었으면 아만다가 죽든지 말든지 신경도 쓰지 않았을걸요.」

자하는 그것 봐, 내 말이 맞지, 라고 말하는 듯한 헤수스의 얼굴을 조용히 응시했다.

로메오가 이마를 감싸 쥐며 한숨을 내쉬었다.

주치의보다 더 집착적으로 아만다의 곁에 붙어 다녔던 게 바로 지금 눈앞에 앉아 있는 변호사였다. 24시간 내내 따라다닌다고 해도 과언이 아니었던 남자가 그에게 지금 대답을 종용하고 있었다.

『여러 가지 해프닝이 있었다고 들었습니다만.』

『당신이 메시지를 확인해 주기만 했어도 안 해도 될 고생이었지.』

『저에게는 그런 일을 해야 할 의무가 없는데요.』

이 우스꽝스러운 일을 만든 게, 아만다와 합작해서 그런 쓸데없는 게임을 시작한 게 이 남자라고 생각하자 입매가 걷잡을 수 없이 뒤틀렸다.

로메오는 더 이상 이 일에 시간을 쏟고 싶지 않다는 듯 툭 내뱉었다.

『메시지에 대한 대답은 No야.』

변호사의 표정에는 변화가 없었다. 로메오는 앞에 놓여져 있는 커피 잔을 거친 손길로 들어 올렸다. 지금까지 그 메시지를 확인하기 위해 투자했던 돈과 시간을 생각하면 헛웃음이 나올 만큼 간단한 대답이었다.

『그 여자가 뭘 기대한 건지는 모르겠지만, 내 대답에는 변화가 없을 거야.』

『……..』

변호사는 날카로운 안경 사이로 무언가를 파악하려는 듯 로메오의 얼굴을 찬찬히 훑었다.

얼마간의 정적이 흐른 뒤 그는 천천히 손을 움직여 가방에서 서류 봉투 하나를 꺼내 들었다.

『정식 절차는 나중에 날짜와 시간을 정확히 잡아 보고하는 형식으로 하겠습니다.』

『만족스러운 답이었나 보군?』

로메오가 한쪽 입술을 삐딱하게 올렸다.

어차피 이제 상관없었다. 그 조잡한 호텔이 카밀리아의 손에 넘어가든, 자신이 빈털터리가 되든 아무렇지도 않았다.

아등바등 위험하게 걷던 외줄타기는 그만두기로 했다.

변호사가 안경을 한 번 추켜올리더니 대꾸했다.

『바레르가(家)의 유산은 전부 로메오, 당신에게로 상속됩니다.』

『……뭐라고?』

『유언장의 세세한 내용은 아만다의 숨이 멈춘 다음에야 공개가 가능하니 지금은 말씀드릴 수 없습니다. 다만 아만다와 했던 약속을 지키기 위해 당신에게는 얘기해 주는 겁니다.』

『지금 무슨 소리를 하는 거야? 내 대답 못 들었어? 아니라고 했잖아. 그녀를 사랑하지 않는다고.』

날카로운 눈빛과 마찬가지로 변호사의 음성에는 아무런 감정도 담겨 있지 않았다. 그는 새삼스럽게 무슨 말을 하냐는 표정으로 로메오를 바라보았다.

『경영인에게 거짓말은 최대의 단점이죠. 아만다는 그 점을 확인하고 싶었던 게 아닐까 싶은데요.』

『…….』

『제 추측에 불과하지만 말입니다. 그녀가 무슨 심정으로 이 게임을 시작했는지는, 그녀가 눈을 떠야만 알 수 있겠죠.』

농담인 것 같았지만 그는 웃고 있지 않았다. 그래서 로메오는 자신도 웃어야 하는지, 아니면 진지한 얼굴로 그의 말을 들어야 하는지 확신이 서지 않았다.

남자는 다시 한 번 서류의 확인을 당부하고는 자리에서 일어났다. 모르는 것이 있으면 언제든지 물어보라는 말을 남기고.

그 자리에 굳은 듯 앉아 있던 로메오가 손으로 얼굴을 감싸 쥐며 중얼거렸다.

『……아무것도 모르겠다고.』

❖   ❖   ❖

로메오는 색색 고른 숨을 쉬며 마치 잠을 자고 있는 듯 평온한 아만다의 얼굴을 내려다보았다.

처음이었다. 이 여자가 이렇게 인상을 찌푸리지 않고 잠을 자고 있는 모습을 보는 것은.

그 모습이 너무나도 생소하면서도 어색해 이번에는 로메오가 인상을 찌푸리고 말았다.

『당신이 듣고 싶었던 대답은 정말 No였던 거야?』

정말 마지막까지 당신을 모르겠어. 일어나서 제대로 이야기 좀 해 봐. 로메오는 그렇게 중얼거리며 고개를 숙였다.

❖   ❖   ❖

「여긴 정말 아름다운 곳이네요. 지금까지 봤던 그 어떤 바닷가보다 아름다워요.」

「축복받은 섬이지. 낮에는 아름다운 풍경을 눈에 담으며 독서를 하기 좋은 곳이지만 밤이 되면 언제 그렇게 조용했냐는 듯 옷을 바꿔 입는 섬이기도 하고.」

「알아요. 차 타고 오면서 봤어요. 클럽을 홍보하는 광고가 엄청 많던데요.」

「여름엔 천국이 여기 그대로 재연된다고 생각하면 돼.」

「내가 생각하는 천국과 많이 다른데요?」

자하가 속삭이며 웃었다. 로메오는 그런 그녀를 바라보다 두 손으로 그녀의 얼굴을 감쌌다. 그 온기를 느낄 새도 없이 닿아 온 입술 사이로 더욱 뜨거운 것이 밀려들었다. 자하는 천천히 눈을 감았다.

그의 단단한 등을 감쌌다. 너무나도 작아 보이던 등을.

「나한테 할 말 없어요, 로메오?」

「너무 많아서 큰일이지.」

로메오가 드디어 올 것이 왔다는 표정을 지어 보이며 한쪽 눈썹을 들어 올렸다. 그러나 그것은 귀찮다거나 그동안 말을 하지 못한 것에 대한 죄책감이 아니라, 작은 떨림을 감추기 위한 행동이었다.

얼굴에 서려 있는 긴장감을 읽은 자하가 그의 허리에 손을 감았다.

한 대 때려 주려고 했는데, 농담처럼 왜 그랬냐고 면박이라도 주고 싶었는데 그의 얼굴을 보자 그럴 수 없었다.

「……궁금한 게 많은데, 그냥 안 물어보려고요.」

「왜?」

「그냥, 다 알 것 같아서요.」

그리고 당신 역시 나에게 아무것도 묻지 않으니까.

상혁과 자신이 어떻게 됐는지, 왜 혼자 한국으로 돌아가려 했는지 아무것도 묻지 않으니까.

누구든 괴로운 과거는 얘기하고 싶지 않으니까.

얘기하고 싶을 때, 알아주길 바랄 때 이야기하면 된다. 상대방은 언제든 들어 줄 것이다.

「이곳보다 더 아름다운 장소가 있어.」

로메오의 중얼거림에 자하가 눈을 크게 떴다.

집밖으로 두 발자국만 걸어 나가면 새파란 바다가 그대로 펼쳐져 있는데 이곳보다 더 아름다운 장소가 있다니.

기대로 눈을 반짝이는 자하를 보고 로메오는 피식 웃으며 그녀의 손을 다시 세게 쥐었다.

정말 좋았다.

그가 이렇게 진심을 담아 웃을 때.

이비사에서 한 시간 이상 배를 타야 하는 포르멘테라 섬(Fomenter Island)으로 가는 길은 꽤나 복잡하고 험난했다. 그중에서도 그들이 찾아간 곳은 조금 더 시간이 걸렸다.

이엘떼스 해변(Playa de las Illetes)은 포르멘테라에 도착하고 나서도 한참 동안 모래바람을 거쳐 달려야 했다.

아침 일찍부터 움직인 탓에 피곤함이 몰려와 자하는 차의 시트에 몸을 기대고 저 멀리 펼쳐져 있는 바다를 졸린 눈으로 바라보았다.

운전을 하던 로메오가 말이 없는 그녀의 뺨으로 손을 뻗어 살짝 쓸었다.

손끝이 가볍게 닿았을 뿐인데 등 뒤로 찌르르 이상한 감각이 내달려 자하는 움찔하는 몸을 숨기느라 애써야 했다.

태연한 척 로메오를 향해 시선을 주자 그가 눈을 맞춰 오며 미소 지었다.

「이쪽을 봐. 내 옆의 창으로도 바다가 펼쳐져 있잖아.」

「……그쪽 바다를 감상하기에는 눈앞에 너무 거대한 방해물이 있는걸요.」

「그럼 할 수 없지.」

「…….」

「바다 대신 그 방해물을 감상해.」

「…….」

말도 안 되는 소리는 하지 말라고 투덜거리려던 자하는 문득 시선에 들어온 남자의 옆얼굴을 가만히 응시했다.

'방해물'이라고 표현하긴 했지만 정말 그의 말대로 바다 대신 감상하는 것도 나쁘지 않을 것 같았다.

자기가 잘생긴 걸 너무 잘 아는 거지.

찰나였지만 시선을 빼앗겼다는 걸 인정하고 싶지 않아 자하가 다시 제 쪽 창으로 얼굴을 돌렸다.

「졸려서 그래요. 조는 모습 보여 주기 싫어요.」

「나는 바다보다 당신이 더 보고 싶으니까 고개 돌리지 마.」

스페인 남자는 사랑에 빠지면 아이가 된다고 했던가.

명령보다는 투정에 가까운 말투에 자하가 피식 웃었다. 그리고 로메오를 향해 고개를 돌린 채 천천히 눈을 감았다.

아직 의식이 돌아오지 않은 그의 어머니를 놔두고 이렇게 또 다른 섬으로 관광을 즐기듯 돌아다녀도 되는 건지, 문득 그런 생각이 들었다.

그에게 어머니란 존재는 생물학적인 정의 그 이상도 이하도 아니라는 헤수스의 말이 머릿속을 맴돌았다.

……그럴 리가 없었다.

아무것도 아닌 존재를 향해 그렇게 안타까운 표정을 지을 리가 없었다.

두려울 것이 하나도 없어 보이는 이 굳건한 남자는 어째서 어머니의 사랑을 받지 못했던 것일까. 세상을 다 주어도 아깝지 않을 텐데. 로메오의 어머니가 도저히 이해가 가지 않는다.

"와……."

깜빡 졸았다 다시 눈을 뜬 그녀는 저도 모르게 감탄사를 내뱉었다. 이비사의 해변도 충분히 아름다웠지만 이곳은 바다의 색깔부터 달랐다.

뭐라고 표현하면 좋을까. 투명한 하늘이 땅으로 쏟아져 내린 것 같았다.

너무나도 아름다운 광경에 자하는 몸을 들썩였다.

그런 자하를 가만히 지켜보고 있던 로메오가 그녀를 해변의 끄트머리에 위치해 있는 식당으로 데려갔다.

해가 잠기는 것이 마치 그림 같아 자하는 식사를 하는 것도 잊은 채 한참 동안 그 광경을 감상하고 있었다.

「이곳에 당신을 데리고 오면 좋을 줄 알았는데.」

로메오의 낮은 목소리에 자하가 고개를 돌렸다. 그 역시 포크를 내려놓은 채 그녀를 바라보고 있었다.

「괜히 데리고 왔나 싶어.」

「……왜요?」

「도착한 후로 날 전혀 안 보잖아.」

「…….」

자하가 멍하니 그를 응시하다 샹그리아를 한 모금 들이켰다.

「로메오.」

「말해.」

「그동안 그런 말하고 싶은 걸 어떻게 참았어요?」

「내 것이 아니라고 생각했으니까.」

「…….」

「참느라 죽을 뻔했다고.」

자하가 웃었다. 돌아가 있던 고개를 똑바로 하고 자신의 눈앞에 있는 남자를 가만가만 눈 안에 새기듯 담았다.

"너무 예쁘다……."

식사를 끝낸 후 해변으로 걸어내려 간 자하는 고운 모래를 맨발로 밟다 바다 가까이 다가갔다. 해가 있었을 때도 아름다웠지만 어둠이 내려앉은 바다는 더욱 신비로웠다.

원피스 자락을 손으로 살짝 잡은 채 무릎 근처까지 걸어들어 갔지만 여전히 바다는 투명하게 자하의 다리를 투영해 내고 있었다.

아무리 걸어 들어가도 계속 자신의 발가락이 보였다.

그 신기한 경험에 자하가 발등에 시선을 고정시키고 한참 걸어 들어가자 뒤에서 로메오가 억세게 잡아챘다.

자하가 슬쩍 인상을 찌푸렸다. 한 번쯤은 말해야겠다. 당신은 힘 조절을 좀 해야 할 필요가 있다고 말이다. 그러나 그렇게 말하기도 전에 로메오가 자하를 끌고 해변으로 나갔다.

「로메오, 내가 여기 와서 손목이 남아나질 않…….」

불평을 하든 말든 로메오는 자신의 젖어 있는 바지를 벗기 시작했다. 갑작스런 상황에 자하는 자신이 무슨 말을 하려고 했는지도 잊은 채 그를 가만히 바라보았다. 입고 있던 셔츠를 바지 위로 내려놓은 그가 브리프까지 벗어 내릴 기세를 보이자 자하는 놀란 표정으로 그를 말렸다.

「지금 뭐하는 거예요?」

「어차피 지금 여기 우리밖에 없어.」

「아니, 그런 문제가 아니잖아요.」

당황하며 말을 더듬는 자하의 얼굴을 바라보던 그가 짓궂게 미소 지었다.

「여긴 원래 누드비치야. 몰랐어?」

「…….」

그 말을 끝으로 로메오는 입고 있던 옷을 모두 벗어 던졌다. 어둠이 내려앉았다거나, 주변에 사람이 아무도 없다거나 하는 것은 아무런 위로가 되지 못했다.

아무도 없다니, 내가 있잖아!

난 어쩌라고.

어쩔 수 없는 부끄러움에 자하가 고개를 돌렸다.

「수영, 안 할 건가? 여기까지 왔는데.」

그 말에 자하가 갈등하듯 입술을 살짝 깨물었다.

발만 담갔는데도 너무나도 황홀한 기분이 들었다. 아마 저 잔잔한 바다에 몸을 맡긴다면 꿈을 꾸는 것처럼 기분 좋을 것이다.

「그냥 이대로 들어갈래요.」

「옷을 버리면 돌아갈 때는 어떡하려고.」

「……내가 벗길 바라는 거죠?」

「제발, 자하. 수영은 안 해도 상관없으니 벗어.」

너무 어이없는 발언을 아주 당당하고 뻔뻔하게 하자 오히려 이쪽에서 할 말이 없었다.

바다에 들어가지 않아도 되니 옷만 벗으라고?

자하는 결국 소리를 내서 웃고 말았다.

흔들리기는 했지만 사랑하는 남자의 앞에서 갑자기 옷을 다 벗는다는 것은 굉장히 큰 용기가 필요했다.

망설이는 자하의 기색을 읽은 로메오는 그 이상 요구하지 않았다. 피식 웃은 뒤 먼저 바다를 향해 걸어 들어갈 뿐이었다.

조금 더 졸랐다면, 소원이라며 들어 달라고 부탁했다면 반대로 거부감이 들었을 텐데 저렇게 농담이었던 것처럼 쉽게 돌아서니 왠지 이쪽에서 아쉬움이 들었다.

밀당 잘하는 것 좀 봐. 선수가 틀림없어.

입술을 삐죽 내밀었던 자하는 시선을 잡아끄는 그의 완벽한 뒷모습이 눈에 들어오자 저도 모르게 마른침을 꿀꺽 삼켰다.

안 돼. 저렇게 완벽한 몸 앞에서 이런 보잘것없는 몸을 보일 수는 없어.

어쩐지 걸치고 있던 카디건을 조금 더 여미고 싶은 심정이 들었다.

달빛을 그대로 반사하는 바다는 아름답다는 표현만으로는 부족했다.

소중한 사람이 생각나는 곳이었다.

자신 혼자만 보기에는 너무도 아까워서, 사랑하는 사람들에게 모두 이곳을 소개해 주고 싶었다.

혼자 해변에 앉아 있는 것은 아주 잠깐이었다.

달빛에 반사된 투명한 바다 안으로 들어간 로메오는 자유롭게 그 부드러워 보이는 물을 온몸으로 느끼고 있었다.

그가 조금씩 멀어져 가는 것을 느낀 그녀는 홀린 것처럼 자리에서 일어났다.

그리고 입고 있던 원피스를 조용히 벗어 내렸다.

인기척에 고개를 돌린 로메오는 자신에게로 다가오는 그녀를 가만히 바라보고 있었다.

그 시선이 너무 적나라해 겨우 짜낸 용기가 사라지려는 찰나, 그의 입꼬리가 올라가는 것이 보였다.

그는 어느 정도의 거리를 두고 더 이상 가까이 다가오지 못하는 자하에게로 성큼성큼 다가가 허리를 잡고 자신 쪽으로 끌어당겼다.

그녀를 가볍게 안아 든 로메오가 깊은 키스를 해 왔다.

피부로 느껴지는 뜨거운 체온에 자하는 얼굴이 터질 듯 달아오르는 것을 느꼈다.

마치 모든 게 꿈같았다.

분명히 꿈에서 깨어났다고 생각했었는데.

다시는 사랑 따위 하지 못할 거라고 그렇게 자신을 책망했었는데.

새로운 꿈을 다시 꾸기 시작했다.

입맞춤은 멈출 생각을 하지 않았다.

호흡이 가빠진 자하가 결국 견디지 못하고 고개를 살짝 빼자 그가 그녀의 뺨, 목덜미, 쇄골로 입맞춤을 했다.

로메오가 그녀의 엉덩이를 팔로 감싸고 들어 올렸다. 물에 젖은 하얀 몸은 눈이 돌아갈 정도로 매혹적이었다.

자하는 부끄러움에 그의 목덜미를 팔로 감싸고 얼굴을 묻었다.

보이는 것을 꺼려하는 건지 자신에게 매달린 채 떨어지려 하지 않는 자하를 해변 위에 눕히며 로메오가 속삭였다.

「인어를 잡은 느낌이야…….」

자하는 떨리는 입꼬리를 억지로 끌어 올리며 그의 입술에 입맞춤을 했다.

chapter
8

여기가 밖이라는 것은 더 이상 중요하지 않았다. 머릿속이 하얗게 변해 아무런 생각도 할 수 없었다.

자하는 그저 그가 이끄는 대로 흐느낄 수밖에 없었다.

마구 밀어붙일 줄 알았다. 하지만 자신을 만지는 손이 너무나도 조심스러워 울컥 울음이 터질 뻔했다.

소중한 물건을 다루듯 너무나도 섬세해서.

「로메오, 너무……..」

자하가 손등으로 얼굴을 가리며 중얼거렸다. 말은 끝까지 맺어지지 못하고 바다내음에 묻혀 사라졌다.

그녀가 우는 것을 눈치챈 로메오가 가슴에 묻고 있던 고개를 들었다.

조심스러운 손길과 달리 목소리는 어느새 조금 쉬어 있었다.

「아파?」

하나도 아프지 않아서 문제란 말이에요.

자하는 고개를 황급히 내저었다. 그리고 필사적으로 그를 향해 두 팔을 뻗었다.

「그럼 왜 울지?」

「…….」

당신이 너무 사랑스러우니까.

자하가 두 눈을 꼭 감았다. 매달려 오는 그녀의 등을 부드럽게 쓰다듬어 준 로메오가 입을 맞춰 왔다.

「미안…… 더 이상 여유가 없어.」

「나도 그래요.」

자하가 눈물이 맺힌 눈 끝을 예쁘게 휘며 속삭였다.

「괜찮으니까, 더 세게 안아 줘요.」

달빛을 그대로 머금은 두 사람은 마치 처음부터 그곳의 일부였던 것처럼 완전히 동화되어 있었다.

❖　　　❖　　　❖

살랑거리는 커튼 사이로 고개를 내미는 햇빛에 자하가 눈을 반쯤 떴다. 기분 좋은 햇살보다, 그 햇살을 등지고 누운 채 자신의 허리에 팔을 두르고 있는 남자의 가슴팍이 먼저 눈에 들어왔다.

"……."

살짝 턱을 들고 아직도 잠에 빠져 있는 얼굴을 감상하다 자하는 조금 더 그의 가까이 몸을 붙였다.

기분 좋은 냄새와 따뜻한 체온이 마음을 안심시켜 주었다.

그의 심장 소리가 들리는 듯해 조금 더 얼굴을 파묻자 저도 모르게 입꼬리가 올라갔다.

정말 꿈을 꾸는 것 같아.

작게 중얼거린 뒤 키득거리며 다시 잠에 들려 눈을 감는데 허리에 올려져 있던 로메오의 팔에 힘이 들어갔다.

「어…….」

「그렇게 유혹하는 법은 어디서 배웠어?」

「……미안해요. 내가 깨웠어요?」

자하가 자신을 끌어당겨 품에 가두는 남자의 손길에 황급히 변명했다. 자고 있는 줄 알고 그랬던 거였는데. 왠지 부끄러웠다.

「다시 자요. 가만히 있을게요.」

「간질거리는 게 기분 좋아. 더 해.」

「됐어요.」

「그럼 내가 기분 좋게 해 줄게.」

로메오는 그 말을 끝으로 자하의 위로 천천히 올라갔다. 거절을 할 틈도 없이 부드러운 입술을 머금어 오자 자하는 어쩔 수 없이 눈을 감았다.

꿈이 아니라서, 다행이다.

아만다의 상태는 여전했다. 벌써 4일이라는 시간이 흘렀지만 그녀의 의식은 돌아올 기미조차 보이지 않았다.

아침저녁으로 슈트를 입은 사람들과 긴 회의를 나누던 로메오는 4일째 되는 날 아침, 짐을 꾸리기 시작했다.

눈을 떴을 때부터 뭔가 기분이 나빠 보였다. 마주칠 때마다 항상 속삭이던 다정한 말도 오늘은 적은 편이었다. 그게 이 섬을 떠나야 하기 때문이라는 사실을 깨달은 자하는 왠지 마음이 무거웠다.

올 때와 마찬가지로 단출한 가방을 확인한 자하가 조심스레 물었다.

「돌아가는 거예요?」

「호텔을 내팽개쳐 둘 순 없으니까.」

「……그렇군요.」

자하가 이해했다는 듯 고개를 끄덕였다.

「그럼 언제 다시 이곳으로 오나요?」

그녀의 물음에 가방의 지퍼를 올리던 로메오의 손이 딱 멈추었다. 그는 가방을 한쪽으로 밀어놓고는 깊은 한숨을 내쉬었다.

「이제 안 와.」

「……」

「저 여자가 죽기 전까지는.」

「……」

「아니, 죽어도 여기로는 안 올지도 모르겠군. 시신은 어차피 마드리드로 인양될 테니까.」

그는 태연한 척 말을 잇고 있었지만 얼굴에 녹아 있는 괴로움까지 모두 숨길 수는 없었다.

「로메오.」

「사실 지금 옮기는 것도 상관없긴 한데 주치의가 강력하게 반대해서 어쩔 수 없이 저렇게 내버려 두고 있는 거야. 혹시 모른다고 무조건 막더군.」

「그렇게 말하지 마요.」

말을 끊어 내듯 자하가 목소리를 냈다.

보기 드물게 단호한 그녀의 말에 로메오가 시선을 움직였다. 소파에 앉아 있는 그를 내려다보던 자하가 천천히 다가섰다.

「그렇게 아무렇지도 않은 척하지 말라고요.」

「……」

「그러지 마요.」

자하는 그의 손을 꼭 잡았다. 뜨거울 것 같았던 그의 손은 차갑게 질려 있었다.

「왜 그런 메시지를 당신에게 보냈는지 모르겠어요?」

「그녀는 원래 그런 장난을 많이 쳤어. 옛날부터 그랬지.」

「장난이 아니에요. 자신의 마음을 표현하고 싶었던 거라고요.」

「그런 질문 하나로?」

로메오가 하, 웃음을 흘렸다.

마치 처음 만났을 때의 모습으로 돌아간 것 같은 묘한 기분에 자하가 그의 손을 잡고 있는 손에 힘을 주었다.

「난…… 그분을 만나 직접 이야기를 나눈 적도 없고 겪어본 적도 없어서 뭐라고 말할 순 없지만…….」

「…….」

「분명히 이유가 있을…….」

「자하, 그만해.」

로메오가 자리에서 일어났다. 그는 테이블 위에 올려져 있는 담뱃갑에서 담배 한 개비를 꺼내 입에 물었다.

「이유가 있든 없든 그런 건 더 이상 중요하지 않아.」

로메오의 시선은 방의 어딘가, 허공을 응시하고 있었다.

자신을 바라보지 않는 게 이렇게 슬픈 일이구나.

자하는 그제야 자신을 바라보지 않는다고 투정을 부리던 로메오의 심정을 이해할 수 있을 것 같아 아랫입술을 질끈 깨물었다.

「중요하지 않다고.」

「…….」

그 말을 끝으로 그는 방을 벗어났다. 자하는 무작정 그를 따라 움직였다. 집을 벗어나는 건가 했는데 그는 거실의 발코니에 나가 있었다.

항상 오전 중에는 슈트를 입은 사람들로 북적였는데 오늘따라 사람이 없었다.

아마 로메오가 마드리드로 돌아가는 것과 관련이 있는 듯했다.

자하는 문득 씁쓸하게 느껴지는 마음에 복도 끝 쪽으로 시선을 주었다.

정말 저 여자의 건강이 걱정되어 이곳에 머무는 사람은 아무도 없었던 것일까?

죽으면 재산이 어떻게 되는 건지, W 호텔의 최고 경영권 자리는 누가 가지게 되는 건지, 내부 인사는 또 어떻게 바뀌는 건지.

오로지 그런 후처리를 위해서만 이곳을 들락날락하는 것일까.

마치 가두어 놓은 먹이가 언제 죽을지 고개를 내밀어 확인하는 육식동물이 떠올라 자하는 입가를 손으로 가렸다.

발코니에 서서 먼 곳을 바라보고 있는 남자의 등은 오늘도 역시 슬퍼 보였다.

「사랑받기 위해 열심히 삶을 살았죠. 호텔 같은 것도 사실은 관심 없던 놈이에요. 상속받겠다고 나선 것도 다…….」

「그 사람을 위해서 그런 거예요?」

「그렇죠.」

루카의 말소리가 근처에서 들려오는 것 같았다.

저 사람에게 필요한 것은 유산도, 재산도, 그 무엇도 아닌 당신의 사랑 하나뿐인데.

마지막 떠날 때까지 그건 주지 않으실 건가요.

자신이 감히 짐작도 할 수 없을 서글픔에 자하는 로메오에게로 다가가지 못하고 그 자리에 못 박힌 듯 서 있었다.

요 며칠 동안 그 누구보다 가까이 있는 사람이라고 생각했었는데.

이제 겨우 당신이 어떤 사람인지 알 수 있겠다고 혼자 자신만만했었는데.

아무래도 전부 자신의 착각이었던 모양이다.

주먹을 꽉 쥔 채 몸을 돌리는 순간, 시선 한가득 반가운 얼굴이 들어왔다.

「……루카?」

「자하, 오랜만이에요.」

「어떻게 여길…….」

「나도 일단은 얼굴을 내비쳐야 하는 사람이라.」

「…….」

루카가 넥타이를 어색하게 매만지며 속삭였다. 그 역시 W호텔 경영권 분쟁과 연관이 있는 사람이라는 뜻이었다. 자하는 차마 표정을 굳힐 수 없어 아리송한 미소를 지었다.

「분위기를 보아 하니 저 녀석은 지금 건드리면 안 되겠군.」

로메오가 발코니 쪽을 힐긋거렸다. 자하는 조용히 동의의 뜻으로 고개를 주억거렸다.

「자하도 아만다는 이미 만났죠?」

「네.」

「그렇군요.」

루카 역시 어색한 얼굴이었다. 언제나 기분 좋은 미소만 짓는 사람이었는데.

「루카.」

망설이듯 아랫입술을 깨물던 자하가 루카의 얼굴을 가만히 응시했다.

「그 여자는 왜 로메오를 저렇게 만든 걸까요.」

「……글쎄요.」

「…….」

한동안 침묵이 이어졌다. 조용한 집 안으로 바닷소리가 아련하게 스며들어 왔다.

「아만다도 사랑을 받고 싶었던 게 아닐까요.」

「…….」

「사람은 누구든 사랑을 받고 싶어 하니까. 그 과정에서 자신이 누군가에게 상처를 준다는 사실을 깨닫지 못하는 경우가 종종 있잖아요.」

「…….」

자하는 느낄 수 있었다. 루카가 최대한 그녀를 좋게 얘기해 주려고 하고 있다는 것을.

「이건 그냥 말하지 않으려고 했는데.」

잠깐 입을 다물었던 루카가 발코니 쪽을 향해 시선을 돌렸다.

「바르셀로나의 그 가게는 사실 내 것이 아니에요. 저 녀석 거죠.」

뜻밖의 이야기에 자하의 눈동자가 흔들렸다.

루카는 쑥스러운 옛날이야기를 꺼내는 것처럼 얼굴이 살짝 붉어져 있었다.

「어렸을 때부터 모아 온 돈으로 아버지가 살아 계셨을 때 저 녀석이 구입한 거예요. W 호텔에서 가까운 데다 아버지가 좋아하는 메뉴를 잔뜩 팔고 있었거든요.」

「……」

「물론 가게를 샀다고 해도 경영에는 별로 손을 대지 않았어요. 그냥 아버지와 자주 들러서 항상 같은 메뉴를 먹곤 했죠.」

「……」

「그곳은 저 녀석이 가지고 있는, 유일하게 '상처 받지 않은' 아버지와의 추억이에요.」

「……」

「아버지가 돌아가시고 난 뒤부터 나한테 그 가게를 맡겼죠. 바르셀로나에 넘어왔을 때도, 나와 약속이 있을 때도 그 가게로는 일절 발걸음을 안 했어요. 마치 존재하지 않는 공간처럼.」

「……」

「그래서 그날 새벽, 당신을 데리고 우리 가게로 찾아왔을 때 정말 많이 놀랐어요. 자하.」

루카의 가게에 그런 의미가 있을 줄은 정말 몰랐다.

그제야 처음 만났을 때부터 한결같이 자신에게 친절했던 루카의 행동이 이해가 되는 기분이었다.

자신을 놀란 표정으로 바라보았던 그 반응도.

「사실 아만다가 어떻게 되든 난 별로 상관이 없어요.」

루카가 주머니에 손을 집어넣으며 말을 이었다.

「저 녀석 옆에 자하 당신이 있어 준다면.」

「……」

「지금까지 사랑을 못 받았다고 해도, 뭐 어때요. 당신이 그것보다 훨씬 더 큰 사랑을 주면 될 텐데. 안 그래요?」

자하가 조심스럽게 고개를 끄덕였다. 터져 나오려는 울음을 참느라 입술을 꽉 깨물었다. 그런 자신을 내려다보는 루카의 눈에 웃음기가 가득 담겨 있는 것으로, 자하는 자신이 지금 얼마나 우스운 표정을 짓고 있는 건지 알 수 있었다.

하지만 그렇게 하지 않으면 금방이라도 눈물을 쏟아 낼 것 같아 어쩔 수 없었다.

「뭐하는 거야?」

싸늘한 말소리가 들려왔다. 언제 들어왔는지 삐딱하게 선 채 팔짱을 낀 로메오가 루카를 불만족스러운 얼굴로 바라보고 있었다.

마치 왜 내 것을 건드리냐고 묻는 듯한 경계의 눈빛이었
다.

「이 먼 곳까지 찾아온 친구를 그렇게 죽일 것처럼 쳐다보
다니. 너무 열렬한 환영이라 이 자리를 떠나고 싶어진다.」

루카가 어깨를 으쓱이며 대꾸했다.

「자하, 이쪽으로 와.」

그가 무어라 말을 하든 말든 로메오는 신경도 쓰지 않는
눈치였다. 조금 전까지 날카롭게 날을 세우고 있던 남자답지
않게 금방 어린애 같은 면을 드러내자 자하도 마음이 조금
가벼워졌다.

가까이 다가온 자하의 허리를 감고 거의 껴안다시피 하는
로메오의 행동에 루카가 헛웃음을 흘렸다.

「그래, 내가 빠져 주지.」

「아, 아니에요. 루카.」

자하가 곤란한 얼굴로 그를 잡았다.

「나중에 보자.」

그러나 자하의 말림이 무색하게 로메오는 그 말 한마디를
내뱉었을 뿐이었다. 자하가 황당하다는 얼굴로 그를 돌아봤
다. 내가 뭘? 마치 그렇게 묻고 있는 것 같아 미간을 좁혔다.

「그러지 말고 나중에 같이…… 아, 헤수스.」

몸을 돌리던 루카는 다급하게 이쪽을 향해 다가오는 헤수스를 보고 손을 뻗었다. 그러나 악수를 나누기도 전, 헤수스가 토해 내듯 말을 내뱉었다.

「아만다가 깨어났어.」

chapter
9

『한국? 어디 붙어 있는 나라인지 모르겠구나.』

자하는 이 사람이 불과 몇 시간 전까지 산소 호흡기를 붙이고 있던 사람이 맞을까 의심이 들었다. 자신의 눈으로 보고 있으면서도 믿을 수가 없었다.

아직 침대 위긴 했지만 그녀는 허리를 꼿꼿하게 세운 채 깔끔하면서도 능숙한 손놀림으로 스프를 한 숟갈 입안에 넣었다.

방 안은 스푼이 그릇에 부딪치면서 발생하는 소리 외에는 아무런 잡음도 없었다.

로메오의 표현대로 동양인의 검은색 눈동자는 아니었지만

확실히 색이 짙긴 했다.

그 눈동자가 문득문득 자신을 향할 때마다 자하는 로메오의 뒤로 숨고 싶은 것을 참아 내느라 안간힘을 써야 했다.

자신의 상상과는 전혀 다른 느낌의 여자였다.

굉장히 연약하고 사람에 휘둘리는 사람일 줄 알았다. 혹시 깨어나더라도 많이 힘겨워할 거라고.

그래서 아만다가 정신을 차리기만 한다면 그동안 쌓여 왔던 오해를 모두 풀고 조금씩이라도 관계를 회복해 나갈 수 있을 거라고 생각했었다.

하지만…… 자신이 너무 감성적으로 생각한 모양이었다.

자신을 향해 순수하다며 비웃던 헤수스의 모습이 머릿속을 스치고 지나갔다.

『내가 아무리 잠깐 정신을 잃었었다고 해도 동양인 여자와 함께 나타날 줄은 몰랐구나.』

『저도 제가 그럴 줄 몰랐습니다.』

『내 병문안을 올 정도면 깊은 사이라고 생각해도 되겠지.』

『그렇게 생각을 안 하신다면 제가 직접 말씀드릴 참이었어요.』

아만다가 들고 있던 스푼을 내려놓았다.

얼굴색은 아직까지 창백했지만 눈빛만은 또렷했다. 지금 당장 침대를 박차고 일어나 호텔 관련 일들의 결재를 시작해도 무관할 만큼.

자하는 스페인어를 알아듣지 못했지만 그냥 듣기만 해도 두 사람의 분위기가 심상치 않다는 것은 느낄 수 있었다.

이건 어머니와 아들이라는 느낌이 아니라 마치…….

『감사 인사를 하고 싶어요.』

『뭐?』

『당신이 보내 준 메시지 덕분에 만나게 된 사람이거든요.』

로메오의 퉁명스런 대답에 아만다가 불쾌하다는 얼굴로 눈을 찌푸렸다. 마음에 들지 않는다는 표정이었지만 로메오는 태연했다.

자하는 눈싸움을 하고 있는 두 사람을 번갈아 바라보며 숨을 크게 내쉬지 않기 위해 노력해야 했다.

마치…… 시작종이라도 울리면 누가 먼저랄 것도 없이 상대방 멱살을 잡아챌 것 같은 레슬링 선수들을 보는 기분이었다.

『기운을 차리신 것 같아 그것 또한 다행이고요.』

『변호사에게 들었다. 유언장에 관한 내용은 확인했겠지?』

쓸데없는 농담은 더 이상 하고 싶지 않다는 듯 아만다가 잘라 말했다.

『확인했습니다.』

『그래. 이만 나가 봐. 좀 쉬어야겠다.』

『……..』

그릇을 한쪽으로 치우는 여자를 응시하다 로메오가 자신의 옆에 서 있는 자하를 향해 시선을 움직였다.

눈이 마주친 순간 자하는 저도 모르게 입꼬리를 올렸다.

뭔가 대화가 잘 풀리는 것 같지는 않았지만 그래도, 자신이라도 그렇게 웃어 줘야 할 것 같았다.

그녀와 눈을 마주하고 있던 로메오가 다시 아만다 쪽으로 고개를 돌렸다.

『정말 저에게 그 대답을 기대했던 겁니까?』

『……그럼 내가 너한테 뭘 기대하겠니, 로메오.』

뜻밖의 물음이었는지 잠깐 침묵을 유지하던 아만다가 아무런 감정도 담겨 있지 않은 목소리로 대답했다.

『경영인에게 가장 필요한 건 솔직함이니까.』

『변호사에게서 전해 들었습니다.』

『네가 가장 중요한 것을 잊지 않고 있는 것 같아 안심이구나.』

『……당신도 그런가요?』

『뭐?』

『당신은 솔직하게 말을 하고 있냐고 묻는 겁니다. 경영인으로서든, 한 여자로서든.』

『……..』

『당신이야말로, 나를 사랑합니까?』

알 수 없는 스페인어에 넋을 놓고 있던 자하는 '유일하게' 귀에 익어 있는 그 문장이 들려오자 감전이라도 된 사람처럼 흠칫, 놀라며 로메오를 바라봤다.

나를 사랑하나요.

로메오는 아만다를 향해 그렇게 물은 게 틀림없었다.

아만다는 싸늘하게 식은 눈으로 로메오, 그리고 자하를 가만히 응시했다. 마치 사람의 모든 것을 꿰뚫어 보는 것 같은 그 시선에 저도 모르게 어깨가 움츠러들었다.

방 안에 조금 전보다 더욱 숨 막히는 공기가 내려앉았다.

『내 대답을 듣고 싶으면 너도 죽기 직전 메일이나 하나 보내 놓거라.』

『…….』

『상대방의 솔직한 대답을 듣고 싶으면 목숨 정도는 걸어야지. 안 그래?』

『……하.』

로메오는 저도 모르게 웃음을 흘렸다.

아만다는, 자신의 어머니는 단 한 번도 말을 흐린 적이 없었다. 그것이 거짓이든 사실이든 언제나 사람을 똑바로 바라보며 한 자 한 자 또박또박 말을 이었다.

그러나 처음으로 그녀가 대답을 회피했다.

어쩐지 그녀의 검은색 눈동자가 갈 곳을 잃은 채 방황하고 있는 것 같다는 생각에 로메오는 천천히 자리에서 일어났다.

당신도 참 불쌍한 병에 걸렸군요. 자식에게 사랑한다는 말조차 할 수 없는, 그런 저주 같은 병에.

『그렇게 하죠.』

로메오는 자하의 손을 꼭 움켜쥐고 방을 벗어났다.

당신이 그렇게 힘들다면 내가 더 말해 주면 되겠군요. 나는 당신의 사랑이 정말 필요하니까.

방을 벗어나 해변가로 걸어내려 가면서 로메오는 한마디도 하지 않았다. 자하 역시 그에게 무슨 대화를 나누었는지 묻지 않았다.

다만, 로메오의 손에 이끌려 방을 나오기 직전 자신을 바라보고 있던 아만다의 눈빛이 계속해서 떠올랐다.

모든 것을 내려놓은 듯한, 처연한 눈빛. 그러나 어딘가 안도하고 있는 것처럼 보였던 그 얼굴이.

「로메오.」

자하가 그를 조심스럽게 불렀다. 대답 대신 남자다운 팔이 그녀를 옭아맸다. 자신의 어깨에 얼굴을 묻는 로메오의 허리를 감싸며 자하가 낮게 속삭였다.

「기쁘죠? 대화를 할 수 있어서.」

「…….」

「사실은 보고 싶었죠?」

「……그래.」

「그렇게 모진 말, 하고 싶지 않았죠?」

「어.」

「많이 사랑하죠?」

「사랑해.」

마지막 대답은 누구에게 하는 것인지 로메오도, 자하도 알
수 없었다. 그저 두 눈을 감은 채 상대방의 입술을 애원하듯
가졌을 뿐이었다.

「세상에 사랑보다 가치 있는 건 없지.」

함께 해변가를 걷던 두 사람은 해가 지고 나서야 다시 집
으로 돌아왔다.

겉으로 보기에는 별로 달라진 점이 없었지만 자하는 느낄
수 있었다. 로메오가 어딘가 바뀌었다는 것을.

그는 혼자 아만다의 방으로 들어가 한참 동안 나오지 않았
다.

낮에는 아만다가 깨어난 지 얼마 지나지 않았을뿐더러 옆
에 자신도 있었기 때문에 깊은 대화까지는 못했을 거라는 생
각에 자하는 그를 가만히 내버려 두었다.

루카와 함께 저녁을 먹고 다시 돌아와 로메오의 방으로 올라가는데 익숙한 향수 냄새가 코끝을 찔러 왔다.

이 향기, 어디서 맡았더라.

자하가 주변을 두리번거리다 그 자리에 우뚝 멈춰 섰다.

자신을 마음에 들지 않는다는 듯 바라보고 서 있는 여자는 자신을 호텔 룸에서 쫓아냈던 그 사람이었다.

로메오의 배다른 동생.

카밀리아라고 했던가?

자하가 아무런 말도 하지 않은 채 가만히 바라보고 서 있자 팔짱을 낀 채 그녀를 노려보던 카밀리아가 가까이 다가왔다.

여전히 위압감이 넘치는 모습에, 자하는 문득 로메오의 아버지를 이제 더 이상 볼 수 없다는 사실이 안타깝게 느껴졌다.

네 사람이 모여 있다면 그 아무리 높은 사람이라도, 설사 대통령이라고 해도 함부로 말실수를 할 수 없을 것 같은 포스가 느껴지지 않을까 싶었다.

「결국 여기까지 따라 왔네, 당신.」

「또 만나네요.」

「왜 왔어?」

「내가 그걸 왜 당신에게 얘기해야 하죠?」

「…….」

자하가 지지 않고 말대꾸를 하자 그것이 마음에 들지 않는지 카밀리아가 붉은색 입술을 짓씹었다.

「흥. 그땐 조금만 몰아붙여도 꽁지가 빠져라 도망가더니.」

「……그땐 내가 오해를 좀 했었거든요.」

「알게 뭐야. 난 당신이 여기 있는 게 기분 나빠. 당장 꺼져.」

「당신에게 그런 식으로 말할 수 있는 권리는 없어요.」

「로메오가 진짜 당신을 사랑하는 것 같아?」

「모르죠. 하지만 상관없어요. 내가 그를 사랑하니까.」

카밀리아는 그 이상 말하지 않고 자하를 가만히 노려보기만 했다. 푸른색의 눈동자가 열기로 번뜩였다.

「정말 마음에 안 드네.」

카밀리아가 중얼거렸다. 처음 봤을 때부터 마음에 들지 않았다.

살면서 중요하다고 생각했던 것은 아무것도 없었다.

아무리 아름다운 보석으로 치장해도, 아무리 돈이 많아도, 주변에 시중을 들지 못해 안달하는 사람들이 넘쳐나도 뭔가가 항상 부족했었다.

하지만 그럼에도 스스로를 불쌍하다고 생각하거나 정상이 아니라고 생각한 적은 한 번도 없었다.

왜냐하면, 배다른 형제인 로메오 역시 자신과 마찬가지로 어딘가가 결핍되어 있었으니까.

자신 같은 사람이 또 있다는 사실은 그녀를 항상 안심시켜 주었다.

어릴 때부터 로메오에게 미움을 받아 왔었다. 단 한 번도 그에게 다정한 눈빛을 받아 본 기억이 없었다.

왜 자신이 그런 취급을 받아야 하는지 알 수 없었던 어린 시절부터.

그래서 오히려 그가 자신에게 화를 낼 때면 차라리 기분이 좋았다. 말상대는 해 주니까.

호텔 같은 건 전혀 관심이 없었지만 로메오가 그것을 위해 안절부절못하는 모습을 보자 자신도 가지고 싶어졌다.

그래서 알지도 못하는 경영권 싸움에 관심을 내비치기도 했었다.

당신이 아무리 나를 미워하고 싫어해도, 당신 역시 나와 같은 결핍된 사람일 뿐이야.

그것은 텅 빈 마음의 한구석을 채워 주는 역할을 했다.

하지만 눈앞에 있는 동양 여자를 만났을 때, 그녀를 위해 W 호텔에 묵는다는 사실을 알았을 때, 그녀가 루카의 가게에 대해 언급했을 때 무언가 잘못되어 가고 있다는 것을 본능적으로 느낄 수 있었다.

이 여자는 좀 다르다고.

세상에 중요한 것이라고는 아무것도 없던 남자에게 혹시 소중한 것이 생겼을지도 모른다고.

「그 남자는 사랑이라는 걸 모르는 사람이야.」

「…….」

카밀리아는 그 말을 끝으로 등을 돌렸다.

아만다가 죽고 나면, 그래서 로메오가 무너지는 모습을 보면 속이 조금 시원해지지 않을까 싶었다. 비웃어 주기 위해 일부러 이곳까지 찾아왔다.

하지만 아만다는 정신을 차렸고, 로메오에게는 든든한 버팀목이 생겨 있었다.

태어났을 때부터 외톨이었지만 이제는 정말 혼자가 되어 버린 기분이었다.

「카밀리아.」

뒤에서 들려오는 다정한 목소리에 카밀리아가 고개를 돌렸다.

「당신, 로메오를 아주 많이 좋아하죠?」

「…….」

카밀리아의 푸른 눈동자가 세차가 요동쳤다. 자하가 말을 잇기 위해 입술을 달싹이는 순간, 아만다의 방문이 열리더니 로메오가 천천히 걸어 나왔다.

어딘가 지쳐 보이면서도 후련한 얼굴이었다.

그는 한 손으로 얼굴을 쓸며 걸음을 옮기다 자하와 카밀리아가 나란히 서 있는 모습을 보고 미간을 좁혔다.

「너 또 무슨 짓을 한 건 아니겠지.」

「……그냥 사실을 이야기해 주고 있었을 뿐이야. 로메오는 사랑 같은 걸 모르는 사람이라고.」

「당장 돌아가.」

「아만다 얼굴도 아직 못 봤는걸.」

「잠들었어. 그리고 당분간 안정을 취해야 해.」

「내 얼굴을 보면 안정을 취하지 못한다는 말이야?」

카밀리아가 코웃음을 쳤다. 하지만 로메오는 그 말을 부정하는 대신 고저 없는 목소리로 대꾸했다.

「네가 아만다에게 호텔 상속에 대해 하루가 멀다 하고 압박을 넣었다는 사실 잘 알고 있어.」

「……!」

「그동안 그냥 내버려 뒀던 건 귀찮아서지, 몰라서 아니야. 카밀리아.」

「…….」

『솔직히 말할게. 난 네가 아만다를 만나는 게 불안해.』

카밀리아의 붉은 입술이 반쯤 열렸다. 영어로 이야기하던 로메오가 갑자기 스페인어를 꺼내자 자하가 불안하게 그를 올려다봤다.

카밀리아는 로메오를 좋아했다.

로메오가 그녀를 싫어하는 건 잘 알고 있었지만, 자하의 눈에는 그녀 역시 사랑을 받지 못한 존재에게 애정을 갈구하는 것으로밖에 보이지 않았다.

그것을 두 사람 다 아직 눈치채지 못하고 있는 것 같았지만.

『넌 아만다가 죽었으면 좋겠다고 생각하는 사람이잖아.』

『그게 뭐가 잘못됐어?』

카밀리아의 목소리가 가늘게 떨렸다.

『죽었으면 하고 바라는 사람의 문안 따위 오지 말라고.』

그 말을 끝으로 로메오가 몸을 돌렸다. 그러나 그는 그곳을 벗어나지 못했다. 자신의 팔을 잡아채는 자하의 행동으로 인해서.

「로메오.」

「왜 그러지, 자하?」

「세상에 사랑보다 가치 있는 건 없다고 했잖아요.」

「…….」

「카밀리아도 당신의 가족이잖아요.」

자하의 말에 로메오의 고개가 다시 돌아갔다.

처음으로, 카밀리아의 푸른색 눈동자를 똑바로 마주했다.

상처 받은 채 떨리고 있는 그 눈동자를.

❦   ❦   ❦

마드리드로 돌아가려던 로메오의 계획은 취소되었다. 대신 루카의 가게와 비슷한, 운치 있는 조그마한 가게에서 둘러앉아 세 사람은 많은 이야기를 나누었다.

두 사람이 어린 시절 벌였던 철없는 이야기를 루카에게서 들으며 자하는 눈물이 나올 정도로 웃어야 했다.

「졸업 파티에서 하룻밤을 함께 보내 달라고 부탁하는 여자애에게 건넨 한마디가 아직도 전설처럼 회자되고 있죠.」

「뭐라고 그랬는데요?」

「루카, 그걸 자하에게 말한다면 넌 영원히 내 얼굴을 볼 수 없을 거야.」

루카와 자하가 신나게 수다 떠는 것을 옆에서 묵묵히 지켜보고만 있던 로메오가 결국 참을 수 없었는지 조용한 협박을 내뱉었다.

자하에겐 그저 농담 같은 협박이었는데 루카에게는 꽤나 먹힌 모양인지 그가 말해 주지 못해 미안하다는 제스처를 취했다.

「궁금한데.」

「평생 알게 하지 않을 거야.」

단호한 로메오의 말에 자하가 입술을 삐죽 내밀었다.

「루카, 내일 새벽 비행기로 돌아가는 게 어때? 어차피 아만다가 저렇게 깨어난 이상 네가 있을 이유는 없잖아.」

「……그래, 꺼져 줄게.」

루카가 과장된 한숨을 푹 내쉬며 위스키를 그대로 들이켰다.

「카밀리아는 정말 그대로 돌아갔어?」

「그래.」

「그 마녀가 어쩐 일로 이렇게 순순히 물러났지? 난 솔직히 아만다 호흡기 줄 하나 정도는 끊어 버리고 갈 줄 알았어.」

농담인 듯 진담인 듯 살벌한 소리를 내뱉은 루카가 로메오를 힐끔거렸다.

그는 갑작스레 나온 카밀리아의 이야기에 급속도로 얼굴을 굳힌 상태였다. 뭔가 생각에 잠긴 얼굴에 루카가 이번엔 자하 쪽으로 시선을 주었다.

그러나 정보를 달라는 요청을 눈치채지 못할 만큼 그녀는 와인을 맛있게 마시고 있었다.

아, 이런. 취하면 안 될 텐데.

언젠가의 애정 행각이 떠오른 루카가 인상을 구겼다.

「루카.」

「어?」

로메오의 부름에 마치 생각을 들키기라도 한 것처럼 흠칫한 루카가 얼른 대답했다.

「카밀리아 말이야. 원래 그런 성격이었나.」

「갑자기 그게 무슨 소리야?」

「그냥, 내가 아만다와 똑같은 짓을 하고 있었던 건가 싶어서.」

「……뭐, 확실히 네가 못되게 굴긴 했지.」

「…….」

「하지만 그건 카밀리아도 마찬가지 아니었어? 서로 못 잡아먹어서 안달이었잖아. 난 나름 보기 좋았다고 생각하는데.」

「보기 좋았다고?」

「그래. 너랑 카밀리아는 성격이 똑같거든. 복제품 같아.」

「칭찬이야, 욕이야?」

「알아서 해석해.」

루카가 피식 웃으며 고개를 돌렸다. 그리고 한마디를 툭 내뱉었다.

「그거 알아? 헤수스가 네 경영권에 왜 그렇게 집착하는지.」

「……?」

무슨 그런 쓸데없는 걸 묻냐는 듯 로메오가 눈을 조금 키웠다.

「약삭빠른 놈이니까. 어디 붙어야 살아남을 수 있을지 아는 뱀 같은 성격이잖아.」

「헤수스가 들으면 상처 받겠는데.」

「뭐 아는 거 있어?」

루카가 입꼬리를 올린 채 침묵을 유지했다.

맞은편에 앉아 있는 자하의 뺨이 복숭아처럼 달아올라 있는 게 눈에 들어왔다. 그리고 그 뺨을 자신과 마찬가지로 힐끔거리고 있는 로메오의 눈길도 느껴졌다.

「나 잠깐 화장실 좀 갔다 올게요.」

와인이 든 잔을 깔끔하게 비운 자하가 자리에서 일어났다. 그녀가 코너를 돌아 사라질 때까지 로메오는 시선을 떼지 못했다.

참, 자신의 주변은 사랑으로 넘쳐나.

「카밀리아 때문이지.」

「뭐?」

무슨 그런 말도 안 되는 소리를 하냐는 듯한 표정을 지은 로메오가 경악에 가까운 목소리를 냈다.

「너 취했어? 지금 헤수스가 카밀리아에게 마음이 있다고 하는 거야?」

「둔한 남자는 이래서 안 된다니까.」

루카가 혀를 쯧쯧 찼다.

「네가 정말 다 가져가 버리고 카밀리아는 빈털터리가 돼서 호텔에서 쫓겨나기라도 할까 봐, 그래서 네 옆에 딱 붙어서 유언장과 경영권이 어떻게 흘러갈 것인지 지켜보고 있는 거야.」

「……..」

「네가 드문드문 그를 믿을 수 없다고 얘기했던 건, 아마 헤수스가 네 편이 아니라는 사실을 어딘가에서 느꼈기 때문 아니야?」

「……그래.」

하지만 카밀리아에게 연정을 품고 있었을 줄이야.

로메오는 한 대 맞은 것 같은 얼굴로 멍하게 루카를 응시했다. 루카가 손에 턱을 괸 채 흥얼거리듯 말을 이었다.

「너 못지않게 긴 짝사랑이니 모른 척 빠져 줘.」

「넌 어떻게 알았어?」

「난 그냥 보기만 해도 알아.」

「농담하지 말고.」

얼음이 녹아 잔에 부딪치며 기분 좋은 소리를 냈다. 루카는 알려 주기 싫다는 듯 인상을 찌푸리다 결국 말을 꺼냈다.

「오늘 카밀리아를 데리러 공항까지 나간 건 헤수스였어.」

「…….」

「데려다준 것도 헤수스고.」

「…….」

「지난 10년간, 카밀리아가 움직일 때마다 꾸준히.」

화장실에서 돌아오는 자하를 보고 루카가 어깨를 으쓱였다.

「오늘 내가 기분이 좋아서 비밀 하나 알려 주는 거야. 고마워해라. 어?」

「뭘 고마워하는데요?」

자리에 다시 앉으며 자하가 흥미로운 표정으로 물었다.

「아무것도 아니에요. 그냥 내가 혼자만 알고 있던 비밀을 특별히 알려 줬어요.」

「와, 궁금해요. 저도 알려 줘요.」

「자하도 조만간 알게 될 거예요. 조금만 더 기다리면.」

「아까부터 계속 나만 이야기에 못 끼네. 베스트 프렌드라 이거죠?」

아쉽다는 표정으로 고개를 갸웃하던 자하가 문득 떠오른 생각이 있는 것처럼 황급히 로메오에게 손을 뻗었다.

「로메오, 휴대폰 잠깐만 빌려줘요.」

갑자기 무슨 일인가 싶으면서도 로메오는 순순히 자신의 휴대폰을 내밀었다.

그리고 옆에서 그녀가 무슨 일을 하고 있는지 확인했다. 그녀의 손가락을 따라 시선을 움직이던 그가 어느 순간 재빠르게 자신의 휴대폰을 낚아챘다.

「지금 뭐하는 거야?」

날이 선 그 반응에 황당한 쪽은 오히려 자하였다.

「뭐긴요. 나 한국으로 돌아가야 하잖아요. 항공권 알아봐야 해요.」

「……」

혹여나 빼앗길까 휴대폰을 저 멀리 치워 버린 로메오가 미간을 좁혔다.

「여기 있어.」

「계속요? 평생?」

「……당분간은.」

또 시작됐다. 자하가 한숨을 내쉬었다.

「저 이번 달 안으로는 가야 해요. 할 일이 있어요.」

로메오의 눈꼬리가 밑으로 처졌다. 그는 루카가 쳐다보고 있든지 말든지 자하를 세게 껴안으며 중얼거렸다. 안 돼.

자하는 그의 품에 거의 파묻히다시피 얼굴을 묻은 채 웅얼거렸다.

「친구가 결혼식을 하는데…… 꼭 가야 해요. 원래 처음에 여기에 찾아온 목적도 상혁…… 씨와 함께 돌아가서 결혼식에 참석하려고…….」

웅얼웅얼, 그녀의 입김으로 자신의 가슴팍이 따뜻해지는 것이 귀여우면서도 재미있어 한동안 팔을 풀지 않았던 로메오는 '결혼식'이라는 말에 그제야 자하를 놓아주었다.

「그렇군. 그런 거면 보내 주지.」

의외로 순순히 보내 주겠다는 말을 하는 로메오의 반응에 자하가 정말이냐는 듯한 얼굴로 그를 바라봤다.

「부케를 받으러 가는 거지? 나와의 결혼을 위해.」

「…….」

「꼭 참석해야 한다는 건 그 뜻 아닌가? 한국은 달라?」

「……한국도 비슷하긴 한데…….」

자하가 말끝을 흐렸다.

지금 이 남자, 결혼이라고 했나? 나한테?

「부케 받아서 가져와. 기다리고 있을 테니까.」

농담이라고 치부하면 그만인데, 남자의 표정이 너무나 진지해서 그냥 웃으며 넘길 수가 없었다. 그랬다가는 상처 받은 얼굴을 할 것만 같다.

「진심이에요, 아니면 그냥 해 보는 농담이에요?」

우리 아직 만난 지 한 달도 안 된 거 알아요? 자하가 덧붙였다.

「로미오와 줄리엣이 만나서 사랑에 빠져 죽기까지 일주일이 안 걸렸는데 한 달이면 충분하다 못해 넘쳐흐를 정도야.」

반박할 수가 없다. 자하는 그의 입술에 입을 맞추었다.

그렇게 치면 우린 로미오와 줄리엣이 세 번 만나 사랑에
빠지고 죽을 만큼 긴 시간을 보냈네요.

서로를 붙잡고 있는 손에 작은 열기가 피어올랐다.

chapter
10

"이번 작품 정말 중요한 거라서 걱정이 커요."

"저도 열심히 하고는 싶은데, 제대로 할 수 있을지 모르겠어요."

"자하 씨니까 믿고 맡기는 거죠. 이번 일 맡는다고 해서 내가 얼마나 기뻤는지 알아요? 팀장님한테도 엄청 칭찬받고."

자하는 종인의 웃는 얼굴을 보다 저도 따라 웃었다.

늘씬한 체격의 남자는 언제나 밝고 웃는 모습이 기분 좋은 남자였다. 저보다 두 살 정도 어린 걸로 알고 있는데 그래서 그런지 남동생처럼 느껴져 함께 대화를 할 때면 저절로 미소가 지어졌다.

"아, 커피 나왔네요. 제가 가지고 올게요."

서류를 분주하게 꺼내 테이블 위에 올려놓던 종인이 황급히 일어나 카운터로 걸어갔다. 그의 뒷모습을 바라보던 자하는 시선을 내려 테이블 위에 어지럽게 흩어져 있는 종이들을 살폈다.

유명한 작가가 무려 7년 만에 내는 소설이라 출판사에서거는 기대가 매우 크다고 했다.

잘할 수 있을지 확신은 없었지만 한국으로 돌아오고 난 뒤틈만 나면 로메오를 떠올리고 마는 자신이 싫어 일이라도 하면 나아지지 않을까 싶어 수락한 것이었다.

하지만 막상 일을 받고 보니 자신의 예상보다 훨씬 큰 프로젝트라 부담감이 장난이 아니었다. 결국 오늘 담당자와 따로 만나 다시 자세한 이야기를 나누기로 한 것이었다.

로메오는 지금쯤 무엇을 하고 있을까.

그림처럼 아름다운 그곳에서 그도 이렇게 열심히 일을 하고 있을까.

지금 와서 생각해 보면 모든 것이 꿈만 같았다.

W 호텔이라고 하면 한국 사람들 중에서도 아는 사람들이제법 있을 텐데. 그런 호텔의 상속자와 자신이 사랑에 빠졌다고 하면 그 누가 믿어 줄까.

"자하 씨. 뭔가 좋은 일 있죠?"

"네?"

"웃음을 숨기질 못하시는데요?"

레몬에이드와 아이스 아메리카노를 각각 내려놓으며 종인이 넉살 좋게 물었다. 자하는 괜히 쑥스러워져 목덜미를 긁적이다 빨대를 입에 가져갔다.

"뭔가 옛날 생각나네요."

"옛날이요?"

"처음 만났을 때 자하 씨, 항상 그렇게 뭔가 즐거운 듯 웃고 있었거든요. 첫 미팅 후에도 계속 그 인상이 남더라고요."

"제가요?"

"네. 그래서 그때도 제가 물었었는데. 무슨 좋은 일 있으신 거냐고."

"전혀 생각 안 나요."

자하가 놀란 표정을 지으며 눈을 크게 떴다. 자신이 그랬었나?

"제가 이 일 시작하고 얼마 되지 않았을 때였고 일 마무리도 제대로 못 해서 상사한테 엄청 깨지던 시절이거든요. 그런데 자하 씨가 매번 미팅할 때마다 방긋방긋 웃어 주니까 저도 따라서 마음이 굉장히 편해지더라고요."

"그런…… 오히려 종인 씨가 더 웃는 얼굴이잖아요. 인상

좋다는 얘기 많이 듣죠?"

"얘기가 나온 김에 말씀드리는 거지만, 사실은 자하 씨 벤치마킹한 거예요."

"네?"

"자하 씨 웃는 얼굴이 너무 보기가 좋더라고요. 그래서 나도 아, 저렇게 웃고 다녀야겠다, 싶어서 열심히 웃으려고 노력한 거예요."

정말 몰랐다. 그런 일이 있었을 거라고는.

뭐라고 반응해야 좋을지 몰라 얼떨떨한 표정을 짓고 있자 종인이 입꼬리를 높이 올리며 특유의 미소를 지었다.

"그때 자하 씨가 뭐라고 대답했었는지도 기억 안 나요?"

"······."

뭐라고 대답했기에 저렇게 신이 난 얼굴일까.

자하는 고개를 가로저었다.

"사랑을 시작한 지 얼마 안 됐다고, 그렇게 대답했었어요."

"아······."

그 말을 듣고 나자 어렴풋이 기억이 날 것 같기도 했다. 아마 상혁과 만난 지 얼마 되지 않았을 때일 것이다. 세상에서 자신이 가장 행복하다고 생각했던 시절.

"사랑, 시작하신 거죠?"

"아, 네……."

"역시 그게 만병통치약이죠."

종인이 하하, 웃었다. 그의 시원한 웃음을 따라 미소 지으면서도 뭔가 찜찜한 기분에 자하는 음료를 한 모금 들이켰다.

뭐지, 이 기분은.

무어라 정의 내릴 수 없는 찜찜함이었지만 자하는 이내 고개를 두어 번 젓고 종인이 내미는 참고 시안 몇 개를 받아 들었다.

"책 자체가 어두운 느낌이에요. 중간중간 강약 조절을 하긴 하는데 기본은 어둡거든요. 그래서 검은색이나 회색 계열로 갔으면 좋겠어요. 무거운 느낌으로. 아, 이 표지 괜찮네요."

"그러면 책 자체가 아예 가라앉을 가능성도 있어요. 혹시 보라색이나 짙은 다홍은 어때요?"

"오, 그것도 괜찮네요."

종인이 박수를 짝, 치더니 옆에 놓여 있는 노트북으로 무언가를 기록하기 시작했다. 자하 역시 그에게 받아 든 제작 의뢰서를 꼼꼼하게 확인하며 애매한 부분이 있으면 펜으로 체크를 하고 정확히 어떤 표현인지 설명을 요구했다.

서로 의견 교환을 하다 보니 어느새 시간이 훌쩍 지나 있었다. 손목시계로 시각을 확인한 종인이 아, 하며 테이블 위에 어지럽게 흐트러져 있던 종이들을 정리하기 시작했다.

"저녁에는 작가님 미팅이 있는데, 깜빡하고 있었어요."

"그래요? 그럼 얼른 정리하고 일어나죠."

"내가 아직도 이렇다니까요."

부지런하게 짐을 싸는 그를 바라보며 자하가 피식 웃었다.

"종인 씨는 여자 친구 없어요?"

"네?"

"인기 많을 것 같은데."

"아, 저야 뭐. 회사 생활하느라 정신이 없어서 그런 건 최근에 꿈도 못 꾸네요."

"그러면 안 돼요."

자하는 저도 모르게 단호한 대답을 했다. 어색하게 웃으며 그녀의 말을 넘기려고 하던 종인이 의외의 대답에 제법 놀랐는지 눈을 동그랗게 떴다.

자하가 황급히 말을 이었다.

"아…… 젊으니까, 연애도 열심히 해야죠. 일이 바쁘다고 놓아 버리면 찾아오던 사랑도 도망가 버려요."

"그건 경험담이에요?"

레몬에이드를 마시던 자하가 어깨를 으쓱해 보이며 웃었다. 종인이 알아들었다는 듯 고개를 끄덕이며 미소 지었다.

그럼 다음 미팅 때 다시 뵙겠다고 인사를 한 종인이 가방을 챙겨 들었다. 자하 역시 옆에 놓아두었던 백을 손에 들고 일어서려는데, 종인이 긴 팔을 뻗어 왔다.

"먼지가……."

자신의 머리 쪽으로 다가오는 손에 자하가 가만히 숨을 멈췄다. 그의 팔이 닿으려는 순간, 쾅 하는 소리와 함께 카페 유리벽이 흔들렸다.

자하와 종인 두 사람 모두 놀라 그대로 굳어진 채 고개만 돌렸다. 그곳에는 금방이라도 유리벽을 부술 것 같은 얼굴로 두 사람을 내려다보고 있는 남자가 있었다. 주먹을 꽉 쥐고 입을 악문 채.

「……로메오?」

자신이 지금 헛것을 보고 있는 건 아닐까 하는 생각에 자하는 홀린 것처럼 중얼거렸다.

종인을 죽일 듯이 노려보던 로메오가 그대로 몸을 돌려 움직였다. 그의 모습을 시선으로 좇던 자하는 카페로 들어오는 모습을 보고 나서야 자리에서 벌떡 일어났다.

「로메오!」

이게 무슨 일이냐고, 당신이 어떻게 한국에 있냐고, 지금 당신이 내 앞에 있는 게 믿기지 않는다고, 너무 기뻐서 어떤 표정을 지어야 할지 모르겠다고. 자하는 머릿속에 떠오른 수 많은 말들 중 단 한마디도 하지 못했다.

"꺅!"

카페 안으로 들어온 로메오가 자하를 그대로 어깨에 들쳐 멨기 때문이었다. 한산한 카페 안에 앉아 있던 모든 손님들이 그들을 놀란 듯 쳐다봤다.

덩치 덕분에 키가 2m 정도는 되어 보이는 외국인 남자가 카페 유리창을 부술 것처럼 내려치더니 안으로 들어와 여자를 들쳐 멨다.

신고해야 하는 건가? 다들 무슨 상황인지 혼란스러워 쉽사리 움직이지 못하고 있는 것 같았다.

자하가 빨개진 얼굴로 그의 등을 내려쳤다.

「뭐하는 거예요! 내려놔요!」

로메오는 그녀의 말은 들은 척도 하지 않고 그대로 몸을 돌렸다. 그리고 성큼성큼 걸음을 옮겼다. 카페를 벗어나 길거리를 걸으면서도 로메오는 그녀를 내려놓지 않았다.

「로메오!」

길거리를 걸어 다니는 사람들의 시선까지 집중되자 자하는 결국 비명 같은 소리를 내며 이름을 불렀다. 그제야 그가 걸음을 멈춰 섰다. 그리고 그녀를 조심스럽게 내려놓았다.

물론 내려놓자마자 그녀의 힘 있는 발차기에 다리를 얻어맞고 허리를 숙여야 했다.

「도대체 이게 무슨 짓이에요?」

「……저 남자는 누구야.」

「사과부터 해요.」

「당신이 아니라 나보고 사과를 하라고?」

로메오가 숙였던 허리를 펴며 황당하다는 표정을 지었다.

「내가 왜 사과를 해요?」

「바람피우고 있었잖아.」

「뭐라고요?」

「이렇게 당당하게 나오니 오히려 기분이 묘하군.」

「……하.」

이 남자가 지금 도대체 뭐라고 하는 거야?

자하는 황당함에 그가 한국, 서울 거리에 서 있다는 낯섦도 그냥 지나치고 말았다.

서양인들은 남녀 간의 스킨십에서 자유롭다는 자하의 가치관은 로메오를 만난 뒤로 모두 다 산산조각이 난 상태였다. 아무리 스페인 남자가 질투가 심하고, 어린아이 같고, 사랑에 빠지면 아무것도 보이지 않는다고 하지만 조금 전 자신을 들쳐 메고 그 자리를 도망치듯 빠져나온 것은 그냥 넘어가기에는 너무나도 부끄러운 일이었다.

여기는 한국, 코리아라고!

「방금 그 남자는 내가 일하는 회사의 직원이었어요. 우리는 일 이야기를 하고 있던 중이었고요.」

「널 쓰다듬으려고 했잖아. 그 남자가 널 쳐다보는 눈길을 느꼈으면서도 그런 말을 해?」

「눈빛이라니요. 그 사람은 나한테 애인이 있다는 것도 알고 있다고요.」

「남자들은 그런 거 신경 안 써. 자신의 눈앞에 있는 여자가 혼자인지 아닌지 그것만 생각해. 그 자리에는 내가 없었잖아. 그럼 다 똑같은 거라고.」

「세상 모든 남자가 다 로메오 같지는 않다고요. 빨리 사과해요!」

한마디도 지지 않고 따박따박 말대꾸를 하고 있었지만 로메오 역시 자신이 무언가 잘못을 했다는 사실을 조금씩 깨달아 가고 있는 눈치였다.

그 증거로, 안하무인으로 자하를 내려다보던 눈빛이 조금씩 누그러지더니 지금은 눈동자가 가늘게 흔들리고 있었다.

「……자하.」

그가 이름을 부르며 한 걸음 가까이 다가왔다. 사실은 지금 당장 껴안고 뺨을 쓰다듬고 싶었다. 짙은 입맞춤을 한 뒤 도대체 어떻게 여기에 있는 거냐고 묻고 싶었지만 자하는 꾹 참았다.

지금은 그것보다 자신을 오해한 것에 대한 사과를 받는 게 먼저였다.

「다시는 그런 짓 하지 않겠다고 맹세해요.」

그가 자신을 들쳐 멘 것이 처음은 아니었지만 그때는 상황이 좀 달랐다. 자신은 걸을 수가 없었고, 소매치기 일행들에게 위험한 일을 당하기 직전이었다.

하지만 그때 따끔하게 말을 하지 않은 것이 이런 결과를 불러 올 줄은 정말 몰랐다.

여전히 입을 꾹 다문 채 자신을 내려다보고 있는 로메오를 올려다보며 자하가 머리를 쓸어 올렸다.

그때, 그의 뒤에서 분주하게 걸어오는 종인의 모습이 눈에 들어왔다. 그의 손에 들려 있는 핑크색 백을 보고서야 자하가 아, 하는 소리를 냈다.

그녀의 시선이 어디를 향해 있는지 깨달은 로메오 같은 방향으로 몸을 돌렸다. 종인의 얼굴을 확인한 그의 눈빛이 싸늘하게 바뀌었다.

"자하 씨, 가방을 놓고 갔어요."

"내 정신 좀 봐. 죄송해요. 이렇게 뛰어오실 필요 없는데."

"괜찮아요. 그것보다……."

핸드백을 건네준 종인이 자신보다 두 뼘은 큰 남자를 힐끔거렸다.

로메오는 조금 전 일에 대해 아무런 말을 할 생각이 없는 건지 팔짱을 낀 채 그를 가만히 응시하기만 했다. 자하가 억지로 입꼬리를 올렸다.

"이쪽은 로메오라고 해요. 제 애인……이에요."

"역시! 그럴 거라고 생각했어요."

애인이라는 말을 듣자마자 종인이 고개를 격하게 끄덕이더니 기쁘다는 듯한 표정을 지었다. 종인은 로메오의 표정이 점점 더 굳어지는 것을 눈치채지 못한 채 즐겁게 말을 이었다.

"이렇게 멋있는 애인이 있는 줄은 몰랐어요, 자하 씨."

"……고마워요."

"그런데, 딱 안 좋은 타이밍에 마주쳤네요. 지금 이분 저한테 화내고 있는 거 맞죠?"

"진짜 미안해요. 괜히 종인 씨한테 안 좋은 일을……."

"아니요. 전 괜찮습니다. 질투가 심하면 그럴 수도 있죠."

아니, 그럴 수는 없어요. 조금 전 그건 상식을 완전히 벗어난 행동이라는 걸 저도 잘 알아요…….

자하는 자신을 신경 써 주는 종인 때문에 더욱 민망한 기분이 들었다. 쑥스러움을 숨기지 못하고 고개를 살짝 숙이자 종인이 하하, 웃으며 그녀의 어깨를 가볍게 두드렸다.

"아무한테도 이야기 안 할 테니까 걱정하지 마세요."

「함부로 건드리지 마.」

아니나 다를까, 로메오가 한 걸음 다가오더니 바로 손을 뻗었다. 자하는 가까이 다가오는 것만으로도 위압감이 느껴지는 그를 제재하듯 막아섰다.

"종인 씨, 이만 가 봐야 하는 거 아니에요? 바쁘다면서요."

"아, 맞다. 그랬지. 전 그럼 이만 가 볼게요. 수고하세요, 자하 씨."

"조심해서 가요."

종인이 고개를 꾸벅 숙였다. 돌아서다 휴대폰으로 메시지가 왔는지 자리에 멈춰 서더니 액정을 확인했다.

그 뒷모습을 가만히 바라보던 자하가 다시 종인을 불렀다.

조금 전, 그와 대화를 할 때 느꼈던 심장의 불안한 두근거림이 왜인지 이제 깨달을 수 있었기 때문이었다.

"종인 씨."

"네."

"이번에는…… 아니에요."

"네?"

"시작한 지 얼마 안 돼서 행복한 게 아니라, 아마 죽을 때까지 쭉 행복할 것 같아요."

그 말에 종인이 눈을 두어 번 깜빡이다 고개를 끄덕였다. 그리고 한쪽 눈을 찡긋하더니 엄지손가락까지 추켜세워 보

였다. 그 제스처가 그다우면서도 귀여워 자하는 입을 가리며
피식 웃고 말았다.

「왜 웃지? 저놈이 그렇게 좋아?」

「로메오.」

가만히 남자의 뒷모습을 바라보던 로메오가 그녀의 손목
을 꽉 잡았다. 그리고 길 언저리에 세워져 있는 검은색 차로
다급하게 그녀를 이끌었다.

「빨리 타.」

조수석에 오른 자하는 어느 정도 기분이 풀린 상태였지만
로메오는 아직도 화가 풀리지 않았는지 팔짱을 낀 채 가만히
앞만 바라보고 있었다.

자하는 오랜만에 보는 조각 같은 옆얼굴을 하나하나 기억
이라도 할 것처럼 가만히 응시했다. 결국 그 시선을 참지 못
했는지 로메오가 얼굴을 돌렸다.

「오랜만에 봐도 역시 잘생겼네요.」

깊은 갈색 눈과 마주한 자하가 순수하게 감탄했다.

「내가 그런 말에 넘어갈 남자처럼 보여?」

「그냥 생각난 걸 말한 건데.」

「거짓말.」

「진…….」

진짜라고 말하려던 자하의 말은 그것으로 끝이었다. 커다

란 몸을 느릿하게 움직여 시선을 빼앗은 남자가 그녀의 입술을 깊게 빨아들였다.

턱과 목의 경계선을 커다란 손으로 붙잡은 로메오는 그녀의 얼굴을 조금 더 끌어당겼다.

오랜만에 느껴지는 뜨거운 입술과 혀의 감각에 자하가 두 눈을 꼬옥 감았다.

숨이 조금씩 거칠어져 갔지만 로메오는 뒤로 몸을 무를 생각이 전혀 없는 것 같았다. 아니, 오히려 그 반대였다.

자하는 자신이 조금씩 밀리는 것 같은 기분에 감았던 눈을 천천히 떴다. 그리고 그가 살짝 입술을 뗀 틈을 이용해 목소리를 짜냈다.

「로메오, 잠깐 너무 길어…….」

「입 더 벌려, 자하.」

그러나 로메오에게는 아무 말도 들리지 않는 모양이었다. 자하는 아예 조수석으로 넘어올 듯한 표범 같은 남자의 가슴팍을 억지로 내리눌렀다. 그리고 다시금 깊어지는 키스를 피하려 입술을 뗐다.

「그만.」

「저놈이 보고 있어서 그래?」

뭐?

그의 말에 자하가 황급히 고개를 돌렸다.

휴대폰으로 통화를 하고 있는 것인지, 제자리에 서 있는 종인은 마치 성인물을 처음 본 중학생 소년처럼 입을 헤, 벌린 채 이쪽을 바라보고 있었다.

자하와 눈이 마주치자 그제야 황급히 고개를 숙인 그가 꾸벅, 인사를 한 채 종종걸음을 쳤다.

「……내가 못 살아.」

「왜 그런 표정이야?」

「저 사람은 내 직장 사람이라고요. 지금 이게 어떤 상황인지 알아요?」

「자하.」

「왜요.」

「당장 하고 싶어.」

「…….」

자하는 그대로 몸을 틀었다. 그리고 그의 품에서 빠져나와 똑바로 앉았다.

분위기가 심상치 않다는 걸 깨달았는지 로메오 역시 조수석으로 반쯤 넘어왔던 자신의 몸을 똑바로 운전석으로 되돌렸다. 이번에는 자하가 팔짱을 꼈다.

「출발해요.」

「자하.」

「빨리.」

그녀의 단호한 음성에 로메오가 하, 한숨을 내쉬더니 시동을 걸었다.

「어디로 가면 돼?」

「직진해요.」

차 안에는 무거운 침묵이 가득했다.

지금은 아무 말도 해서는 안 된다는 것을 본능적으로 알았는지 로메오는 조용히 운전에 집중했다. 한참 동안 달리던 차가 골목으로 꺾어들었다.

핸들을 옆으로 돌리던 로메오가 차창 너머로 비치는 높은 건물을 확인하고 자하를 향해 다시 시선을 돌렸다. 도착한 곳은 호텔이었다.

차가 천천히 멈추었다. 자신을 바라보고 있는 시선을 억지로 무시하던 자하가 끼고 있던 팔짱을 풀고 그의 품으로 뛰어들 듯 안겼다.

「내가 얼마나 보고 싶었는지 알아요?」

「……자하.」

「어린애 같을까 봐, 귀찮을까 봐 연락도 제대로 못 했다고요.」

「뭐? 하루 종일 당신 연락만 기다리고 있을 나를 불쌍하다는 생각은 해 보지 않았어?」

「당신이 그랬잖아요. 연락도 없이 찾아오는 여자만큼 민폐인 여자는 없다고.」

「젠장, 무슨 상관이야. 난 연락도 없이 찾아오는 세상에서 제일 궁상맞은 남자가 됐는데.」

그따위 내가 알 게 뭐냐는 듯한 로메오의 씩씩거림에 자하는 그만 웃음을 터트리고 말았다. 하하.

이렇게 손에 잡히는 곳에 있다. 그의 체온을 바로 느낄 수 있다. 그것이 너무나 신기하고 기뻐 자하는 그의 팔뚝을 잡고 있는 손에 조금 더 힘을 주었다.

「나도 하고 싶어요.」

「……나만큼은 아닐걸.」

「로메오?」

「솔직히 호텔까지 올라가는 것도 못 참겠어.」

「……그건 안 돼요, 로메오.」

절대로. 자하의 단호함에 로메오가 그녀의 뺨에 한 번, 그리고 입술에 한 번 입을 맞추었다. 부드러우면서도 따뜻한 애정이 담겨 있는 입맞춤이었다.

「응. 알아.」

몇 번이고 서로를 탐했다. 마치 헤어졌다 다시 만난 로미오와 줄리엣처럼.

자하는 도저히 체력이 버티질 못해 중간에 정신을 잃은 게 두 번이었다. 까무룩 쓰러졌다 다시 눈을 뜨면 로메오는 마치 그것만을 기다렸다는 듯 다시금 덮쳐 왔다.

결국 자하가 흘리는 눈물까지 전부 핥은 후에야 로메오는 그녀를 놓아주었다.

팔베개를 하고 누운 채 한숨을 내쉬던 자하는 아무리 생각해도 억울하다는 기분이 들어 그의 팔을 살짝 깨물었다.

휴대폰으로 메일을 체크하고 있던 로메오가 그 몸짓에 고개를 돌리고 작게 웃어 보였다.

「뭐야? 아직 부족해?」

「……미쳤어요?」

「그럼 왜 그런 유혹을 해?」

「…….」

유혹이 아니라, 화가 났다는 표시거든요.

자하는 대꾸하는 대신 한숨을 내쉬었다.

「여기는 왜 온 거예요? 앞으로 3개월 정도는 바쁠 거라고 그랬잖아요. 나도 그랬고.」

「보고 싶어서 참을 수가 없었어.」

너무나도 당연한 이야기인데, 자하는 그 말에 울컥 눈물이 나오려 했다. 바보처럼.

그래서 그의 품으로 파고들어 얼굴을 묻었다. 왠지 부끄러워서 참으려고 했지만 그러면 그럴수록 눈물이 더욱 흐르는 것 같은 기분이 들었다.

주책이다, 성자하.

「자하?」

「…….」

가녀린 어깨가 작게 떨리고 있는 것을 느낀 로메오가 들고 있던 휴대폰을 내려놓고 자하를 완전히 품에 안았다. 그리고 머리에 입을 맞추고 오래도록 머물렀다.

「부케를 가지고 돌아오는 당신을 기다리겠다고 약속했으니까 참아야 한다고 생각했어. 하지만 도저히 당신이 옆에 없는 생활을 견딜 수가 없었어. 미안해.」

자하가 도리도리, 고갯짓을 했다. 그게 아니라고 말하고 싶은데 지금 입술을 떼면 터진 울음을 주체하지 못할 것 같아 그저 입술을 꼭 깨물 뿐이었다.

「당신이 없으면 안 돼.」

「……나도 그래요.」

자하는 겨우 숨을 몰아쉬며 속삭였다. 그녀를 안고 있는 로메오의 팔에 조금 더 힘이 들어갔다.

자신의 품에 얼굴을 묻고 움직이려 하지 않는 자하의 고개를 억지로 들어 올린 로메오가 붉어진 눈가에 다시금 키스를 했다.

「사랑해.」

「사랑해요.」

마법 같은 말.

세상의 모든 것을 다 이겨 낼 수 있는 말.

당신이 아니면 안 되는 이유.

❧　　　❧　　　❧

원피스의 끄트머리를 단정하게 정리한 자하가 한숨을 한 번 몰아쉬고 문을 똑똑 두드렸다. 조심스레 대기실 문을 열자 이미 드레스로 갈아입은 선민이 반갑게 그녀를 맞이했다.

"자하야!"

"와, 너무 예쁘다."

선민과 가볍게 포옹을 한 자하가 그녀를 한 번 더 아래위로 훑어보며 감탄했다.

"진짜 예뻐. 어디 좀 서 봐. 사진 찍을래."

"아직. 머리가 덜 됐어."

선민이 웃으며 몸을 돌렸다. 그냥 보는 것만으로도 행복이 가득 뿜어져 나오는 것 같아 자하는 은은하게 미소를 지었다.

"어, 자하 왔구나."

"유리도 안녕."

면사포를 매만지고 있는 유리는 선민과 마찬가지로 대학교 때 알게 된 친구였다.

웨딩 관련 일을 하고 있으면서도 자기 주변에 결혼을 하는 사람이 아무도 없다고 투덜투덜거리던 그녀는 드디어 자신이 나설 때가 왔다며 선민의 결혼을 쌍수 들고 환영했었다.

"너 얼굴이 갈수록 좋아진다? 거기다 그 화장이며 머리며……. 네가 결혼하니?"

자하를 가만히 아래위로 훑어보던 선민이 불만을 드러내며 팔짱을 꼈다.

"그러는 넌 유리를 얼마나 들들 볶았길래 얼굴이 저래?"

"역시! 자하 네가 알아보는구나. 내가 얘 때문에 제대로 잠을 자 본 게 언제인지 기억도 안 나."

드디어 자신의 편이 나타났다고 생각했는지 유리가 말을 쏟아 내기 시작했다.

"그럼, 돈 버는데 그 정도 고생은 해야 하는 거 아냐?"

선민이 면사포를 쓰며 대꾸했다.

"그렇게 버는 돈이면, 안 벌고 말아."

대화를 하면서도 유리의 손은 끊임없이 움직이며 선민의 드레스와 베일을 만지고 있었다.

꼭 예전 대학교 시절을 생각나게 하는 그 장면에 자하가 조용히 웃으며 휴대폰을 꺼내 들어 두 사람의 모습을 사진으로 남겼다.

"됐다. 이제 완성."

"유리 너 진짜 고생했겠다."

"당연하지. 얘 체형이 어디 보통 체형이야? 여기저기 다 드러내고 싶어 하면서 그 주제에 절대로 뚱뚱해 보이면 안 된다니. 요구도 적당히 해야지."

"내가 뭘? 그 정도 요청은 당연한 거야."

그렇게 말하는 유리의 입꼬리는 올라가 있었다. 투덜거리는 신부 역시 마찬가지였다. 이 공간에 있는 모두가 행복했다.

"……혼자 왔어?"

머리를 다듬으며 선민이 조심스레 물었다.

상혁을 만나러 간다고 했을 때부터 계속해서 반대했던 그녀였다.

스페인에서 있었던 일을 들었을 때는 저보다 더욱 화를 내고 분노해 주기도 했었다.

자하는 고개를 가로저었다.

"아니. 남자 친구랑 같이 왔어."

"뭐?"

메이크업을 수정하기 위해 거울 쪽으로 몸을 틀었던 선민이 그 말에 고개를 돌렸다.

뭔가 물어볼 게 많아 보이는 표정이었지만 자하는 일부러 입을 꾹 다물었다.

왠지 두근두근했다.

"너 스페인 가서 거기 남자랑 만났다고 하지 않았어?"

"응."

"근데…… 어, 그럼?"

로메오와 함께 왔다는 사실을 알리려는 찰나, 정말 타이밍 좋게도 신부 대기실 문이 열렸다. 노크도 없이 벌컥 문을 연 사람은 다름 아닌.

「아, 이런.」

대기실에 있던 세 사람의 눈이 동시에 커졌다.

자하가 입술만 뻐끔거리고 있자 훤칠한 외모의 이국적인 남자가 안으로 걸어들어 왔다.

자신이 문을 잘못 열었다는 사실을 깨달은 듯했지만, 원래 가려던 곳보다 여기가 더 괜찮은 듯해 생각을 고쳐먹은 느낌이었다.

시선을 교환하고 있는 자하와 남자를 바라보던 선민이 먼저 중얼거렸다.

"네 남자 친구, 소개 안 시켜 줘?"

"뭐?"

그 물음에 자하가 황급히 고개를 돌렸다.

"아니, 이 사람은⋯⋯."

「자하, 정말 오랜만이에요.」

성큼성큼 다가온 남자가 그녀의 손을 잡더니 손등에 부드럽게 입을 맞추었다. 쉽사리 볼 수 없는 로맨틱한 장면에 두 여인의 볼이 물들었다.

어떻게 반응을 해야 할지 몰라 안절부절못하는 사람은 오로지 자하뿐이었다.

그녀는 자신의 손을 잡고 빙그레 웃고 있는 남자에게서 황급히 팔을 빼내었다.

「루카! 당신이 왜 여기 있어요?」

「자하의 친구라면 나와도 친구죠. 당연히 결혼을 축하해 줘야 하지 않겠어요?」

「아니, 그게 무슨⋯⋯.」

루카는 여전히 멋있었다.

그는 말을 잇지 못하는 자하를 향해 미소를 짓고는 그제야 한쪽 손에 들고 있던 꽃다발을 조심스레 가슴 위로 올렸다.

"자하야?"

자신의 이름을 부르는 선민의 목소리에 그제야 정신이 번뜩 든 자하는 선민을 향해 망설임 없이 걸어가는 루카를 얼른 뒤쫓았다.

「아름다운 신부님, 제 꽃을 받아 주시죠.」

"아, 감사, 감사합니다."

그녀의 손등에도 조심스레 입맞춤을 한 루카가 자하를 돌아보며 중얼거렸다.

「고맙다고 하는 거죠?」

「……네.」

하얀 백합이 가득한 꽃다발을 받은 선민은 그것이 꽤나 만족스러웠는지 유리를 힐끔거렸다.

"이거 부케로 써도 되겠다."

내가 부케에 얼마나 신경을 썼는지 알아?

갑작스러운 발언에 유리의 미간이 좁아졌다. 그녀가 항의하기 위해 뭐라고 입술을 달싹거리려는 순간, 루카가 이번엔 유리의 손을 꽉 움켜쥐었다.

그리고 지금까지와는 비교도 할 수 없을 정도로 진한 입맞춤을 그녀의 손등에 했다.

유리가 좀처럼 입술을 뗄 생각을 하지 않는 그의 행동에 당황하며 자하를 넘어다 봤다.

"네 애인, 왜 이래?"

그 물음에 자하가 억울하다는 듯 목소리를 높였다.

"그 사람은 내 애인 아니야."

"뭐?"

"그러니까 그 사람은……."

「아름다운 아가씨, 혹시 괜찮으시다면 저와 함께 근사한 저녁을 먹지 않으시겠어요? 당신을 본 순간 오늘 제 일정이 모두 날아가 버렸답니다. 제발 시간을 내 주세요.」

"……."

갑자기 신부 대기실에 쳐들어온 것만 해도 충분히 욕먹고 쫓겨날 일인데 루카는 뻔뻔하게 신부 옆에서 일을 도와주고 있는 유리를 향해 작업을 걸고 있었다.

자하가 한숨을 내쉬며 이마를 짚었다.

「루카. 도대체 여긴 어떻게 알고 온 거예요? 로메오는 어디 있어요?」

「그 녀석은 당신을 찾고 있던데요.」

아직 약속 시간까지는 여유가 좀 있었던지라 먼저 올라와 선민의 모습을 확인하고 1층 로비로 내려갈 생각이었다.

거기서 함께 만나 식장으로 들어갈 생각이었는데, 갑자기 튀어나온 루카 때문에 자하는 머릿속이 엉망진창이었다.

"자하야, 이 사람 도대체 누구야?"

여전히 루카에게 손을 잡힌 유리가 곤란한 얼굴로 자하를 향해 물었다.

단발머리에 체구가 작은 그녀는 그냥 보기에도 곧 늑대에게 잡아먹힐까 두려워하는 어린 양처럼 느껴졌다.

자신을 향해 통역을 요구하듯 깊은 눈빛을 보내는 루카 때문에 자하는 어쩔 수 없이 말을 내뱉었다.

"……내 애인의 친구. 네가 마음에 든대. 지금 작업 걸고 있는 거야."

"뭐?"

"뭐라고?"

"나 먼저 식장 들어가 있을게!"

남의 결혼식, 그것도 신부 대기실에 마음대로 들어와서 도대체 뭘 하고 있는 건지.

자하는 도저히 낯이 부끄러워 그곳에 있을 수가 없었다. 그래서 어안이 벙벙한 두 사람에게 양해를 구한 뒤 루카의 손을 잡고 대기실을 벗어났다.

「방금 저 작은 요정 같은 여성분의 이름이 뭐죠, 자하?」

「시끄러워요! 한국에는 언제 온 거예요?」

「아, 화가 났군요. 물론 자하 역시 아름다워요. 더 씩씩해진 것 같기도 하고.」

「……친구를 칭찬해서 질투하고 있는 게 아니거든요?」

「그럼 왜 화가 났지?」

자하가 사람들의 눈을 피해 그를 구석으로 몰며 목소리를 낮추었다.

「루카.」

「나 안 보고 싶었어요?」

「……루카.」

이 사람, 장난기가 많은 건 알고 있었지만 이렇게까지 가벼운 사람은 아니었는데.

자하는 이상하게 뭔가 기분이 붕 떠 있는 것 같은 루카를 빤히 바라봤다.

「루카, 설마 술 마셨어요?」

「응? 그냥 아침에 가볍게. 로메오가 아주 기분 좋은 술을 소개해 줬어요. 소주라고.」

그럼 그렇지.

자하는 피곤한 얼굴로 머리를 쓸어 올렸다. 아침부터 미용실에 가서 열심히 단장한 머리가 망가지는 건 지금 상황에서 별로 중요하지 않았다.

남의 결혼식장에 술에 취한 채로 나타나다니, 철 모르고 나이 먹은 아저씨도 아니고.

일단 식장으로 들어가 자리에 앉혀 두는 게 나을 것 같아 자하는 황급히 그의 손목을 붙잡았다. 그런데 어디선가 그것보다 더 힘 있는 커다란 손이 그녀의 손을 잡더니 루카에게서 떼어 놓았다.

「둘이 나 몰래 연애해?」

「로메오.」

머리부터 발끝까지 딱 떨어지는 슈트를 빼입은 남자는 평소보다 더욱 근사했다.

자하는 루카를 혼자 버려두고 어디에서 뭘 하고 있었냐고 채근하려다 그 모델 같은 모습에 넋을 빼앗기고 말았다.

실제로 결혼식장에 참석한 사람들은 신부와 신랑의 소식보다 로메오와 루카를 향한 호기심이 더 커 보였다. 주변의 시선에 얼굴이 따가울 정도였다.

아예 대놓고 자기들끼리 잘생겼다는 둥 어딘가의 모델이라는 둥 수군거리며 추파를 던지는 어린 여자들도 꽤 보였다.

로메오 한 사람뿐이라면 모르겠지만, 두 사람을 동시에 컨트롤하기는 자하도 역부족이었다.

그녀는 거의 울 것 같은 심정으로 두 사람 모두의 팔을 양쪽에서 잡아챘다. 그리고 성큼성큼 움직여 식장으로 걸어들어 갔다.

「두 사람 다 내 옆에서 떨어지지 마요.」

덩치는 여기에 있는 그 어떤 누구보다 컸지만, 조그마한 동양인 여자에게 붙잡혀 움직이는 두 남자의 어깨는 어쩐지 좁아 보였다.

여자라면 아무리 나이를 먹어도 항상 설레는 결혼행진곡이 울려 퍼지기 시작했다.

자하는 아름다운 모습으로 버진로드의 앞에 서 있는 선민을 응시했다.

예쁘다. 그 누구보다.

왠지 울컥하는 심정에 아랫입술을 꾹 무는데 옆에 앉아 있던 로메오가 그런 자하의 손을 꼭 붙잡아 왔다.

그를 향해 눈웃음을 지은 뒤 다시 선민에게로 고개를 돌리는데 옆얼굴이 계속해서 따가웠다.

자신을 잡고 있는 손을 풀 생각을 하지 않는, 아니 오히려 손에 더욱 힘을 주는 로메오를 향해 자하가 다시 시선을 주었다.

「신부를 봐야죠, 로메오.」

「난 당신을 보고 싶어.」

「…….」

「당신은 결혼식을 감상해. 난 그런 당신을 감상할 테니까.」

그가 그렇게 말하더니 천천히 상체를 숙였다. 가까이 다가온 그에게서 익숙한 향기가 났다.

익숙하면서도, 맡을 때마다 가슴이 뛰게 되는 그 향.

「결혼하자. 빨리.」

「…….」

「당신은 저것보다 천만 배는 더 예쁠 테니까 너무 그렇게 부럽다는 듯이 바라보지 말라고.」

「…….」

「대답은?」

마치 어린아이가 조르는 듯한 그 말투에 자하가 피식 웃었다. 남의 결혼식에 참석해서 청혼이라니. 이 남자는 정말 자기가 하고 싶은 말이라면 그 즉시 해야 하는 성격인 모양이었다.

「대답.」

한 번 더 중얼거리는 말에 자하는 숙였던 고개를 다시 들었다. 그리고 신랑의 손을 잡는 신부의 모습을 눈에 담았다.

자신의 손을 잡고 있는 남자의 손을 힘 있게 꽉, 쥐면서.

사실 로메오는 식장에 들어왔을 때부터 정신이 없었다. 티를 내고 싶지는 않았지만 정말 이곳에 모인 사람들이 전부 하객인가 궁금해 한참 동안 주변을 둘러보기도 했다.

물론 마지막에는 자신의 옆에 서 있는 여자에게로 시선을 움직였지만.

자신이 보기에는 신부라는 여자보다 자하가 몇천 배, 몇만 배는 더 예쁜데 그녀는 뭐가 그렇게 아름답다는 건지 눈을 떼지 못하고 감탄만 계속했다.

눈을 반짝반짝 빛내는 걸 보고 문득 든 생각을 입 밖으로 꺼냈다가 자하에게 욕만 먹은 상태였다.

그렇게 예쁘면 자기가 직접 입으면 될 텐데, 왜 그렇게 꺼리는 건지 도무지 이해가 가지 않았다.

「로메오, 여기 잠깐 있어요. 사진 찍고 올게요.」

식은 생각보다 훨씬 간단하게 끝났다.

정말 이걸로 끝인가? 싶을 정도로 맥없이 끝나는 느낌에 로메오는 피곤함을 숨기지 않고 이마를 문질렀다.

처음 참석하는 한국의 결혼식이라 일부러 루카를 데리고 왔건만 이 녀석은 어디로 간 건지 식이 시작하고 얼마 지나지 않아 사라져 있었다.

솔직히 한국에 같이 들어올 생각은 없었다.

하지만 자신도 데리고 가지 않으면 가게를 아예 정리해 버리겠다고 협박하는 통에 어쩔 수 없이 데리고 온 것이었다.

그동안 자신을 대신해 가게를 운영해 준 것이 고마웠지만 솔직히 말해 바르셀로나 내에서도 내로라하는 선박업체의 하나밖에 없는 손자가 성심성의를 다해 그 가게를 운영했을 거라고는 생각하지 않았다.

가업을 물려받긴 싫고, 심심하기는 해서 시작한 일이면서 잘난 척하긴.

로메오는 팔짱을 끼고 긴 다리를 꼰 채 기념사진을 찍는 사람들을 응시했다.

많은 사람들이 있었지만, 그리고 동양인은 다 똑같이 생겼다고 생각해 왔었지만 자하만은 어디에 있든 한눈에 보였다.

그녀는 모든 것이 특별한 존재였다.

정말 신기하게 느껴질 정도로.

로메오는 휴대폰의 진동을 느끼고 잠깐 시선을 내렸다. 헤수스에게서 도착한 메일이었다.

『알아서 하라니까. 내 동생이랑.』

루카에게서 충격적인 사실을 알게 된 이후로, 로메오는 사실상 호텔 경영과 관련해 거의 손을 뗀 상태였다.

물론 더 이상 아만다에게 잘 보이기 위해 원치도 않는 일에 매달리며 애정을 구걸할 필요가 없다는 사실을 깨달은 것이 가장 큰 이유였다.

언제 쓰러졌었냐는 듯 자리를 박차고 일어난 아만다는 지금까지보다 더욱 활발하게 대외 활동을 하며 언론에 얼굴을 내비치고 있었다.

여러 가지 이유가 겹쳐진 김에 한 발자국 물러선 로메오는 헤수스에게 제가 가지고 있던 권한의 일부를 넘겨주었다.

처음에는 믿기지 않아 하던 헤수스는 카밀리아와 함께 진행하라는 말을 듣고 나서야 그의 의도가 무엇인지 알아주었다.

카밀리아도 헤수스에게서 무슨 이야기를 들은 것인지, 예전만큼 눈이 마주치기만 하면 물어뜯으려 덤비지는 않았다.

모든 것이 마치 더 좋아지기 위해서 흘러가고 있는 것 같았다.

살면서 이런 적은 처음이었다.

자신의 인생은 언제나 원하고, 실패하고, 손에 쥐지 못하는 나날의 연속이었다.

"자, 찍습니다. 신부님 제 신호에 맞춰서 던져 주세요."

휴대폰의 액정을 바라보고 있던 로메오가 고개를 들었다.

사진 촬영은 이미 끝난 것인지, 신부가 앞으로 한참이나 나와 있었다. 그리고 그 여자와 어느 정도 떨어진 곳에 자리한 자하를 발견한 순간 로메오가 자리에서 벌떡 일어났다.

카메라를 들고 있는 남자의 커다란 외침에 맞춰 신부가 아름다운 부케를 던졌다.

공중을 부드러운 곡선을 그리며 나른 부케가 그녀의 가슴팍에 보기 좋게 착지했다.

주변 사람들이 모두 환호하며 박수를 쳤다.

연보랏빛이 도는 부케를 소중하게 가슴에 안은 자하가 고개를 두리번거리며 무언가를 찾기 시작했다.

그것이 누구인지 알려주지 않아도 알고 있었다.

로메오는 조금 전까지 왜 자신의 청혼에 빨리 대답을 해주지 않는지 답답하기만 했던 마음이 조금 가라앉는 것 같아 그녀를 바라보며 조용히 웃음을 흘렸다.

이쪽은 어두워서 분명 자신의 얼굴이 잘 보이지 않을 텐데, 정확히 자신을 찾아낸 자하가 세상에서 가장 아름다운 미소를 지으며 손을 흔들었다.

epilogue

「자하.」

「응, 왜요.」

「일이 있어서 출국 날짜가 앞당겨졌어.」

「그래요? 언제쯤 출발해요?」

「일주일 후에.」

「흠, 그렇구나. 알았어요.」

자하는 옆머리를 쓸어 올려 귀에 올리며 고개를 끄덕였다. 내려진 커피를 잔에 조심스레 따르는데 돌아오는 반응이 없었다. 그 조용함이 왠지 낯설게 느껴져 자하가 고개를 살짝 돌렸다.

식탁에 앉은 채 손에 턱을 괴고 있는 로메오의 표정은 어딘가 모르게 심기가 불편해 보였다.

무슨 일일까.

자하가 슬쩍 미간을 좁혔다. 도저히 종잡을 수 없는 남자라는 것은 잘 알고 있었지만 자신도 모르는 사이에 혼자 멋대로 기분이 상하는 일만은 도저히 막을 수가 없었다.

도대체 또 왜 삐진 거야?

「무슨 일 있어요?」

「…….」

무슨 일이 있구나.

자하는 자신의 감이 맞아떨어졌음을 확신하며 입술만 내밀지 않았을 뿐이지 삐진 게 확실해 보이는 로메오의 앞에 자리를 잡고 앉았다.

그는 딱딱하게 굳어진 표정으로 자하를 가만히 노려봤다.

「또 무슨 일인데요.」

「……또?」

「또.」

자하가 말을 끊으며 커피를 한 모금 들이켰다. 따뜻한 커피가 들어가자 하루의 피로가 풀어지고 마음이 조금 가라앉는 기분이었다.

「내가 일찍 출국한다는데 아무렇지도 않아?」

「……」

누가 스페인 남자를 멋있다고 했던가.

사랑에 빠지면 이렇게 아이가 되어 버리는 것을.

자하는 일주일 내내 집에 머물며 자신이 잠깐이라도 밖을 나갈라치면 그대로 붙잡아 않는 소리를 했던 그의 행적을 되새기며 한숨을 내뱉었다.

그가 처음 한국에 찾아왔던 한 달 동안은 큰 프로젝트를 맡았던 터라 마음껏 시간을 낼 수가 없었다.

덕분에 로메오는 팔자에도 없는 독수공방 신세를 면하지 못했었다.

하지만 자하 역시 스페인에 왔을 때 대부분의 시간을 호텔 안에서 보냈으니 자신도 이 정도는 감수하겠다는 귀여운 발언을 하며 별다른 불만을 표하지는 않았다.

물론 처음 한 달은 그랬다.

「일 때문에 가는 거잖아요? 어쩔 수 없는 건데요, 뭘.」

「세상에 어쩔 수 없는 건 없어.」

「……」

그러나 그 뒤로 프로젝트가 마무리되고 자하에게도 여유가 생기고 나자 남자는 언제 그런 말을 했냐는 듯 하루에도 몇 번씩 그녀에게 말도 안 되는 요구를 해 왔다.

예를 들면 한국의 누드 비치는 어디 있냐는 둥, 해변가에

서의 아름다웠던 그날 밤을 한국의 해변에서 재연해 보고 싶다는 둥, 어디에 있든 누구와 있든 사랑을 표시하고 싶어 안달이 난 사람처럼 굴었다.

11월이 다 되어 가는데 도대체 무슨 해변가고, 무슨 누드 비치란 말인가.

아니, 그전에 시도해 보려고 하는 그 생각 자체가 문제였지만.

「가지 말아 달라고 말해.」

「……무슨.」

어이없는 소리에 자하가 들고 있던 커피 잔을 내려놓았다. 로메오는 그 틈을 놓치지 않겠다는 듯 팔을 뻗어 식탁 위에 올려져 있는 그녀의 손을 잡아 들었다. 그리고 손등에 입을 맞추듯 가져다 대고는 그녀를 올려다보았다.

저 갈색 눈. 저것 때문에 내가 일주일 동안 집 밖을 못 나갔지.

자하가 인상을 찌푸렸다.

농담하지 말라고 딱 자르려 했는데, 저 진지한 눈동자를 보자 그렇게 웃으며 넘길 수가 없는 상황이 되어 버렸다.

「말해 줘, 자하.」

「…….」

「나 없이는 하루도 못 있겠다고.」

이러니저러니 해도 나이가 나이인 만큼 상혁과의 연애는 담백했다. 서로에게 집착하지 않았으며 서로의 사생활을 건드리려고도 하지 않았다.

이런 식으로 애정을 갈구하거나 무언가를 졸라 본 적은 한 번도 없었다. 중요한 일을 다 제쳐 두고 자신만 봐 달라고 조르다니, 30대 중반을 넘어서는 여자에게는 말도 안 되는 소리였다.

하지만 눈앞의 이 남자는 그 말도 안 되는 일을 갈망하고 있는 모양이었다.

「가지 말라고 하면 안 갈 거예요?」

「어떻게 애원하냐에 따라 다르지.」

「뭐예요, 그게. 싫어요.」

「뭐?」

「졸라 달라고 부탁하면서 부탁을 들어줄지 안 들어줄지 대답도 안 해 주다니. 내가 손해 보는 거잖아요.」

손을 빼내려고 했지만 로메오는 꽉 잡고 있는 손을 놔줄 생각이 없었다.

「말 안 해 줄 거야?」

「……」

결국 이번에도 먼저 백기를 든 건 자하 쪽이었다. 자하는 아무런 감정이 담겨 있지 않은, 모든 것을 체념한 듯한 억양으로 중얼거렸다.

「……가지 마요.」

「한 번 더.」

남자의 시선이 자신을 똑바로 향하고 있었다.

그냥 대충 이야기하고 넘어가려고 했더니, 너무나도 진지한 얼굴에 왠지 자신까지 부끄러워지는 기분이었다. 괜히 목뒤가 간질간질했다.

「가지 말고 나랑 계속 있어요.」

「그래.」

「……진짜?」

「당신이 원하니까.」

「…….」

그제야 로메오는 홀가분해진 듯한 얼굴이었다. 빙그레 웃으며 손을 놓아주더니 자하를 뒤에서 껴안고 목에 얼굴을 묻었다.

「나 당신을 아주 많이 사랑해.」

「숨 막혀요, 로메오.」

「사랑해.」

못 말리겠다는 생각에 자하가 하, 웃음을 흘렸다.

그는 몸에서 힘을 빼는 자하의 얼굴을 돌려 그대로 입을 맞추었다.

진한 키스가 계속해서 이어졌다. 긴 입맞춤에 노곤해진 자하의 몸을 그대로 들어 올린 로메오가 침실을 향해 걸어갔다.

품에 안겨 방으로 들어가며 자하는 그가 괜히 자신을 놀리고 싶었던 건가, 그렇게 생각했다.

❧ ❧ ❧

"여보세요?"

─자하?

「……헤수스?」

─다행이다! 연결이 돼서.

「갑자기 무슨 일이에요? 내 번호는 어떻게…….」

─로메오 그 자식 어디 있어? 옆에 있으면 당장 바꿔!

「로메오? 로메오는 지금 자고 있어요.」

자하는 자신의 옆에서 알몸으로 자고 있는 로메오를 힐끔거리며 중얼거렸다.

그러자 수화기 건너편에서 더 이상 화가 날 수 없는 목소리가 터져 나왔다.

─비행기 티켓까지 끊어서 보내 줬는데 네 옆에서 자고 있다고? 정말 미치겠군! 어떻게 된 일인지 확인하려고 해도

연락도 안 되고! 내 전화는 받지도 않고 메일도 확인을 안해!

「…….」

자하는 헤수스의 분노 어린 음성을 들으면서 자신의 옆에 곤히 자고 있는 남자의 얼굴을 다시 한 번 살폈다.

설마, 그냥 한번 놀려 본 게 아니라 진심이었던 건가?

내가 가지 말라고 해서 안 간 거야?

—중요한 일이라서 반드시 로메오의 승인이 필요해. 금방 돌아올 거라고 해서 그 말만 믿고 보내 줬던 거라고. 프랑스 관계자들과 만찬도 있는데 그 녀석이 확인을 안 해서 아무것도 진행이 안 되고 있어.

「그랬군요. 난 전혀 몰랐어요. 미안해요, 헤수스.」

—자하가 미안할 건 없지. 문제는 그놈이니까.

「하하.」

자하가 소리 내서 웃으며 손을 들어 올렸다.

그의 부드러운 다갈색 머리카락을 쓸어 넘겼다. 손가락에 감겼다 사라지는 그 감촉이 너무나 기분 좋았다.

사락사락, 결 좋은 머리카락은 손가락을 자극했다가 미끄러져 내려갔다.

「내가 말해 놓을게요. 너무 걱정하지 마요. 금방 돌려보낼 테니까.」

─하, 그 말을 들으니 그래도 조금 안심이 되네. 그럼 자하만 믿을게.

통화를 끊은 뒤 자하는 휴대폰을 내려놓고 다시 이불 속으로 파고들어 로메오의 옆에 누웠다.

자고 있는 그를 가만히 바라보자 새삼 감탄이 흘러나왔다. 가까이에서 보니 더 잘생겼다. 긴 속눈썹조차 옅은 색이라 저도 모르게 만지고 싶어졌다.

속눈썹을 살짝 만지자 미간을 좁히는 것이 귀여워 웃음이 났다.

찌푸려진 미간 위에 손가락 하나를 내려놓자 언제 찌푸렸냐는 듯 다시 평온한 얼굴로 되돌아갔다.

손가락을 그대로 미끄러뜨려 콧대를 쓸었다.

코 끝에 잠시 머물렀다 그대로 내려와 입술 위에 가만히 손가락을 올렸다.

두근.

이 남자와 함께한 시간이 그렇게 오래되진 않았지만 그렇다고 아주 짧은 것도 아닌데 왜 볼 때마다 이런 기분이 드는 건지 알 수 없었다.

이런 적은 자신도 처음이었다.

이렇게 하루가 멀다 하고 서로를 원하게 되는 사랑이 세상에 존재하는 건지 몰랐다.

사랑이란 그저 조용하고 평온하게, 친구처럼 함께 나란히 걸어가는 것인 줄 알았다.

로메오와의 사랑은 항상 떨렸다. 항상 설레고, 항상 가슴이 두근거렸다.

「……유혹 좀 그만해.」

이제 그만 내버려 둬야겠다고 생각하며 손가락을 떼는 순간, 커다란 손이 그 손을 잡아챘다.

뜨거운 손에서 그의 심장 고동이 전해지는 것 같아 자하는 흠칫하며 손에 힘을 주었다.

「내가 눈을 감았을 때만 솔직해지다니, 너무해. 자하.」

「……놔요.」

「응.」

잠투정처럼 대답한 그가 손을 놓았다. 그리고는 느릿느릿 상체를 일으켜 그녀의 위로 움직였다.

「로메오?」

「놓으라고 해서 놔줬잖아.」

「…….」

품에 자하를 완전히 가둔 로메오가 키스를 하기 위해 얼굴을 내렸다.

그의 입술이 닿으려는 순간 손으로 막았다. 순간 눈동자에 스치는 분노를 읽은 자하가 입꼬리를 올렸다.

「중요한 일정이 있다는 말, 사실이었어요?」

「일정?」

「출국일이 앞당겨진 거요. 왜 말 안 했어요?」

「……말했었잖아.」

「가볍게 말하니까 당연히 농담인 줄 알았죠! 헤수스가 곤란해하면서 전화했어요. 당신이 연락을 다 무시하고 있으니까 어떻게 좀 해 달라고.」

「헤수스가 당신 전화번호를 어떻게 알지? 그것도 한국 번호를.」

「지금 그게 중요해요?」

「나한텐 지금 그게 제일 중요해.」

말이 통하지 않는 듯한 느낌에 자하가 상체를 일으켜 그의 팔에서 빠져나왔다.

「그런 중요한 일정에 왜 답을 안 해 준 거예요? 헤수스가 나한테 전화를 할 만큼 당신이 일을 팽개쳤다는 뜻이잖아요.」

「팽개친 적 없어.」

「그럼 뭐예요, 지금 이 상황이.」

「당신이 날 팽개치려고 했으니까, 어쩔 수 없잖아.」

「그게 무슨…….」

로메오가 아무것도 걸치지 않은 운동선수 같은 몸을 일으

켜 자하를 품에 안았다. 제대로 얘기를 해 보라고 그를 밀어
내려고 했던 자하는 그가 꽉 껴안자 어쩔 수 없이 힘을 풀었
다.

「당신이 너무 아무렇지도 않게 가라고 하니까 화가 났어.」

「……그런 적 없어요.」

「그 남자는 보고 싶어서 스페인까지 따라 왔던 주제에.」

「……그 얘기 언제까지 협박용으로 쓸 거예요?」

자하는 이제 지겹게까지 느껴지는 '상혁'에 대한 이야기
가 또 나오자 목소리를 낮춰 중얼거렸다.

두 사람의 사랑 싸움에는 일정한 패턴이 있었다.

항상 마지막에는 상혁이 나왔고, 그리고 아만다가 나왔다.
비교 대상이 되는 게 어불성설이었지만 어쨌든 그랬다.

「나도 따라 와 줬으면 했어.」

「로메오.」

「자하. 난 당신이 없으면 죽을 거야.」

「…….」

로메오가 자하의 어깨에 고개를 묻으며 속삭였다. 자하가
한숨을 크게 내쉬었다.

「로메오.」

「……알아. 한심하지.」

「로메오.」

「미안해.」

「나 좀 봐요.」

자하가 억지로 로메오와 얼굴을 마주했다.

「내가 스페인으로 갈게요.」

「……..」

「왜 그런 표정이에요?」

「드디어 나와 결혼해 주는 거야?」

로메오의 한 톤 올라간 목소리를 들은 자하는 방금 자신이 무슨 소리를 한 건지 금방 후회했지만 뼈가 부스러질 만큼 꽉 껴안아 오는 로메오의 힘에 어쩔 수 없이 말을 삼켜야 했다.

당신이 한국을 떠나려고 하질 않으니 그냥 같이 가 주겠다는 거였는데.

하지만 그 말은 마치 구애처럼 느껴지는 뜨거운 키스 앞에 녹아 사라져 갔다.

❖   ❖   ❖

「자하! 더 예뻐졌네요.」

「반가워요, 헤수스.」

「손은 대지 마.」

로메오가 두 사람 사이에 끼어들었다. 제법 소란스러운 인사를 나눈 세 사람은 스카이라운지에 자리를 잡고 앉았다.

불과 몇 달 지나지도 않았는데 다시 찾아온 마드리드의 W 호텔은 그때와 굉장히 다른 느낌을 주었다.

그때는 정말 막막하기만 했었다. 관광은커녕 주변에 무엇이 있는지 둘러볼 새도 없었다.

그저 공항버스에서 내리자마자 W 호텔로 쫓기듯 들어갔고, 그곳에서 다시 공항으로 움직여 바르셀로나로 이동했을 뿐이었다.

2년 전에 찾아왔었기에 나름 상혁과의 기억이 남아 있는 곳이었는데 이제는 로메오와 처음 만난 곳이라는 생각밖에 들지 않았다.

통유리 너머로 솔 광장이 멀리 보이자 자하가 살짝 미소 지었다.

「구경하고 싶어?」

「네?」

「그런 것 같아서.」

「아니에요. 난 신경 쓰지 말고 당신은 일이나 처리해요.」

「일은 오늘 안으로 다 처리할 거야.」

그 말에 가만히 메뉴판을 바라보고 있던 헤수스가 인상을 찌푸리며 고개를 돌렸다.

「누구 마음대로 하루 만에 일을 다 끝내?」

「헤수스, 분명히 말했잖아. 네가 다 알아서 처리하라고. 난 널 누구보다 신뢰한다니까.」

「이제 그런 말은 안 통해」

헤수스는 씨알도 먹히지 않을 소리는 하지 말라는 듯 로메오의 말을 냉정하게 잘라 내고 웨이터를 불렀다.

「카밀리아와 함께 있더니 사람이 더 냉정해졌군.」

「누구 덕분에.」

한마디도 지지 않는 헤수스를 바라보며 자하가 빙긋 미소를 지었다.

「그것보다 루카는 왜 같이 들어오지 않았지? 출국은 같이 했다고 들었는데.」

「아아, 그 녀석은 당분간 돌아오지 않을 거야.」

「뭐? 왜?」

「거기에 머물러야 할 이유가 생겼겠지. 언젠가의 나처럼.」

로메오가 자하에게로 시선을 주며 중얼거렸다.

그래, 바르셀로나에 머물러야 했던 자신처럼.

「좋아하는 사람이 생겼나 봐요.」

자하의 말에 헤수스는 마치 아주 끔찍한 소리를 들은 사람처럼 얼굴을 굳혔다.

자신이 헤수스와 카밀리아의 사이를 알았을 때와 비슷한

표정을 짓는 것 같아 로메오가 한쪽 입꼬리만 올렸다.

「그 녀석이 좋아하는 사람이라고?」

「난 루카가 그렇게 적극적으로 누군가에게 작업을 거는 성격인 줄은 정말 몰랐어요. 깜짝 놀랐다니까요. 심지어 유리는 스페인어는커녕 영어도 할 줄 모르는데!」

「사랑하는 데 있어 언어는 아무 상관이 없어, 자하.」

「그 말에는 동의 못 하겠는데요.」

자하가 이해할 수 없다는 표정을 짓자 헤수스와 로메오가 시선을 교환했다.

「아니, 언어는 필요 없어.」

「바디 랭귀지라는 말이 괜히 있는 게 아니잖아.」

「…….」

왠지 그들이 언급한 단어의 뜻이 그 뜻이 아닌 것 같았지만 자하는 그냥 넘어가 주기로 했다.

「아만다는 좀 어때요?」

「건강해. 주치의도 놀라고 있어. 뭔가 심경의 변화가 있었기에 가능한 일이지 않냐고 말하더군.」

헤수스의 말에 자하가 안도한 얼굴로 고개를 끄덕였다.

「정말 다행이지.」

웨이터가 내려놓은 스테이크가 담긴 접시를 자신 쪽으로 가까이 끌어오며 로메오가 낮게 중얼거렸다.

「그래도 아들 결혼식에는 참석하실 수 있으니.」

「⋯⋯뭐?」

「로메오!」

이번에는 헤수스와 자하가 동시에 말을 꺼냈다.

조금 전과는 비교도 할 수 없을 만큼 구겨진 헤수스의 얼굴에 로메오는 풋, 하고 웃음이 터진 얼굴을 가리느라 고개를 돌려야 했다.

「아무것도 아니에요, 헤수스.」

자하가 황급히 손사래를 치며 부정을 하자 고개를 돌리고 있던 로메오가 얼른 다시 자세를 바로 하고 한쪽 눈썹을 추켜올렸다.

「결혼식 올리기 위해서 나랑 같이 스페인으로 온 거잖아.」

「아니라고 도대체 몇 번을 말해요?」

자하가 붉어진 얼굴에 손을 올리며 고개를 가로저었다.

「그럼 부케는 왜 받은 거야?」

로메오가 단도직입적으로 물었다. 헤수스가 있는 자리에서 이런 말싸움을 또 시작하고 싶진 않았지만 그래도 대답은 해야 할 것 같아 자하가 물을 한 모금 머금은 뒤 입술을 뗐다.

「그거랑 이건 달라요. 먼저, 너무 갑작스럽다고요.」

「뭐가 갑작스러워?」

「이번 달 안으로 결혼하자는 게 말이 돼요?」

「왜 안 되지?」

로메오가 헤수스를 향해 시선을 움직였다.

「내 이번 달 일정, 여유 있잖아?」

「……뭐?」

헤수스는 무슨 그런 말도 안 되는 소리를 하냐는 표정을 지어 보였지만 로메오는 다시 자하에게로 고개를 돌렸다.

「여유 있대.」

「없어.」

「…….」

갑작스레 들려온 여러 가지 소식들에 잠깐 넋을 놓고 있었던 헤수스가 안경을 고쳐 쓰며 평소의 표정을 유지했다.

「네가 한국에 가 있는 사이에 얼마나 많은 일들이 있었는지 알면 감히 여유 있다는 소리는 하지 못할 거다, 로메오.」

「난 어쨌든 이번 달 안으로 결혼식을 올릴 거니까 그렇게 알아.」

「……안 된다고.」

「아만다의 상태가 언제 나빠질지 모르잖아.」

말이 통하지 않는 어린아이를 바라보는 것 같았던 두 사람의 표정이 변한 건 로메오가 그 발언을 한 후였다.

한동안 식사 자리에는 침묵이 흘렀다.

자하는 태연한 얼굴로 눈을 내린 채 우아하게 고기를 썰어 먹는 로메오를 힐끔거렸다.

솔직히 말해서 자신은 '결혼'이라는 주제가 화두에 오를 때마다 제대로 마주 보지 않았었다.

반쯤은 장난일 거라고, 물론 그가 그런 걸로 농담을 하는 성격이 아니라는 것을 알았지만 마음속 어딘가에 설마하는 생각이 있었다.

진지하게 받아들이지 못하는 이유에는 여러 가지가 있었지만 우선 그가 너무나도 쉽게, 그리고 자주 결혼하자는 말을 내뱉었고 두 번째는 그와 함께한 시간이었다.

우린 만난 지 아직 몇 달 되지도 않았는걸.

로메오가 들었으면 콧방귀도 뀌지 않았을 소리였기에 그것을 입 밖으로 내서 말하지는 않았다.

거기다 아무리 그렇게 보이지 않는다고 해도 로메오는 호텔의 상속자였다.

부에서 오는 가장 근본적인 차이를 자신은 과연 감당할 수 있을까 싶었다.

이것저것 따지고 생각하다 보니 결혼을 했을 때 플러스보다 마이너스가 훨씬 많다는 사실을 깨달았고 그 이후로 마치 겁쟁이가 된 것처럼 결혼이라는 단어를 농담으로 치부해 버리고 말았다.

사실은 그 말을 꺼낼 때 로메오가 얼마나 진지한 표정을 짓고 있는지 잘 알고 있으면서도.

사랑보다 가치 있는 것은 없다고 말했던 남자였다.

그런 남자의 진심을 지금까지 무시하고 있었다는 사실에 미안함을 느낀 자하가 샐러드를 만지작거리던 포크를 내려놓았다.

「알았어요.」

「…….」

「결혼해요, 우리.」

큰 결심을 한 것처럼 비장한 표정을 짓고 있는 자하를 보고 로메오는 세상에서 가장 사랑스러운 생물을 보는 것 같은 미소를 지었고, 헤수스는 조용히 쓰고 있던 안경을 벗었다.

「들었지, 헤수스?」

「…….」

대답이 없는 헤수스의 빈 잔에 로메오가 익숙한 손길로 붉은 와인을 따라 주었다.

「너 말고 누구에게 내 결혼식 준비를 맡기겠어.」

「…….」

「내가 가장 신뢰하고 있는 사람은 너라니까.」

하아, 넓은 스카이라운지에 무거운 한숨 소리가 울려 퍼졌다.

그의 처진 어깨를 눈치챈 로메오는 잠깐 무언가를 생각하듯 눈동자를 굴리다 다시 입을 뗐다.

「아만다의 건강이 걱정이라고, 헤수스.」

「알아. 이해했어.」

「아니, 넌 이해 못 했어.」

「……?」

「아만다는 딸의 결혼식도 보고 싶을 거야, 틀림없이.」

그 말에 헤수스가 고개를 푹 숙였다.

평소의 그와는 전혀 어울리지 않는 행동에 귀여움을 느낀 자하는 터져 나오려는 웃음을 애써 삼켜야 했다.

오전부터 헤수스에게 붙잡힌 로메오는 금방 돌아올 테니 꼼짝 말고 호텔 안에서 기다리라고 했지만 그를 끌고 나가는 헤수스의 표정에서 자하는 그것이 불가능할 일임을 깨달았다.

그래서 분주하게 준비를 끝낸 뒤 이른 시각부터 마드리드를 돌아다니며 관광을 즐기기 시작했다.

마드리드는 두 번째라 설렘이 덜하지 않을까 생각했는데 사실은 정반대였다.

익숙한 길이었고 어디에 무엇이 있는지 잘 아니 처음 방문했을 때처럼 헤매지도, 무섭다는 생각이 들지도 않았다.

사랑도 마찬가지인 것 같았다.

처음에는 내 뜻대로 되는 것이 없어 힘들지만, 그것을 이겨 내기 위해 몇 번이고 계속 사랑하면 분명 원하는 것을 얻어 낼 수 있으니까.

마드리드에서 가장 유명한 산 미구엘(San Miguel) 시장에 들러 그리웠던 스페인 음식들을 이것저것 사 먹고, 외국인 남자들의 추파도 웃음으로 흘려 넘기며 자하는 오랜만에 혼자만의 여행을 만끽했다.

망고와 파인애플이 담긴 컵을 들고 광장을 돌아다니던 자하는 더 다리를 움직여 시벨레스 광장에서 조금 떨어져 있는 프라도 미술관으로 향했다.

현재는 편집디자인 일을 하고 있지만 사실은 유화를 그리고 싶었다.

그림을 그려서는 절대 먹고 살 수 없다는 집안의 반대와, 그리고 자신에게 사실 그만큼의 재능이 없다는 사실을 깨달은 뒤로 붓을 놓았지만 마음속 한편에는 언제나 그림에 대한 동경이 자리하고 있었다.

그래서 처음 마드리드를 방문했을 때는 하루 종일 넋을 놓고 미술관만 돌아다녔었다.

그림을 감상하느라 정신을 빼앗겨 기념품 숍이 문을 닫은 것도 눈치채지 못했었다. 꼭 사고 싶었던 기념품이 있었는데 그 흔한 미술관 지도 한 장 손에 넣지 못했던 때가 떠오르자 웃음이 새어 나왔다.

미술관 안으로 들어가는 대신 자하는 야외에 마련된 돌로 된 의자에 자리를 잡고 앉았다.

관광객으로 북적거리는 광경을 마치 그림을 감상하듯 바라보다 서서히 해가 떨어지고 있다는 사실을 깨닫고 몸을 일으켰다.

역시나 자신의 예상이 맞았던 건지, 하루가 다 저물어 가고 있었음에도 로메오에게서 전화나 메시지는 도착해 있지 않았다.

나오기 전에 헤수스에게는 살짝 귀띔을 해 놓았으니 이야기는 전해 들었을 텐데.

내 생각을 하지도 못할 만큼 바쁜 건가? 식사는 제대로 먹이고 일은 시키는 거야?

새로운 알람이 없는 휴대폰 액정을 내려다보던 자하가 느긋하게 걸음을 옮겼다.

혼자 하는 여행은 너무나도 좋고 평온했다.

하지만, 역시.

두 명이 좋았다.

어둠이 완전히 내려앉은 거리를 걷던 자하는 W 호텔이 가까이에서 보이자 잠깐 멈춰 서서 숨을 골랐다. 차도 지나갈 수 있을 정도로 넓은 인도에는 곳곳에 분수대가 설치되어 있었다.

높은 나무 아래 작게 마련된 분수대를 보고 자하가 그 옆에 놓여진 벤치에 자리를 잡았다.

분수대라고 할 수도 없을 정도로 소박한 형태에 물은 조용한 소리를 내며 흐르고 있었지만 조명만큼은 돈을 아끼지 않은 건지 우아한 디자인에 은은하게 빛을 내뿜고 있어 로맨틱한 느낌을 주었다.

"예쁘네."

자하가 조용히 속삭였다.

나중에 로메오를 데리고 다시 와 봐야겠다.

관광객은커녕 현지 사람들조차 잘 보이지 않을 정도로 인적이 드물고 조용한 곳이었기에 아마 로메오조차 알지 못할 수도 있었다.

자신이 발견한 새로운 장소가 마음에 들어 자하는 빙긋이 미소를 지었다.

슬슬 배가 고파지는 느낌에 벤치에서 일어나 호텔 쪽을 향해 걸어가려는 순간 누군가가 그녀의 어깨를 세차게 잡았다.

「이봐.」

자하는 본능적으로 눈살을 찌푸리며 고개를 돌렸다. 이거 놓으라고 소리를 치려는데 그때, 어깨를 잡고 있는 남자가 누구인지 눈에 들어오자 자하가 구겼던 얼굴을 폈다.

「……로메오?」

일하느라 하루 종일 연락도 못 했으면서 왜 여기 있는 거지.

자하가 놀란 표정으로 두 눈을 깜빡이기만 하자 로메오가 손을 뻗었다.

「내놔.」

「……네?」

「당신이 방금 내 물건 소매치기해 갔잖아.」

「…….」

이 사람이 지금 무슨 소리를 하는 거지?

자하는 그가 하는 말을 알아들을 수가 없어 어안이 벙벙한 표정으로 멍하게 서 있기만 할 뿐이었다.

그러자 언젠가와 마찬가지로, 로메오가 매우 답답하다는 표정을 지으며 그녀의 재킷 주머니를 손가락으로 가리켰다.

「가지고 간 거 다 알고 있으니까 빨리 내놓으라고.」

「…….」

얼떨떨한 얼굴로 고개를 내린 자하는 조심스레 왼쪽 재킷 주머니에 손을 넣었다. 아무것도 들어 있지 않아야 할 주머니 안에서 무언가가 손에 잡혔다.

「……어?」

이게 뭐지.

자하는 아직도 상황을 이해하지 못한 채 자신의 주머니 안에 들어 있는 물건을 꺼냈다. 그리고 그것이 무엇인지 확인한 순간, 저도 모르게 뜨거워지는 눈 근처를 숨길 수가 없었다.

「당신이 가지고 간 거 맞지?」

장난스럽게 물어오는 로메오를 향해 시선을 한 번 주었던 자하가 조심스럽게 반지 케이스의 뚜껑을 열었다.

그리고 터져 나오려는 울음을 삼키려 아랫입술을 꾹 깨문 뒤 케이스를 소중하게 품 안에 감싸 안고 고개를 양옆으로 저었다.

「아니, 이건 내 거예요.」

그녀의 그 대답에 로메오가 가까이 다가왔다.

허리를 숙이고 그녀의 차가워진 뺨과 눈, 귀에 입맞춤을 한 그가 다정하게 속삭였다.

「그래, 그럼 내가 착각한 거네.」

「…….」

「당신 거 맞아.」

맞닿은 입술의 감촉을 느끼며 자하는 천천히 눈을 감았다. 조금 전까지 제대로 들리지 않았던 분수대의 물줄기 소리가 지금은 또렷하게 귓속으로 파고들어 오는 느낌이었다.

이 사람을 만나고, 알게 되고, 사랑에 빠지기까지 너무나 짧은 시간이라고 생각했다.

하지만 그와 비례하게 몇 달도 채 지나지 않은 일들이 굉장히 아련하게 느껴졌다.

그리고 또 한 번 깨달았다.

새로운 사람을 만나고, 서로의 마음을 확인하고, 사랑을 나누게 되는 것은 정말 기적과도 같은 일이라는 것을.

—fin

날이 포근해지는 때에 독자분들을 만났는데
해가 뜨거운 날에 이렇게 또 만나 뵙게 될 수 있어 기쁩니
다.

나이를 먹어 가면서
더 이상 불타오르는 사랑 같은 건
있을 수 없다는 얘기를 자주 들었습니다.

서로의 얼굴만 봐도 즐거울 때는
10대, 기껏 해야 20대가 지나면

모두 사라진다고요.

서로에게 무언가를 바라지 않고,
조르지 않고,
원하지 않는,
그런 어른의 사랑이요.

하지만 사랑하기 때문에
상대방에게 요구를 하게 되는 것이라고 생각했습니다.

나이를 아무리 먹어도 서로를 열렬히 원하는,
그런 불가능한 사랑을 한번 써 보고 싶었습니다.

날이 추워지기 전에
부족함을 채워 조금 더 아름다운 이야기를
선보일 수 있으면 좋을 것 같다고 생각합니다.

마음대로 끼적인 글을 예쁘게 만져 주신
봄 출판사 관계자분들 감사드립니다.

항상 버팀목이 되어 주는 주변의 모든 이들에게도

감사를 전하고 싶습니다.

사랑합니다.

—2016년 여름

이해진 올림.